英美文学中的饮食书写

肖明文 编著

·广州·

版权所有　翻印必究

图书在版编目（CIP）数据

英美文学中的饮食书写/肖明文编著. —广州：中山大学出版社，2020.6
ISBN 978-7-306-06878-1

Ⅰ. ①英…　Ⅱ. ①肖…　Ⅲ. ①英国文学—文学研究②文学研究—美国　Ⅳ. ①I561.06 ②I712.06

中国版本图书馆 CIP 数据核字（2020）第 078821 号

YINGMEI WENXUE ZHONG DE YINSHI SHUXIE

出 版 人：	王天琪
策划编辑：	徐诗荣
责任编辑：	徐诗荣
封面设计：	曾　斌
责任校对：	卢思敏
责任技编：	何雅涛
出版发行：	中山大学出版社
电　　话：	编辑部 020-84110283，84113349，84111997，84110779
	发行部 020-84111998，84111981，84111160
地　　址：	广州市新港西路 135 号
邮　　编：	510275　　传　真：020-84036565
网　　址：	http://www.zsup.com.cn　　E-mail：zdcbs@mail.sysu.edu.cn
印 刷 者：	佛山市浩文彩色印刷有限公司
规　　格：	787mm×1092mm　1/16　14.5 印张　228 千字
版次印次：	2020 年 6 月第 1 版　2020 年 6 月第 1 次印刷
定　　价：	45.00 元

如发现本书因印装质量影响阅读，请与出版社发行部联系调换

目录
CONTENTS

何谓饮食批评？（代序）　罗纳德·托宾／1

上编　英国文学中的饮食书写

食物、性与狂欢：《亨利四世》中福斯塔夫的吃喝　胡　鹏／3
文明人的食人焦虑和帝国的纾解策略
　　——18世纪初期英国文学中的食人书写　王晓雄／18
世界精神与生态关怀：雪莱和他的素食主义　刘晓春／40
狄更斯写吃喝的伦理诉求　乔修峰／50
弗吉尼亚·伍尔夫的吃与疯狂　李博婷／61
乌托邦与恶托邦：《蝇王》中的饮食冲突　肖明文／73
舌尖上的身份：《茫茫藻海》中的食物政治　肖明文／86
食物、食人、性与权力关系
　　——安杰拉·卡特20世纪70年代小说研究　武田田／99

下编　美国文学中的饮食书写

《屠场》与美国纯净食品运动　肖华峰／111
食物与哥特化的身体：《金色眼睛的映像》中主体性的构建　谢崇林／127
从厨房说起：《婚礼的成员》中的空间转换　田　颖／135

船长的餐桌与"亚瑟王的圆桌":《愚人船》中的
  政治美食学 肖明文／150
"胃口的政治":美国华裔与非裔文学的互文性阅读 陆 薇／163
论《最蓝的眼睛》佩科拉疯癫之路的食物话语 刘芹利／172
食人、食物:析《天堂》中的权力策略与反抗 刘 彬／184
隐喻的幻象
  ——析《可以吃的女人》与《神谕女士》中作为"抵抗话语"的
   饮食障碍 王韵秋／195

后 记／213

何谓饮食批评?[1]

（代序）

罗纳德·托宾

请允许我以初次研究卢梭时令我印象深刻的两大主题作为开篇：读书和吃饭。（卢梭在他的《忏悔录》中说："吃饭和阅读是我永远的爱好。"）在莫里哀的喜剧中，我观察到许多关于美食的暗示，但法国文学史家似乎有一个共识，即在古典时代，人们似乎并不关注日常生活，尤其是身体活动。这一缺失往往被认为是理所当然的，对此我感到十分震惊和难以置信。

我对17世纪的文学研究聚焦于古代戏剧艺术对拉辛的影响，因此，我可以断定希腊喜剧，尤其是拉丁语喜剧在表现类似饮食需求等生物功能方面与其他戏剧相比是毫不逊色的。普劳图斯的《金壶》是一个例子，还有诸如莫里哀在《吝啬鬼》中的模仿。当我的视线超越法国，我很幸运地在德国发现了中世纪喜剧史上的一位重要人物，他的名字令我思绪飞扬：汉斯·乌斯特。过了很久，我才读到君特·格拉斯的《大菱鲆》，讲的是一位女祭司，同时也是位厨师，驱赶饥荒、消除饥饿的人类学寓言故事。[2]

在研究过程中，我阅读了众多西班牙语作品，这些作品大量运用想象，整体或部分地把分享面包这一举动看成是人类关系的比喻。例如，伊莎贝尔·阿朗德的小说《阿芙萝黛：故事、菜肴及其他催情剂》就描述了诸如鸡蛋等食材的催情和食用功能。

在墨西哥文学中，诗人萨尔瓦多·诺沃著有两部关于饮食的作品：他

---

[1] 此部分内容译自：Ronald W. Tobin. "Qu'est-ce que la Gastrocritique?". *Dix-Septième Siècle*, 2002, 217, pp. 621–630, 译者为罗琦琦、肖明文。

[2] 德语标题是 *Der Butt*。格拉斯描写的鱼就是 Le Heilbutt，一种类似大菱鲆的鱼。它的英语译名为 *The Flounder*（比目鱼），其实是不确切的。

的《墨西哥美食史》；尤其是《胖子的战争》，对阿兹特克人幽默而奇特的肖像描写令人印象深刻，从他的这部以及其他作品可以看出他对科克托和热内的认真研读。

在意大利这个口头传统盛行的国度，我们轻而易举便能找到与美食相关的文本，如马里内蒂著名的《未来派烹饪法声明》，或者其他研究美食的人种学著作，比如康波雷西的作品，他曾写过《感觉作坊》。事实上，意大利人在美食界的首批开拓者中的地位十分显著，或者我们也可称他们为"美食先驱"。显然，想要评论食物在意大利文化，尤其是意大利裔美国文化中的角色，必须参考视觉艺术，因为没有一部关于黑手党的电影或者《黑道家族》中没有一集不包含进餐的镜头。具有讽刺意味的是，黑帮策划的那些暴力犯罪都是通过饭局商议组织的，就像所有的聚餐一样，它是一种西方传统聚餐行为的再现：最后的晚餐。

探寻文学中的美食的旅程把我带到了俄罗斯，这个国度提供了极其丰富的文学实例，它们揭示了嘴巴的三个相互矛盾的功能：营养功能、讲话功能和情欲功能。19世纪，俄罗斯文学的影响力逐渐壮大，在这个时期的俄国小说中，我们可以发现两个对立面：在陀思妥耶夫斯基的肉食主义中，性和吃被描述成暴力行为、侵犯行为和心理控制行为；在托尔斯泰的肉欲中，这些活动又表现出一种诱惑性、愉悦性和纵欲性。换句话说，为了区分"吃"和"品尝"①，这两位俄罗斯文坛巨匠对食和性产生了不同的理解，一种理解是属于权力范畴的，另一种是属于快乐范畴的：陀思妥耶夫斯基喜欢谈论"吃"，而托尔斯泰倾向于谈论"品尝"。② 这种差别与我关于《太太学堂》中阿尔诺夫和阿涅丝之间以及贺拉斯和阿格尼斯

---

① 参阅《奶油馅饼：莫里哀戏剧中的喜剧和美食》中关于《太太学堂》的那一章。Ronald W. Tobin. *Tarte à la crème: Comedy and Gastronomy in Molière's Theater*. Columbus: Ohio State University Press, 1990. 我（罗纳德·托宾）认为，辨析权力和快感（即"吃"和"品尝"）之间的差异是很有用的，而在福柯的作品中，二者的差异则被忽略了。米歇尔·欧斐提出另一种永恒的辩证法："吃，死亡/死亡，被吃。摄食、消化：一个可以证明事物以食物符号的形式永恒轮回的可怕组合。食物是这个循环中的变元？" Michel Onfray. *Le ventre des philosophes*. Paris: Grasset, 1989, p. 55.

② 我十分感激新罕布什尔大学的罗纳德·勒布朗教授，他友好地与我分享了他关于19世纪俄罗斯文学的丰富知识。

之间关系的阐述相一致。阿尔诺夫是贪得无厌之人，可以说他是"吞噬17世纪的恶魔"。

满足食物要素的文学作品浩如烟海，但研究文学中的饮食的著作怎么会如此之少呢？毕竟，艺术和饮食行为很容易进行理论概括。有没有可能是这两个活动功能的近似性导致人们总是忽略或者混淆它们呢？"帕斯卡尔说，规则是显而易见的，但远非普遍用法；我们很难在这方面转变观念，因为缺少习惯：但如果真能做到的话，也许就能明白这些规则。"①

历史学从古至今的确促进了饮食研究的繁荣，尽管如此，这一现象仍然是近现代的。② 饮食史的内容包含食材的选择、准备和烹饪、服务和场面、味道、禁忌和快感，我们或许可以采用布里拉萨瓦兰对它的定义："与人类摄食有关的所有的理性知识"。饮食史是一个社会风俗习惯的珍贵见证。自从法国年鉴学派强调了日常生活的重要性，我们就不可避免地会赞同雅克·勒戈夫的结论："从巴比伦街到'新菜系'，美食史不但成为时代和文明中不可或缺的一个方面，而且是其他社会学科首先是人类学不断进步的试金石。"③ 或者像米歇尔·欧斐定义的那样："饮食史是十分短促的历史。"④

事实上，在诺爱拉·夏特雷的最著名作品《烹饪激战》⑤ 中，我发现饮食行为可以被看成是一种修复身体的活动，它把食物聚集在一个重要的社会习俗中，并且把它们展示给外部世界，然后我们再把它们吸收到我们体内。

许多社会学家，尤其是人类学家曾经做过与人类饮食发展相关的研究，因为吃是社会存在与人类存在之间的一个节点。当然，进食的需求涉

---

① Blaise Pascal. *Pascal's Pensées*. Ed. L. Brunschvicg, à Paris, 1909, p. 1.

② 最新的概括是菲利斯·普利·鲍勃的《艺术、文化与烹饪：古代和中世纪的美食》。Phyllis Pray Bober. *Art, Culture and Cuisine: Ancient and Medieval Gastronomy*. Chicago: University of Chicago Press, 1999.

③ Jacques Le Goff. "Nourritures". *La cuisine et la table: 5000 ans de gastronomie, numéro spécial de L'Histoire*, 1986, 85: 7.

④ Michel Onfray. *Le ventre des philosophes*, pp. 216 – 217. 本书脚注中，前面已出现过的文献，在下一次出现时只列作者、作品及页码，其余题项均省略。——编者

⑤ Noëlle Châtelet. *Le corps-à-corps culinaire*. Paris: Seuil, 1977.

及生活的各个方面，它是所有经济的基础，是国家政治战略和家庭战略中不可分割的一部分。它成为一个社会分裂或团结的标志——此外，这也使那些研究社会制度与女性自我意识之间关系的人兴趣大增。[①] 最终，食物被归档到一个时代的资料里。

由于人类行为的发展实际上在很大程度上归功于饮食行为和文化制度之间的相互渗透，所以，如果忽略了文化特征、社会制度和个人态度与我们多样又古怪的饮食方式之间的关系，我们就不可能真正地了解它们。

边吃东西边阅读和写作是人类的梦想。据神话记载，希腊人是从卡德莫斯那里学到写作的。由于这个人物同时是西顿国王的厨师，所以，我们可以看到在言语和美食之间建立起了一种象征性的关系，这就是在对味道和愉悦的关切中，甚至在二者都适合进行系统分析的这个事实上，它们共享着连接体系的共同基础。历史上还有希拉伽巴拉大帝总是用一块桌布盖住他的餐桌，桌布上绣满了即将呈献给宾客们的菜肴图案的传说。通过这种方式，他创造了第一份菜单，也创造了第一本带目录的书。寻找文学作品中的食物隐喻也就是发现转化成逻辑的肉体和会说话的身体。然而，还有什么比在文学中追溯将人类区分出来的两大行为——进食和说话——更加正常的吗？

我们在吃饭过程中完成交流行为，餐饮烹饪的基本原理决定了食物的选择、准备和消费。摄食是所有饮食科学的唯一模式，是保存物种的最关键功能。亚当偷吃禁果这一犹太－基督教传统中的象征性故事，体现了摄食先于性耻辱。这两个行为通过嘴巴联系起来，嘴巴这个激起性欲的区域已经在弗洛伊德那里找到了精神分析学家，但它还没有找到真正的历史学家；两者的关联就是我们使用同一个单词来描述摄食和性满足。如果认为原罪是一种虚荣的表现，似乎我们就掩盖了第一次违抗上帝命令是一次摄食行为这一事实，从此以后，人类历史就是饮食和文化制度之间的紧密关系史。

然而，饮食是以社会关系为前提的，对烹饪行为和品尝行为的研究不

---

① 例如，金·切宁认为："探寻我们与食物的关系是发现女性自我发展中的深刻矛盾心理和掩盖的罪责的最可行方法。" Kim Chernin. *The Hungry Self*. New York: Times Books, 1985, p. XIII.

能忽视这些联系的重要性。通过查阅一部出色的文集《文艺复兴时期的饮食实践与话语》①，我们可以确定，饮食是通过跨越众多概念界限才得以适用于跨学科分析的。事实上，如果说有一个研究领域可以有质疑传统学科界限的权利，那么着力于研究进餐行为的饮食批评一定是当之无愧的代表。

　　法国思想对饮食的重视表现在所有与味道相关的问题上，尤其是在文学方面。但是，由于菜肴和词语之间的关系没有得到完全的发掘，因此，我们有必要设计一个多学科研究的角度，来连接饮食与文学评论。这种方法意味着，探索饮食和艺术之间联系的人类科学需要一个庞大的研究工程。它属于并且以历史为研究方法，包括文化史、经济史、思想史、日常生活史和艺术史，此外，还将求助于社会学、礼仪和规范、食物和菜谱、医学、营养学、营养问题和健康问题、文学评论和符号学、精神分析和哲学、女性研究，尤其是人类学。提出饮食批评这一批评方法是为了强调：诗人和厨师都创造变化和幻想。厨房是一个发生变化的地方：为了准备食物，通常需要用火，而火是由暴躁的大师普罗米修斯从众神那里偷来造福人类的。厨师和诗人都是修补匠，他们通过挑选、革新和想象的过程，开创了一种神圣的行为，这种行为生产出新颖复杂的产品，并具有在身体、情感和智力方面改变消费者的能力。

　　现在来谈谈法国文学。在越来越多的关于法国文学中的烹饪语言的研究中，我们可以看出这一兴趣几乎是19、20世纪小说的专属。② 作家们评论《包法利夫人》里的勒·沃毕萨德男爵令人印象深刻的宴会，或者普鲁斯特的《斯万之家》③里的小蛋糕；还有让－保罗·萨特的反美食主

---

① J. C. Margolin, R. Sautet. *Pratiques et discours alimentaires à la Renaissance*. Paris: Maisonneuve & Larose, 1982.

② 21世纪在这一方面的文学也值得一提：让－玛丽·阿波斯多丽德在她的《听众》中，把去已经变成菜市场的旧时高中的经历描写成一次"食物教学的噩梦"（Jean-Marie Apostolidès. *L'Audience*. Paris: Exil, 2001, pp. 96–98）。

③ 例如，让－皮埃尔·理查德的《普鲁斯特和食物》（Jean-Pierre Richard. "Proust et l'objet alimentaire". *Littérature*, 1972, 6, pp. 3–19）。

义，他主张在某种程度上，身体是哲学家最大的敌人①。

当然，有几位出众的学者回顾了伊拉斯谟②诗意的宗教宴会，拉伯雷③笔下的人物的消化能力，龙萨④的法式土豆色拉，象征着笛卡尔⑤的梦想的"陌生人的甜瓜"，萨德⑥侯爵嗜食人肉的独特口味，还有让－雅克·卢梭⑦实践的艰苦艺术。

然而，我已经默默地略过了17世纪文学，因为就像学校课本上所言，古典艺术不反映日常功能的存在和重要性——尽管当时的历史中有大量尽人皆知的美食轶事，从人们对脑力饮品咖啡的狂热，到路易十四死后，人们发现国王的内脏比正常人大两倍，其中还发生了让我们团结起来的事件，即瓦泰尔的自杀，它使我们注意到长在土壤里的植物有时候也是致命的。

为什么要将文学研究与时代历史加以分隔呢？如果有人要对此负责的话，那就是拉辛——抑或是拉辛式的评论，因为我们没有在法国古典主义大师⑧的作品中找到与烹饪和摄食有关的内容，就匆忙下了结论：17世纪的戏剧与美食无关。波德莱尔就曾经说过："你们从来没有见过悲剧人物喝酒吃饭吗？"（《1846年的沙龙》）

---

① 关于此话题，参考米歇尔·欧斐引人发笑的著作《哲学家的肚子》（Michel Onfray. *Le ventre des philosophes*, 217）。

② 参阅米歇尔·让纳莱的《菜肴与词语：文艺复兴时期的宴会和餐桌用语》（Michel Jeanneret. *Des mets et des mots*: *banquets et propos de table à la Renaissance*. Paris: José Corti, 1987, pp. 167 – 175）。

③ Michel Jeanneret. "'Ma patrie est une citrouille': thèmes alimentaires dans Rabelais et Folengo". *Littérature et gastronomie*: *huit études réunies et préfacées par Ronald W. Tobin*. Tübingen: PFSCL, 1985, pp. 113 – 147.

④ Leonard W. Johnson. "La salade tourangelle de Ronsard". *Littérature et gastronomie*: *huit études réunies et préfacées par Ronald W. Tobin*. Tübingen: PFSCL, 1985, pp. 149 – 173.

⑤ Dimitri Davidenko. *Descartes le scandaleux*. Paris: Robert Laffont, 1988, p. 105. 米歇尔·欧斐在《哲学家的肚子》中也提到过这件事。

⑥ 萨德是诺埃尔·夏特莱的《烹饪激战》中最受争议的人物，也是毕翠思·芬科的几项重要研究的目标人物。Beatrice Fink. "Food as Object, Activity, and Symbol in Sade". *Romanic Review*, 1974, 65, pp. 96 – 102.

⑦ 参阅让－克洛德·博内的权威文章《卢梭的烹饪和就餐风格》（Jean-Claude Bonnet. "Le système de la cuisine et du repas chez Rousseau". *Poétique*, 1974, 22, pp. 244 – 264）。

⑧ 在拉辛的戏剧中只有两次宴会，而且发生在场景之外，分别出现在《布列塔尼库斯》和《爱斯苔尔》中。宴会旨在凸显阿达莉梦里贪吃的画面。

尽管这种状况具体来说与拉辛有关，从总体上讲又与古典艺术有关，但我们断定，巴赫金理论中极为重要的"有形物质生活的原则"在17世纪的文学中被剔除了；至少那些严肃的表现被剔除了，因为在诙谐的场合，食物词汇出现得还是十分频繁，比如布瓦洛的滑稽进餐场景，通过他对场景、气味、口味的呈现，尤其是一顿恶心的饭，最后宾客们朝着彼此的脸上扔盘子打起来的场景，这种方式让马克·赛内感到快乐。

从另一种风格来看，小说家索雷尔似乎酷爱那些很过分的饮食场面，比如《法兰孔》中的农村酒席，或者在《荒诞的牧羊人》（第三部）中孟特诺尔描述的"众神的宴会"，席间吝啬鬼朱农抱怨菜的味道，伏尔甘厨师为宴会准备了从天而降的动物。在《失宠的篇章》中，特里斯丹·艾米特对描写美食时刻没有太大兴趣——尽管他在书中描写了有毒的饭菜——而在拉·封丹的作品《故事集》和《寓言集》中却有很多类似的描写。关于奥诺伊女士的童话故事经常涉及一些具有象征意义的消费动作，比如在"春天的公主"中，口腹的贪婪与分享面包的慷慨形成了鲜明对比。

在那些书信体作家和回忆录作者中，例如塔勒芒·德·雷欧、埃罗·德·古尔维尔、帕拉蒂尼公主、曼特农夫人，尤其是圣·西蒙和赛维涅夫人，他们用美食回忆吸引了我们的注意。

伦理学家是社会存在的敏锐观察者，他们从不会忽略餐桌行为。对拉布吕耶尔来说，饮食让他想起多位值得纪念的人物。梅纳尔克不论在餐桌还是其他地方都心不在焉，比如：

> 为了吃饭方便，人们发明了一种大勺子：他拿起勺子，放到菜里，装满勺子，又把勺子放到嘴里，他们会惊讶地发现刚刚喝进的汤洒在衬衣和外套上。在整个晚餐中，他都忘记了喝酒；或者他想起来了，他觉得有人倒给他太多的酒，他就把一半多的酒泼到坐在他右边的人的脸上；他静静地喝完剩下的酒，不明白为什么大家会因为他把别人给他倒多了的酒撒到地上而哈哈大笑。[①]

[①] Jean de la Bruyère. "De l'Homme". *Les Caractères*. Paris: Garnier-Flammarion, 1965, p. 7.

在其他令我们感兴趣的"特征"中，科里顿的情况是个特例，他把人类存在简化成一种消化管道："他待在餐桌旁直到咽下最后一口气；他死的那天全部用来吃；无论他在哪里，都在吃；如果他重回世间，那也是为了吃"。①

　　如果说散文，尤其是叙述性文体非常适用于饮食话语分析，那么17世纪的诗歌中也经常出现这样的暗示，尤其是那些专门研究伯尔尼传统中的美食颂歌的作家。在这些诗人中，有一位如今在小范围内仍有说服力，至少他是坚持不懈的。那就是克雷斯梅莱的杜福尔（Du Four de la Crespelière），他在1671年翻译了《萨兰尼养生指南》。但是早在1667年，他的一本小诗集就见证了他对美食的狂热，因为《爱的消遣和其他诙谐诗歌》② 主要包括关于"瓶子和酒杯""芥末""美味佳肴""圆面包和馅饼"以及其他诱人的话题。

　　如果说评论家并不是完全没察觉到散文和诗歌中的美食元素的话，那么他们在戏剧中则几乎没有发现美食元素，尽管美味佳肴在喜剧中是仆人最主要的担忧。几年前，查理·莫隆曾指出食物在喜剧中扮演着重要的角色，因为它让我们产生一种幻觉，这些幻觉表现了人们在饥饿威胁面前的巨大担忧，更主要的原因是17世纪的法国正在遭遇连年饥荒的噩梦。在那些以邀请吃夜宵作为结尾的喜剧中，剧作家创造了一种和观众交流的行为，因为就餐是一种复活和再生的象征，它伴随着新秩序的建立。

　　意识到文学史中的这一大漏洞后，我着手对莫里哀喜剧中的饮食进行了分析。莫里哀出名于法国饮食历史的转折时代，这个时代以1651年拉瓦莱纳的《法国厨师》的发表为标志。我们可以在莫里哀的戏剧中找到那个时代美食实践的表现，这表明烹饪是从17世纪中期开始吸引人们的兴趣的。导致这种历史现象的因素有很多。

　　首先需要指出的是，一次建立在彻底与意大利模式决裂基础之上的烹饪革命影响深远，但在北欧的烹饪书籍中，比如1540年出版的《小契

---

　　① Jean de la Bruyère. "De l'Homme", p. 122.
　　② Du Four de la Crespelière. *Les Divertissements d'amour et autres poésies burlesques*. Paris: chez Olivier de Varennes, 1667.

约》，却没有对此的研究。其次，如果我们拥护诺贝特·埃利亚斯①的观点，那就不应该低估当时的社会想要在美食方面扬名四方的需求。同时，我们也不应忘记在一个追求系统化的时代人们对知识的"规范"，其中烹饪也不例外。② 莎拉·彼得森认为，为了让人们忘记东方对西方烹饪的影响，拉瓦莱纳和他的同胞们做出了三大改变。③ 首先，他们去除了菜肴的香气和金黄的色泽，这是中世纪和文艺复兴时期欧洲从伊斯兰教中获得的启发。其次，他们创建了一个概念框架，这个框架摒弃了东方菜品的甜味，以迎合意大利文艺复兴时期的饮食偏好——他们声称酸和咸才是古希腊、古罗马时期的地道口味。最后，他们对感官享受推崇备至，并将其融入和谐观念之中，也就是说，每一种调料都是为了更好地融入整体而失去它的独特性。所有这些因素都是为了巩固绝对王权下的国家集权政策，并促使法国擅作主张，自视为美学领域的价值规范。

为了给我的饮食批评奠定可靠的基础，我从十几部戏剧着手，并以此作为我的研究素材，深入分析饮食词汇。分析菜品首先应从词汇入手。这一研究方法对我阐释《太太学堂》这部喜剧而言是颇有成效的。我借鉴了几个符号学的方法来厘清与"吃"一词相关的符号体系。

我的研究实践促使我对其他的每一部戏剧都采取一种不同的研究视角，这只会更凸显我研究方法的跨学科性。饮食批评并没有固定的套路，它与所有试验性的研究方法一样，更像是服务于一个概念的技术网络。由此，我援引了《〈太太学堂〉评论》中关于味道和美学的论据，《唐璜》中的快乐和感情相通的中心概念，《安菲特利翁》中的重商主义和待客之道，《贵人迷》中的故事嵌套，《女博士》中的精神厌食症，《没病找病》中的感官性和用于排泄的医疗设施。

然而，《吝啬鬼》无疑是这方面表现最丰富的文本。我试着揭示这部喜剧中一个吝啬的有产者的日常点滴。这部剧里面有一位监督饮食开支的

---

① Norbert Elias. *La civilisation des moeurs*. Paris：Calmann-Lévy，1973.
② Claude Fischler. *L'homnivore*. Paris：Éd. Odile Jacob，1990，pp. 221 – 227.
③ T. Sarah Peterson. *Acquired Taste*：*The French Origins of Modern Cooking*. Ithaca：Cornell University Press，1994，p. 164.

总管，他按照《圣经》中有关财产管理的建议和《整洁的房子》① 行事；有一位马车夫兼厨师的旅店主，东家雅克的手下，一些与食物同名的仆人（一截燕麦和鳕鱼）；还有一位与小说同名的人物，他付出了超出凡人的努力，面面俱到，来保存并看护好所有的一切，唯独忽略了最基本的一面：物种的繁衍。他坚持用他的狂热来控制全世界：他的仆人（他们衣衫褴褛并被强迫遵守比正常多两倍的斋戒日），他的牲畜（他晚上偷偷拿走它们的饲料），甚至是他宴请的宾客们。在这部戏剧1682年合集的加长版中，我们可以看到这样的宴会片段，它完美地重现了17世纪的菜单，对此拉瓦莱纳应该会赞赏有加，因为他是这个菜单的主要发明者。因此从饮食批评的角度看，想要泯灭生命本能的阿巴贡才是古典喜剧中最阴暗的人物。

然而，饮食批评并非万能钥匙。比如在《伪君子》中，口头表述发挥着关键作用，它使人们在脑海中浮现出莫里哀戏剧中最令人记忆深刻的饮食画面——"丰腴又肥美，红石榴般的脸色""为了给夫人补充流失的血液，午餐时喝四大杯酒"等，美食的贡献显得无足轻重。②

另外，一部仅以社交集会为背景的喜剧中却没有出现礼仪所要求的餐食或点心，这会令我们感到惊讶，但我们最终会意识到，《厌世者》中的这一空缺是有说服力的。虽未言明，但聚餐和宴饮交际的缺乏，鲜明地表现了色里曼娜的沙龙中人际关系的干涩，并突出了从戏剧开端就具有的模糊性。

饮食批评能够用于阐释莫里哀的所有类型的作品：滑稽剧（《爱恋的怨恨》）、情景剧（《冒失鬼》）、芭蕾剧（《美妙的情人们》）、桃色剧（《太太学堂》）、黑色剧（《唐璜》）。这大概是由于莫里哀笔下的偏执狂们，就他们的想象或幻象来说，并非真正的美食家：尽管他们坚持要满足他们的食欲，但是，他们忽略这一文化行为的规则。莫里哀刻画那些不熟悉餐桌

---

① Audiger. La Maison réglée. 2e éd. chez Nicolas le Gras, 1692.
② 在《进餐时刻》一文中，琼-路易·富朗德兰持同样的观点："莫里哀为了让读者觉得达尔丢夫的贪吃可笑，在1669年这样写道，'他午餐时喝四大杯红酒'，却什么东西也不吃。" Jean-Louis Flandrin. "Les heures des repas". In: Aymard, Grignon et Sabban. Le temps de manger. Paris: Éd. de la Maison des sciences de l'homme, 1993, p.105.

礼仪的主人和客人,暗含着对真正美食家的赞美,这些真正的美食家总是器重一个懂得在丰富的喜剧结构中加入美食元素的美食作家。

作为这顿理论大餐的总结,我们要注意,饮食批评并不是沙漠中孤独绽放的花。事实上,它从属于社会评论体系,这一思想体系贡献巨大,尤其体现在我们对莫里哀的研究中,主要有拉尔夫·阿尔巴尼斯对社会文化的研究和詹姆斯·盖恩斯关于戏剧中社会结构的研究,以及哈洛德·努森和之后的斯蒂芬·多克对人物的着装所做的研究。①

饮食批评牵涉所有与食物相关的学术领域,从研究者们围绕食物展开的争论和兴趣来看,饮食批评的前景十分光明。一些学者认为,它属于艺术(关于烹饪和文学的艺术),另一些学者则认为它属于哲学;一些学者把饮食批评与社会科学,尤其是与人类学联系起来,另一些学者还试图寻找它在科学史和医学史中的位置,像帕特里克·里克丹德雷在他对《没病找病》的评论②那样,通过病理学诊断来阅读文学。对医学专家来说,烹饪史是一项规模宏大的事业,因为它既具有口语的通俗性也有书面的学术性。美食史也正是处于这两个方面交织的进程中,因而值得特别关注,饮食批评亦是如此。今天,我们知道,在文艺复兴时期和古典时代的欧洲,那些学者和厨师们就是借助这两种传播路径相互沟通的。③

在《同义词词典》(*Dizionario dei sinonimi*,1830)的最后一个词条中,如果我们把"消化"替换成"饮食",其中一段话就会变得引人深思:

> 所有的文明国家都有标题为《饮食》(*De re culinaria*)的著作。

---

① Ralph Albanese. *Le dynamisme de la peur chez Molière*. University, Miss.: Romance Monographs, 1976; James Gaines. *Social Structures in Molière's Theater*. Columbus: Ohio State University Press, 1984; Harold Knutson. *The Triumph of Wit*. Columbus: Ohio State University Press, 1988; Stephen V. Dock. *Costumes and Fashions in the Plays of Molière*. Genève: Slatkine, 1992.

② Patrick Dandrey. *Le "cas" Argan: Molière et la maladie imaginaire*. Paris: Klincksieck, 1993.

③ 参阅阿莉达·葛莱尼给《早期科学与医学》第四卷第二期(1999年5月)特刊写的引言《新文化历史》。Anita Guerrini. "The New Cultural History". *Early Science and Medicine: A Journal for the Study of Science, Technology and Medicine in the Pre-Revolutionary Period*, 1999, 4 (2), pp. 164 – 165.

如果着手写一本关于这个话题的书……我们找不到用于表达这一伟大艺术的术语……人们在这门艺术上倾注了那么多好的、坏的"消化"(领悟)，那么多愉快的、烦恼的时光，那么多不耐烦的、固执的、慷慨的和期望的行动。消化是人类生活最重要的事情之一，也是最被忽视的事情之一；一部关于消化的出色论著将是一本真正的百科全书，因为它必须包括物理、化学、力学、农学、历史、文献学、美学、伦理、公共经济甚至是宗教。[①]

在广度和深度方面，还有比这段话更好的关于饮食批评的描述吗？

---

① 转引自 Piero Camporesi. *The Magic Harvest*. Cambridge, M. A.：Polity Press, 1993, p. 113. 由本文作者将意大利语翻译成法语。

上编

英国文学中的饮食书写

食物、性与狂欢:
《亨利四世》中福斯塔夫的吃喝①

胡 鹏

福斯塔夫是莎士比亚戏剧中最富有特色、最受欢迎的角色之一,他出现在莎士比亚的历史剧《亨利四世》和喜剧《温莎的风流娘儿们》中,其所展现出的"福斯塔夫式背景"描绘了"五光十色的平民社会",他的活动为我们展现出早期现代英国社会日常生活的绚丽图景。但正如安妮·巴顿(Anne Barton)指出历史剧和喜剧中的福斯塔夫其实是不同的,从文类的角度看这种观点是有道理的。② 凯瑟琳·理查森(Catherine Richardson)指出:"倘若我们想充分理解莎士比亚的戏剧是如何产生(戏剧)效果的话,就需要追问他是如何构思台词和(剧中)物品的。"③ 从这点来讲,福斯塔夫的戏剧功能正是作为物质客体的话语中心及物质客体的多种潜在含义而存在着。本文将主要分析《亨利四世》中的福斯塔夫所展现出的日常生活状态,因为这是莎士比亚第一次描写下层(普通民众)的日常生活,福斯塔夫是剧中当之无愧的主角,这种从贵族、伟人到大众、小人物的转向正体现出莎士比亚所处年代早期现代日常审美意识的觉醒。④ 福斯塔夫身份的问题无法避免地必须同其戏剧功用和意识形态功用联系起来。就像格林布拉特在其名篇《看不见的子弹》一文中分析指出,福斯塔夫是作为颠覆性的多种声音的集合体,却被权力有组织地含纳并最

---

① 本文原发表于《浙江艺术职业学院学报》2016 年第 3 期。作者胡鹏,现为四川外国语大学副教授、莎士比亚研究所研究员。
② Anne Barton. *Shakespeare's "Rough Music": Renaissance Essays in Honor of C. L. Barber*. New York: University of Delaware Press, 1985, pp. 131 – 148.
③ Catherine Richardson. *Shakespeare and Material Culture*. Oxford: Oxford University Press, 2011, p. 4.
④ Jonathan Bate, Eric Rasmussen. *The RSC Shakespeare: William Shakespeare Complete Works*. New York: The Modern Library, 2007, p. 892.

终销声匿迹。① 但与此对照，他对涉世未深的王子产生负面影响，其对法律和秩序的拒绝是"正确和必需的"，即便这样，"莎士比亚自己也从未否定过福斯塔夫"。② 本文则试图将福斯塔夫作为《亨利四世》的中心加以分析，特别是其形象与吃喝乃至整个戏剧的关系，指出福斯塔夫的吃喝逻辑及哈尔王子即位后必须对他进行抹杀的原因。

一

虽然福斯塔夫的舞台形象异常生动鲜明，但有时我们也会因为实际上的文本证据匮乏，而使得其中某些方面比如福斯塔夫和饮食的关系就成为一个谜。虽然他被刻画成大腹便便，但正如多佛·威尔逊（Dover Wilson）指出："我们从没看到或听到福斯塔夫吃东西或想吃东西，而只有屠夫妻子胖奶奶的一盆龙虾。"（Fortunes：27）而有关福斯塔夫饮食的实际指涉仅仅出现在快嘴桂嫂的话中："肥膘大妈，不是来了吗？不是管我叫快嘴桂嫂吗？她来是要借一点醋，还跟我们说她那儿有一碟上好的大虾，你听了就想要几个吃，我不是还跟你说伤口没好，不能吃虾吗？"③ 显然在这里，福斯塔夫的饮食并不重要。他的贪吃是由他人证明的，所以观众不会在舞台上看到。但即便如此，福斯塔夫也总是和食物联系在一起，最明显的证据是皮多在熟睡的福斯塔夫口袋里找到的若干纸片：

波因斯

烧鸡一只　二先令二便士

酱油　四便士

---

① Stephen Greenblatt. *Shakespearean Negotiations*: *The Circulation of Social Energy in Renaissance England*. Oxford: Clarendon Press, 1988, pp. 21 – 65.

② Dover Wilson. *The Fortunes of Falstaff*. Cambridge: Cambridge University Press, 1944, p. 126. 后文出自同一著作的引文，将随文在括号内标出该著名称首词和引文出处页码，不再另行作注。

③ 莎士比亚：《亨利四世》，见《新莎士比亚全集》（第七卷），吴兴华译，河北教育出版社2000年版，第399页。后文出自同一著作的引文，将随文在括号内标出该著名称首字和引文出处页码，不再另行作注。

食物、性与狂欢：《亨利四世》中福斯塔夫的吃喝

> 甜酒两加仑　　五先令八便士
> 晚餐后的鱼和酒　　二先令六便士
> 面包　　半便士
>
> 太子
> 　　哎呀！真是骇人听闻！仅仅半便士的面包就灌了这么多得要死的酒！①

我们看到哈尔王子在野猪头酒店跳过了贪吃而更强调了福斯塔夫嗜酒的习惯，但他之前将其视为暴食者，特别是嗜肉。因此，我们看到福斯塔夫实际上是暴食者和嗜酒者的合体。虽然其他角色总是将他和食物联系在一起，他自己则坚持对酒的喜爱。

实际上开设于依斯特溪泊（Eastcheap）的野猪头酒店本身就是依斯特溪泊本身的转喻，因为这一片区曾经是"中世纪的肉类市场"，所以一般和屠夫及肉类生意紧密联系在一起。当哈尔询问巴道夫："那老野猪（old boar）还是钻在他那原来的猪圈（old frank）里吗？"（《亨》：275），他故意将福斯塔夫比作野猪。② 同样桃儿称呼他是"一只满满的大酒桶（a huge full hogshead）"（《亨》：418），也将他和大木桶以及野猪头结合。福斯塔夫一直和屠宰生意有关，在戏剧中同时被当作贪吃的嗜肉者和肉本身，因此，哈尔才会随意叫福斯塔夫是"我的美味的牛肉"（《亨》：306）。此外，野猪头是一道传统基督教食谱，从而将福斯塔夫与皇家宴席总管（Lord of Misrule）联系起来。

福斯塔夫四人结伙抢劫过路客商正就地分赃，可没想到反而被伪装的哈尔王子带人吓得丢下赃物而逃。随后他们晚上又在酒店碰头，哈尔王子准备拿福斯塔夫开涮，他命令福斯塔夫出场："叫瘦牛肉进来，叫肥油汤进来！"（《亨》：254）福斯塔夫先变成了肋骨肉，后又成了价值更低的油脂。舞台上的福斯塔夫成了食物，会被食用——通过揭露他的懦弱与谎

---

① 莎士比亚：《亨利四世》，第 275 页。
② Edmund Kerchever Chambers. *The Elizabethan Stage*：*Vol. 2*. Oxford：Clarendon Press，1923，pp. 443 – 445.

言，哈尔对其进行了比喻性屠宰："给我来一杯酒，堂倌！"（《亨》：255）随后又重复了一遍，而当他得到想要之物后，喝醉的福斯塔夫成为一大景致。因为像其他常见的恶人角色一样，福斯塔夫占据着最靠近观众的舞台位置，其直接的身形动作更增强了醉酒的形态。[①] 舞台上一饮而尽的动作成了福斯塔夫身份的表征，无数有关福斯塔夫的图画和绘画都展示着他好酒的特点。

  我们看到福斯塔夫如何猴急地将酒杯一饮而尽，哈尔回到了其食物想象，将这一场景和黄油的熔化扭曲地联系在一起："你看见过太阳（泰坦巨人）跟一碟黄油接吻没有？——软心肠的黄油，一听见太阳的花言巧语就熔化了。要是你看见过，你一定认得出眼前的这个混合物。"（《亨》：255）在哈尔的阐述中，主体和客体混合了。肥胖的福斯塔夫也许是太阳前熔化的一块黄油，也许是熔化黄油一样"熔化"酒水的太阳。同样，哈尔的"混合物"指向了福斯塔夫——他是由肥肉和酒构成的不协调混合物，或者福斯塔夫和酒就像画面中的两种液体物质。满身大汗的福斯塔夫以成为一块黄油结束，呼应了前面哈尔肥油汤的描述。

  在哈尔持续描述福斯塔夫的同时，福斯塔夫也念念不忘自己的酒。他抱怨"酒里也掺上石灰水"（《亨》：112），他的观察其实是对年龄的自我讽刺，"这个世界里哪儿还找得到勇气，十足的勇气？你要是找得到，就算我是他妈的一条肚子瘪了的青鱼（肚子瘪了的青鱼，指排卵后的青鱼。这大胖子喜欢用他能想到的最瘦的动物和自己作比）"（《亨》：255）。福斯塔夫将自己描述成与其体格和意识形态截然相反的物体。即便如此，他还是指向了食物。瘪了的青鱼即排卵后的青鱼，与脑满肠肥的福斯塔夫完全相反。进一步而言，瘦小的、生存时间短的青鱼是宗教节日四旬斋的食物，是福斯塔夫这类快乐角色所最终拒绝的。[②] 通过对这种食物的提及，福斯塔夫利用了青鱼的文化内涵来再次强调其自身人物角色的

[①] Robert Weimann. *Shakespeare and the Popular Tradition in the Theater: Studies in the Social Dimension of Dramatic form and Function.* Baltimore: John Hopkins University Press, 1987, pp. 189 - 191.

[②] Peter Burke. *Popular Culture in Early Modern Europe.* Farnham: Ashgate, 2009, pp. 261 - 266.

重要特征。

剧中对待食物的不同观点显示出福斯塔夫和哈尔的差异。哈尔将福斯塔夫看作食物，同时福斯塔夫自己强调喝酒是其角色特质，将杯中之酒当作其身份表征，唯一的消极提法是四旬斋的青鱼。福斯塔夫持续对瘦肉和四旬斋食物进行谴责："可是和我交战的要是没有五十个人，我就是一捆萝卜。"（《亨》：258）萝卜，细小的根茎支撑着硕大的头部，是有关虚弱的另一象征。福斯塔夫之后就描述浅潭法官皮包骨头的外形："他要是把衣服脱光，简直就十足像一个生权的萝卜。"（《亨》：453）

终于，哈尔无法再忍受福斯塔夫关于盖兹山抢劫事件的谎言，他骂道："这个满脸热血的怂包，这个压破了床铺、骑折了马背、浑身是肉的家伙……"（《亨》：260）福斯塔夫成为倒入锅里的动物油脂，但是其与食物的联系得以强调。在下篇中，福斯塔夫对大法官说他是"一直狂欢夜的蜡头，大人，整个是油脂做的"（《亨》：385）。① 威尔逊提示我们早期现代 tallow 一词在语义学上的可能性："'油脂/肥油'，通常用来讽刺、羞辱地称呼福斯塔夫，并未得到正确理解，我们需要知道两个事实：首先，它指伊丽莎白时期的脂肪油，也指烤油或板油或动物脂肪提取油；其次，也指人的汗液，部分可能是因为与 suet 一词类似，与肥肉类同，像是由于身体的热量所熔出的。"（Fortunes：28）因此，关于福斯塔夫的一走路就出汗，哈尔早前就评论"福斯塔夫流得那一身大汗，跑起路来倒给枯瘦的大地浇上不少油"，为接下来将福斯塔夫比作可供食用的动物埋下伏笔。在野猪头酒店，福斯塔夫这样回应哈尔："他妈的，你这饿死鬼，你这鳝鱼皮，你这干牛舌头，你这公牛鸡巴，你这咸鱼。"（《亨》：260）福斯塔夫颠倒了哈尔食物比喻的要旨，他用风干的食物来描述哈尔王子，暗指其瘦弱冷漠。干牛舌头意味着哈尔贫乏的修辞能力，而其余则暗指与其精力充沛、性欲旺盛的反面。福斯塔夫同样将哈尔比作食物，但仅仅是与自己对比——王子只是少量进食用以果腹。

在角色扮演一幕中，福斯塔夫扮作国王，将自己比作被宰待售的动

---

① Giorgio Melchiori. *The Second Part of King Henry IV*. Cambridge: Cambridge University Press, 1989, p. 75.

物。他采用了反证的修辞策略:"听凭你把我提着脚后跟倒悬起来,跟一只吃奶的兔子或是跟卖鸡鸭的门口挂着的野猫似的。"(《亨》:269)正如哈尔挑战了扮演其父亲,福斯塔夫也挑衅了哈尔,将其当作待售的肉。他恰当地将自己比作倒挂的死兔子,回忆起了战场上的羞辱,即将骑士脚跟倒悬使其蒙羞。而今哈尔假扮其父亲的角色预示着他即将成为国王以及对福斯塔夫的处置,表明了其最终抛弃了"野蛮王子"的面具:"有一个魔鬼变作一个肥胖的老人模样,正在纠缠着你,有一个大酒桶似的人正在伴随着你。你为什么要结交这样一个充满毛病的箱笼、只剩下兽性的面柜、水肿的脓包、庞大的酒囊、塞满了肠胃的衣袋、烤好了的曼宁垂肥牛,肚子里还塞着腊肠、道貌岸然的邪神,头发斑白的'罪恶'、年老的魔星、高龄的荒唐鬼?"(《亨》:271)此处复杂的比喻戏剧性地制造出哈尔和福斯塔夫构成身体—食物指涉上的张力。哈尔对福斯塔夫的宗教定义是"恶角",是传统宗教剧中的邪恶角色。而这些指涉又逐渐转变成食物的想象,并最终成了烤熟的动物。此处三种食物中,第一种酒是福斯塔夫最爱的液体,第二种是腊肠,最后一种是肥牛。福斯塔夫变成了填充上等食物以供整个宴会食用的动物。而后两个指涉则暗示着剧中更广泛的福斯塔夫-食物比喻。哈尔特别将福斯塔夫比作"曼宁垂肥牛",曼宁垂是埃塞克斯的一个城镇,"以圣灵节集市著称,特别是烤全牛"。① 哈尔选择和地方传统相关的动物可被视为另一种历史节目中充满英国性的物件;此外,这一指涉强调了通过福斯塔夫具现的节日庆典氛围。莎士比亚反复将福斯塔夫比作节日中食用之肉,例如,波因斯问巴道夫:"你的主人是不是还肥得像马丁节(Marlemas)前后杀的猪牛似的?"(《亨》:408)11月11日的圣马丁节上会"杀牛、羊、猪和其他动物,为过冬做准备,因为冬天新鲜的食品会变得短缺甚至于无"②。波因斯的话有两种互补的阐释:福斯塔夫本身就是节日,或者他是节日上待宰的动物。在文本中,所有其他有关福斯塔夫和肉的类比中,后者绝不能忽略。最明显的有关福斯塔夫

---

① Ebenezer Cobham Brewer. *The Dictionary of Phrase and Fable*. Philadelphia:Henry Altemus,1898.

② John Brand. *Observations on Popular Antiquities:Chiefly Illustrating the Origin of Our Vulgar Customs,Ceremonies and Superstitions*. London:Chatto and Windus,1877,p. 216.

作为特别节日上美味的肉食比喻是桃儿的话："你这婊子养的，巴索罗缪（Bartholomew）市集上出卖的滚圆的小肥猪。"（《亨》：206）这里的指涉又将福斯塔夫和伦敦于8月24日举行的一年一度狂欢节——圣巴索罗缪节联系起来，这是伊丽莎白一世时期伦敦最流行的节日之一。"桃儿"这一来自福斯塔夫最爱的妓女的绰号，又与其身体闭塞带来的性饥渴相连；桃儿在性与经济上都依靠福斯塔夫，把他比喻成节日上尽情享用的小肥猪，公开显示出桃儿的食欲和性欲望。

二

哈尔表述福斯塔夫是肉的第二个指涉物体是"腊肠"。动物的内脏是一种流行且便宜的食物。福斯塔夫的肠子，其便便大腹中的内脏是其自身的转喻，是作为其身体最重要的部位而常常被提及的。如"肥肠（fat-guts）"以及"带着你的肠子跑"（《亨》：239）。巴赫金就解释说，如肠子等内脏是与狂欢传统相关的高度意义化的食物："腹部不仅仅是用以吃和吞，它也被吃……进一步说，内脏与死亡相关，与屠宰、谋杀有关，因为取出内脏意味着杀戮。同样也与诞生相关，因为腹部也繁殖。因此，关于内脏的意象中，诞生、排泄、食物都连接在一个怪诞的节点上；这是身体地理学的中心，上层和下层组织相互渗透。这一怪诞想象是物质身体下层组织矛盾状态的最爱的表达方式，其既破坏又生产，既吞咽又被食。"[1]巴赫金对拉伯的解读，可以准确地描述作为食物的福斯塔夫丰富了戏剧中比喻的物质性特征。

福斯塔夫的肠子在被解读为反抗身体政治中又获得了更多层次的意义。作为狂欢文化的具现，福斯塔夫的"反抗首先就是腹部"[2]，其作为修辞的中心作用就是成为戏剧情节的马基雅维利权力政治的反抗和物质化

---

[1] Mikhail Bakhtin. *Rabelais and His World*. Bloomington: Indiana University Press, 1984, p. 163.

[2] Francois Laroque. "Shakespeare's *Battle of Carnival and Lent*: The Falstaff Scenes Reconsidered (1&2 Henry IV)". In: Ronald Knowles. *Shakespeare and Carnival: After Bakhtin*. Basingstoke: Macmillan, 1998, p. 87.

的他者。从这点上讲,莎士比亚将腹部作为相反的意识形态,福斯塔夫的肚子则是有叛乱潜质的贪婪的肚子。哈尔为福斯塔夫改名为"大肚子约翰爵士",则戏谑地承认并打击了福斯塔夫肚子所代表的权力。在戏剧开场,亨利四世通过介绍性独白中高度凝练的意象表达出其统治的千疮百孔,他谈到"不久以前在自操干戈的屠杀中,刀对刀,枪对枪,疯狂地短兵相接"(《亨》:204)。佛朗索瓦·拉罗克(Francois Laroque)将这一意象解读为反对福斯塔夫不受控制内脏的物质呈现:"自然引导了将附属的'内部'与福斯塔夫肚子或'内脏'的等同,其作为狂欢食物的食物和内脏的一部分。"①

作为继承人,哈尔暗示着国内局势的动荡威胁着其父的王位。然而,他已经决定在继承王位之后变得跟他严厉且独裁的父亲一样。他知道这将使他疏远扮演代理父亲角色的福斯塔夫。这就解释了哈尔在角色扮演场景中冷酷的食物类比,即莎士比亚设计展现出其最终对福斯塔夫的拒绝和否定,也是在福斯塔夫质疑其皇室权威时哈尔不能忍受福斯塔夫的腹部的原因:

福斯塔夫:你以为我怕你跟怕你爸爸一样吗?不,我要是那样,但愿我的腰带断了!

太子:哎呀,要是你腰带断了,你的肠子还不都耷拉到你膝盖下面来了!你这家伙,你肚子里哪儿还有容纳信心、诚实和天良的地方啊!光装肠子和膈膜还不够呢!②

福斯塔夫怪诞的肠子和膝盖具体化了其畸形而缺陷的角色;这位膨胀的"吃货"没有高贵、无形的美德,有的仅仅是他自己享乐的肠胃。其放荡而堕落的身体不会惧怕未来的国王,权威的力量将把福斯塔夫吞噬。

在《亨利四世(上篇)》中,权力的主题和吃、食物的主题最终在战

---

① Francois Laroque. "Shakespeare's *Battle of Carnival and Lent*: The Falstaff Scenes Reconsidered (1&2 Henry Ⅳ)", p. 91.

② 莎士比亚:《亨利四世》,第 305 页。

食物、性与狂欢：《亨利四世》中福斯塔夫的吃喝

场上合而为一。当福斯塔夫强调为王而战时，最明显莫过于他对荣誉和骑士精神的蔑视和不屑："咄，咄，左不过是供枪挑的，充充炮灰，充充炮灰（food or powder）。"（《亨》：319）战争充满了对人类血肉的渴望，在最终的战斗中，莎士比亚戏剧化地支持着福斯塔夫的肠胃。作为一个节日角色，福斯塔夫明显不该被放置在战场上，正如他告诉观众："愿上帝别再给我铅吃啦！光是肚子里这点肠胃，我已经重得够瞧的了。"（《亨》：342）这是福斯塔夫首次关心其肚子安危，对他而言，武器仅仅是和平时期用以自我表演的道具：

> 福斯塔夫：……你要的话，我可以把我的手枪给你。
>
> 太子：给我吧。怎么，在这盒子里吗？
>
> 福斯塔夫：不错，哈尔，滚烫的，滚烫的。它可以让一个城市的人都不省人事。[太子自盒中抽出一瓶酒]
>
> 太子：怎么？现在是玩笑捣蛋的时候吗？ [把酒瓶掷向福斯塔夫，下]①

福斯塔夫的双关语是混乱的，他的身份表征也是不合时宜的。作为一个不变的节日创造物，福斯塔夫不能在战争期间退场。为了继续其早期表征，他想象自己是对叛乱角色的烹饪治疗处方："潘西要真还活着，我就把他的皮给剥得稀烂。要是他找到我头上来，那就没得说了。要是他不来找我，我偏偏一心一意地找他，那就让他把我切作烤肉好了。"（《亨》：343）福斯塔夫自我描述为烤肉，也是其常用的反证风格。

而福斯塔夫与肉的类同以及福斯塔夫肚子主题在战役的决定性瞬间达到高潮。哈尔与霍茨波、福斯塔夫与道格拉斯的战斗——前者是对等的，而后者则是不对称且滑稽的，以霍茨波的死亡和福斯塔夫的倒地装死告终。哈尔赞扬了荣誉和骑士，认出了福斯塔夫：

> 怎么，老相好？难道你这一身的肉，还保不住一口气吗？可怜的

---

① 莎士比亚：《亨利四世》，第343页

杰克，再见吧，失去你比失去一个正经人更使我难过。假使我只知道享乐，一想起你，我心头会感到沉重。死神在今日的血战中大肆凶威，猎取了许多人，谁也比不上你肥（a fat deer），不久你就要开膛了；现在，对不起，请你在血泊中和潘西一起安息吧。①

这里哈尔使用了狩猎的象征主义，而 deer 与 dear 的双关常常出现在伊丽莎白时期的爱情诗中，用以表达对这位胖朋友的哀悼。显然，他又提到了福斯塔夫反抗的肚子；哈尔将亲眼看着福斯塔夫这头"肥鹿"被开膛破肚（把死尸开膛，涂上香料和药，好保存尸体）。在哈尔将他比作死去的肥鹿之前，福斯塔夫就已经被多次比作鹿。他含糊地自称为"流氓（rascal）"，但这个词在早期现代英语中则含有"年轻、瘦弱或鹿群中的下等品种"等含义。在爱德华·贝里（Edward Berry）对莎士比亚与狩猎的研究中，他讨论了哈尔在战场上希望对福斯塔夫开膛破肚的场景："开膛破肚取出内脏以便进行腌制或烹饪显然是一头死鹿不可避免的命运，特别是处于盛年'血肉充盈'的肥鹿……作为一个男人，福斯塔夫是卑鄙的，因此实不在此列。这里主要强调了其不光彩，然而，哈尔自己却没有察觉到的是对血液的保留：他没有躺在血泊中，而是在血泊中。作为一头鹿，福斯塔夫很难'躺在血泊中'；尽管又老又肥，他已非壮年，哈尔忽略了这一事实。"② 哈尔准备将福斯塔夫开膛取出内脏也可以作另外解释："从尸体上取出内脏是荣誉，因为准备用香料来保存尸体以免遗留在战场的乱尸堆中。"③ 哈尔也暗示了这种仪式将给福斯塔夫一种骑士的荣誉。从这个意义上来说，福斯塔夫的开膛破肚物质化了其大腹中的多样性。

但是，放荡的狂欢国王的身体再次起身，宣告着其作为一种变质食物的状态："开膛了？你要是今天给我开膛，明天我就让你给我腌起来吃下去。"（《亨》：350）福斯塔夫解释了作为食人欲望的狂欢复活，从而延缓

---

① 莎士比亚：《亨利四世》，第349—350页。
② Edward Berry. *Shakespeare and the Hunt：A Cultural and Social Study*. Cambridge：Cambridge University Press, 2001, pp. 133 – 134.
③ Frances Teague. *Shakespeare's Speaking Properties*. Lewisburg：Bucknell University Press, 1991, p. 33.

他们的实践。他拒绝被开膛，与作为意识形态反面的霍茨波形成鲜明对比，霍茨波实践了战士的荣誉精神并最终成了食物：

> 霍茨波：不，潘西，你就是尘土，只能供——
> 太子：——蛆虫吃，潘西，再见吧。①

最终，英勇的潘西将被吃掉，而福斯塔夫则没被杀掉，保留了其硕大的肚子。福斯塔夫和霍茨波是两个极端，一位对享乐孜孜以求，另一位则对荣誉念念不忘，哈尔必须回避两者以便成为他理想中的完美君王。他可以从肉体上杀死荣誉的模范并将其变为蛆虫的食物，同时他必须等待适当的机会放弃、否定享乐原则的具体化身。

三

福斯塔夫必须被驱逐出权力中心的原因除了他的身体有反抗的肚子以外，另一原因是其性别。性别批评家们谈论着福斯塔夫代表着对历史上描述的男性同性暴力和权力阴谋的一种女性威胁：福斯塔夫蔑视荣誉和军人的勇猛，他在战场上的怯懦，他的有始无终，他的装死，他的肥胖，以及对肉欲的纵容都暗示着早期现代英格兰区分精神与肉体、高雅与粗俗、男性与女性类比系统中的娇弱和女性气质。②

哈尔从一个野蛮王子到强权君主的转变需要否定和拒绝一切女性气质。福斯塔夫是女性特征的具体化身，他的身体不仅仅是贪婪的肠胃，也是诞生事物的子宫。即便他有着持久的对女性的性欲，也还是更像这些男性权力戏剧中的女性，正如霍茨波告诉他的妻子："这个世界不是让我们玩娃娃和拥抱亲嘴的。"（《亨》：47）丽贝卡·安·巴赫（Rebecca Ann Bach）就将福斯塔夫作为历史剧中怯懦男人群体的中心："福斯塔夫是柔

---

① 莎士比亚：《亨利四世》，第348页。
② Jean E. Howard, Phyllis Rackin. *Endangering a Nation: A Feminist Account of Shakespeare's English Histories*. London: Routledge, 1997, p. 166.

弱的，在历史剧中像个女人，因为他是个懦夫，他自我放纵，而且他所有的欲望都失去了控制。福斯塔夫不像莎士比亚历史剧中的真男人，热爱生命、喜欢女人。历史剧中突出那些和福斯塔夫分享品质的男人都是柔弱的。福斯塔夫在历史剧中与其他柔弱角色（如浅潭、毕斯托尔等）共享了怯懦。"①

福斯塔夫甚至尝试把自己的身体想象成某些跨越性别的装束："真是的，我浑身的皮剥下来就跟一个老太太宽大的袍子似的！"（《亨》：299）同样这种思想也被哈尔接受，他想象着非现实的角色表演："我就扮潘西，让那个该死的肥猪装他的夫人，摩提麦小娘子。"（《亨》：254）然而，福斯塔夫告诉佩吉其扮演的母亲角色过度吸引了观众的注意力："我现在在你前头走起道来，就活像一头母猪，把生下来的一窝小猪都压死了，就剩下你一个。"（《亨》：380）他也认识到其身份是由肠胃所决定的："我这个肚子里装满了一大堆舌头，每一个舌头都不说别的，只管宣扬我的大名。只要我肚子能变得大小再合适一点，我简直就可以是全欧洲最敏捷灵便的人了。全是这大肚子（womb），这大肚子，我这大肚子，把我给毁了。"（《亨》：473）意为谁只要看见"我"这么个肚子，就可以立即认出"我"是福斯塔夫。这里的福斯塔夫肚子里的一堆舌头，呼应了序幕中介绍《亨利四世（下篇）》的拟人化的谣言，一开场就是"'谣言'上，浑身画满了舌头"（《亨》：366）。②福斯塔夫明显的多嘴多舌的大肚子就像女人一样，因此对试图控制所有公共话语的国家政权是个威胁。此外，更重要的是，福斯塔夫的肚子像子宫，是反政府权威对应话语产生的潜在根源。

被赋予怪诞子宫和其他女性特点的福斯塔夫对失去母亲的哈尔同样是个威胁。严格讲来，哈尔即使在母亲缺席时也否认其存在，当父亲的信使前来通知他时，他回应道："把他送回给我母亲去。"（《亨》：263）因为

---

① Rebecca Ann Bach. "Manliness Before Individualism: Masculinity, Effeminacy, and Homoerotics in Shakespeare's History Plays". In: Richard Dutton, Jean Howard. *A Companion to Shakespeare's Works*, vol. II: *The Histories*. Oxford: Blackwell, 2005, p. 231.

② Frederic Kiefer. "Rumor in 2 Henry IV". *Shakespeare's Visual Theatre: Staging the Personified Characters*. Cambridge: Cambridge University Press, 2003, pp. 63–100.

哈尔的母亲已死，所以他的玩笑暗示着他对母亲的缺席没有任何哀痛，而且在他的世界里也不欢迎母亲。福斯塔夫圆胖的、给予生命的、物质化的身体由于过度物质化而威胁到了哈尔。① 瓦莱丽·特莱博（Valerie Traub）认为哈尔将女性气质和物质象征结合起来一并进入其父亲的法律和秩序世界，他必须否认和破坏作为"无处不在的母性物质化"能指的福斯塔夫："哈尔发展成为男性主体不仅仅依靠从身体依赖和想象的身体共生状态的区别和分离，也是依靠与这些状态相联系的性格祛除：母亲，物质。哈尔在《亨利四世》下篇中对福斯塔夫公开的否认和羞辱……表明了他需要将这种内心威胁具体化。"②

对吃的欲望和母性角色的吸收补足了吞噬一切的福斯塔夫的原始焦虑，由是修复了承担欲望和恐惧的这些消失的身体部分。作为哈尔的转移了的母亲角色，福斯塔夫表现出的对身体享受和物质客体的欲望必须在哈尔追求权力的过程中加以否定和抹杀。休·格雷迪（Hugh Grady）就指出："福斯塔夫主体性的源泉就是欲望。戏剧中他的智慧和行为动机就是著名的拉康所谓导致现代主题在无尽的链条中从一个客体到另一个的欲望'逻辑'。"③ 因此，作为未来的君主，哈尔必须着眼自己对权力的迫切欲望并消除威胁其最高追求的福斯塔夫随心所欲的物质欲望。为了否定作为物质世界欲望和享受的代表的福斯塔夫，哈尔将他当作"塞满了罪恶的大地球"（《亨》：429）。

这些部分和抹杀的想象也可以从政治层面进行阐释，性别化的福斯塔夫的身体与《亨利四世》中土地的表征重叠。作为一个明显的英国角色，贪吃嗜酒的福斯塔夫成了英格兰土地自身的清晰类比物，亨利王在想象结束内战时这样说道："这片土地焦渴的嘴唇将不再涂满她自己亲生子女的鲜血。战争不再用壕沟把田野切断，不再以敌对的铁蹄去蹂躏地面上娇小的花朵。"（《亨》：203）

---

① Bruce R. Smith. *Shakespeare and Masculinity*. Oxford：Oxford University Press，2000，p. 70.
② Valerie Traub. "Prince Hal's Falstaff：Positioning Psychoanalysis and the Female Reproductive Body". *Shakespeare Quarterly*，1989，40（4），pp. 456–474.
③ Hugh Grady. "Falstaff：Subjectivity between the Carnival and the Aesthetic". *Modern Language Review*，2001，96（3），p. 615.

地上的壕沟贪婪地喝着自己孩子的鲜血，而这正是在自相残杀（civil butchery）中流出的。这一意象强烈地指出了剧中其他贪婪的饮者，那些从未觉得有足够的酒能涂抹其唇的人。"吸血的大地对血液的渴望就像他对酒的渴望一样！"[①] 哈尔在其否定的独白中将福斯塔夫和大地联系在一起："别狼吞虎咽了，要知道坟墓为你张着嘴，比任何别人要阔大三倍。"饥饿的大地将吞噬福斯塔夫并实践渗透在两部《亨利四世》中的欲望；在哈尔否定福斯塔夫的时刻，吞噬者被吞噬了，福斯塔夫随后消失在《亨利五世》的舞台上，仅仅在《亨利四世（下篇）》的收场白中提到了这一戏剧所迎合观众创造的食人和食肉想象："如果诸位的口味对肥肉还没有腻的话，我们这位微不足道的作者就打算把这故事再继续下去。"（《亨》：524）

我们一定要还原解读福斯塔夫及其作用的物质客体，那是唯一的属于在颠覆性的节日消费精神中反抗权力的狂欢秩序的物体。皇家宴席总管（Lord of Misrule）和肉片仅仅是福斯塔夫的众多化身之一，而与莎士比亚最成功的戏剧角色联系在一起的物质文化解读超过了任何单一的解读，消除了任何解读的封闭性。拉尔斯·恩格尔（Lars Engel）指出，福斯塔夫不但符合一个享乐主义者的节日和消费逻辑，更在其对自由的追求中显示出高度的经济实用主义："福斯塔夫通过明显的自我意识也具现并促进了狂欢和节庆：他知道谁为狂欢买单，也确信不是自己。不论我们是从巴贝尔（Barber）还是从巴赫金得到狂欢理论，这种策略性的节日在福斯塔夫身上则包含了对所有狂欢化已有概念的调整。……巴赫金没有对狂欢节carnivals（欢庆为先）和市集fairs（经济为先）加以区分……他没有看到他所推崇的市集简单语言与降等的价值规则在早期现代市场和集市供需中的可能关系。"[②]

从这点来讲，任何集中于将福斯塔夫当作巴赫金式狂欢的解读尽管正确，但却也忽视了福斯塔夫自己意识形态的扭曲和在困境中圆滑的处事手

[①] Francois Laroque. "Shakespeare's *Battle of Carnival and Lent*：The Falstaff Scenes Reconsidered（1&2 Henry Ⅳ）", p. 91.

[②] Lars Engle. *Shakespearian Pragmatism*：*Market of His Time*. Chicago：University of Chicago Press, 1993, p. 121.

段。从他在野猪头酒店的债务管理到滥用国王的招牌再到诈骗法官浅潭，福斯塔夫完全是一个狡猾的经济动物。他不但是个著名的放荡者，同时也不能简单地将其周围的客体看作狂欢或消费的物品，它们也具有交换价值。格雷迪也和恩格斯持有相似观点，他认为即便在传统的狂欢角色中，福斯塔夫也是从中世纪后期残余秩序到早期现代伦敦熙熙攘攘日益增长的个体市场经济的转移角色："在现代性的新文本中，狂欢化的福斯塔夫及其世界具现了现代性中急迫的主体性对愉悦和美追求的潜力。它们不再出现于公共的庆典中，而是在从公共形式和开放到所有新可能性和个体想象危险的过程中成为个体的、主观的、自由的。因此，福斯塔夫创造了狂欢的一种视角，即通过将新教主义/资本主义的现代化推动而再次语境化并赋予新意义的狂欢。"① 所以，作为在个人主义的资本主义群体中的再次语境化，福斯塔夫成了文化的媒介。

---

① Hugh Grady. "Falstaff: Subjectivity between the Carnival and the Aesthetic", p. 621.

文明人的食人焦虑和帝国的纾解策略

——18世纪初期英国文学中的食人书写①

王晓雄

针对18世纪英帝国一些文本中的食人族书写，有学者认为只是一种虚构。② 通过考察包括阿兹台克人及非洲不同部落在内的众多非西方人群的民俗，威廉·阿伦斯提出，对食人族的描述多基于偏见而非第一手的目击资料，因而食人族只是一种种族主义神话。③ 不少评论者也认同阿伦斯的观点，否认食人行为在实践中的真实存在；后殖民主义研究进而特别指出，食人族的形象是西方帝国主义欲望投射的产物，被用以支持文化殖民。④ 的确，近代欧洲人并未真正遭遇食人族，他们关于食人族的认知都源于哥伦布的日记和书信，其中提到在名为加勒比的岛屿上岛民以人肉为食，但这后来被证明只是道听途说。⑤ 因此，在这个意义上，近代欧洲人关于食人族的传说的确只是一种虚构，因为他们并未真正遭遇食人族，18

---

① 此文原发表于《外国文学评论》2018年第2期，作者王晓雄，现为杭州电子科技大学人文与法学院讲师。

② Jennifer Brown. *Cannibalism in Literature and Film*. New York：Palgrave Macmillan，2013，p. 4. 后文出自同一著作的引文，将随文标出该著名称首词和引文出处页码，不再另注。

③ 威廉·阿伦斯：《人食人的传说》，孙云利译，上海文艺出版社1993年版，第200—227页。但事实上，现实世界中的确存在食人部落，并不完全如阿伦斯所说是西方人的虚构。比如巴西的瓦里人（Wari）部落就存在两种食人行为：战争食人和葬礼食人。两者带有完全不同的意味：前者的实施对象是战俘，瓦里人就像处理垃圾一样吃掉他们；而后者的实施对象是瓦里人死去的亲人，他们带着敬意和同情食用尸体，而死者则宁愿被食用并进入同族人的身体，也不愿独自在泥土中腐烂（Beth A. Conklin. *Consuming Grief：Compassionate Cannibalism in an Amazonian Society*. Austin：University of Texas Press，2001，pp. xv - xxxi）。阿伦斯是在考察非西方地区的部落、群体文化之后，再对照与反观近代西方文本中的描述而得出的结论，该结论的最终落脚点仍然在于近代西方人的视野。

④ Maggie Kilgour. "Forward". In：Kristen Guest. *Eating Their Words*. New York：State University of New York Press，2001，p. vii.

⑤ 张德明：《从岛国到帝国——近现代英国旅行文学研究》，北京大学出版社2014年版，第119页。

世纪英帝国小说中的食人族因此也必然只是当时欧洲人想象的产物。不过，正如卡塔林·阿佛兰美斯库所说，现实中存在食人族与否并不重要，因为研究者关心的是一种"学术意义上的生物"，而非真实存在的食人族。① 笔者将要探讨的也是"学术意义上"的食人族②，它是所谓欧洲文明人想象的产物。在研究涉及域外描写的英帝国文本对食人族的想象时，除了将视线聚焦于被权力宰制的"野蛮"族群之外，研究者也应回到英帝国本身，发现所谓的文明人自身内部的食人元素。然而，在关于英帝国内部的"食人"元素的已有讨论中，研究者多倾向于运用"食人"的象征意义来概括"食"与"被食"之间的权力关系③，而较少触及"食人"的字面意义。因此，本文试图通过重点考察以笛福（Daniel Defoe）、佩涅罗佩·奥宾（Penelope Aubin）、威廉·切特伍德（William Chetwood）及斯威夫特（Jonathan Swift）为代表的18世纪初期英国作家的创作，聚焦英帝国这一权力主体，关注文本中字面意义上的食人元素，发掘存在于英帝国自身的食人焦虑，探讨文本中的纾解策略。

一、笛福：文明人食人的潜文本和"分离"策略

在出版于1719年的《鲁滨孙漂流记》中，笛福创造性地将罹受海难和遭遇野人结合在一起，促进了后世冒险小说和殖民传奇的创作（Canni-

---

① Cătălin Avramescu. *An Intellectual History of Cannibalism*. Princeton：Princeton University Press，2009，pp. 2 – 3.
② 在区分了学术意义上的食人族和真实存在的食人族之后，我们也有必要区分象征意义上的食人和字面意义上的食人。需要指出的是，"食人族"和"食人"在概念上有所区别。食人是构成食人族的必要条件，而非充分条件；换言之，食人现象并不一定指向食人族的存在，但食人族的存在必定包含食人元素。因此，英帝国文本对食人族的书写揭示了食人元素的存在（或象征意义上的食人，或字面意义上的食人，或两者兼备）。
③ 例如，马尔科曼·埃利斯指出，西方人对食人族的建构与自身政治权力的焦虑息息相关，认为"食人"是文明人及其帝国的权力特征，并明确指出自己的研究取用的是"食人"的象征意义（Markman Ellis. "Crusoe, Cannibalism and Empire". In：Lieve Spaas, Brian Stimpson. *Robinson Crusoe：Myths and Metamorphoses*. London：Macmillan，1996，pp. 49，58）；戴安娜·阿姆斯特朗则借用克罗诺斯的神话指出，在西方"食人"的关键意涵在于父与子、王与民之间的权力关系，就此而言，她的研究也仅涉及了"食人"的象征意义（Dianne Armstrong. "The Myth of Cronus：Cannibal and Sign in *Robinson Crusoe*". *Eighteenth-Century Fiction*，1992，4（3），pp. 207 – 220）。

balism：22－23）。小说中，鲁滨孙偶然在岛上见到了食人族留下的痕迹，"海岸上满地都是人的头骨、手骨、脚骨，以及人体上其他的骨头"，让鲁滨孙极端恐惧和厌恶，使他整天酝酿各种计划来杀死这些"野蛮的畜生"。① 这似乎表明鲁滨孙在面对食人族时的最初反应是极度的拒绝、本能的厌恶。② 但随着小说的进程，鲁滨孙渐渐意识到，自己并没有权力对这些野人进行生杀予夺，而是应该把这一切交给上帝判定，倘若他真的杀死了那些野人，那么他就和食人族没有分别了。③ 已有研究对此的分析认为，就个体意义而言，在鲁滨孙与野人的遭遇过程中，他得以与他者对话，进而去除自己身上不好的部分，并最终完成了一个"文明人"的自我确立；而就整个欧洲或西方文明而言，鲁滨孙和食人族构成了文明与野蛮、上升与堕落、理性与自然之间的二元对立，这成为欧洲或西方文明进行文化与宗教殖民的理由。④ 以上观点皆在食人的象征含义层面上将食人族笼统地看作理性、文明、西方或者欧洲的对立面。那么，食人族是否会在鲁滨孙心中也唤起食人的字面含义呢？弗吉尼亚·波索尔就指出，小说证明鲁滨孙和笛福一直被食人的念头所魔住，对笛福来说，不只是野蛮人才有食人的冲动，文明人也同样会有，尤其是在饥饿绝望的时候。⑤ 因此，当鲁滨孙初见食人族时，后者所唤起的未必没有字面意义上的食人对

---

① 笛福：《鲁滨孙漂流记》，徐霞村译，人民文学出版社2003年版，第146—147页。

② 例如，祖海尔·查莫希便认为，鲁滨孙见到食人族痕迹时的呕吐，表明他对食人本能地厌恶，他害怕食人也就是害怕堕落（Zouheir Jamoussi. *The Snare in the Constitution*：*Defoe and Swift on Liberty*. Newcastle upon Tyne：Cambridge Scholars Publishing，2009，p. 373）。

③ 笛福：《鲁滨孙漂流记》，第151—153页。

④ 例如，约翰·理查蒂、丹尼斯·托德和卡萝尔·弗林分析了食人对鲁滨孙的个体意义，分别认为笛福把食人族看作鲁滨孙无序、歇斯底里的自然性（John Richetti. *Defoe's Narratives*：*Situations and Structures*. Oxford：Clarendon，1975，p. 55）、野蛮未开化特征和肉体的物质性的象征（Dennis Todd. *Defoe's America*. New York：Cambridge University Press，2010，p. 32. 后文出自同一著作的引文，将随文标出该著名称首词和引文出处页码，不再另注）以及鲁滨孙自我成长必须克服的因素（Carol Houlihan Flynn. *The Body in Swift and Defoe*. Cambridge：Cambridge University Press，1990，p. 6）；从欧洲或西方文明这个角度来分析的研究者，或认为虽然笛福有时夸赞食人族原始的天真，但却从未放弃对他们进行基督教化和文明化这个理想，把食人族看成是人类堕落的表现（Maximillian E. Novak. *Defoe and the Nature of Man*. London：Oxford University Press，1963，p. 37），或认为笛福把食人看作文明的对立面，以其显示殖民和帝国主义的必要性（*Cannibalism*：26）。

⑤ Virginia Ogden Birdsall. *Defoe's Perpetual Seekers*：*A Study of the Major Fiction*. Lewisburg：Bucknell University Press，1985，p. 46.

自我的指涉。此外，当言及食人族时，鲁滨孙还特地提到了西班牙人，并谴责西班牙人对土人的极不人道的屠杀。① 如此的点名谴责颇耐人寻味，除去国家（殖民地）之争和宗教（天主教及新教）之争等缘故外，这其中可能还隐藏着笛福对食人的憎愤。

在同年出版的《鲁滨孙漂流续记》（*The Further Adventures of Robinson Crusoe*）中，鲁滨孙在海上救济了一艘来自布里斯托尔的英国船，该船遭遇了暴风雨，船上食物无法供给所有人，自私的船员只顾及了自己的需求。当鲁滨孙等人赶到时，船上的三个乘客——一对母子和一个丫头——已因为无法得到食物而被饿得奄奄一息：母亲耷拉着脑袋，活像一具尸首，儿子的嘴里则咬着一只破手套，其余部分可能都已经被他咬碎吃进了肚子里。最终，鲁滨孙等人只救活了儿子和丫头，儿子认为他的母亲等于是被船上那些残忍的船员杀害的，坚决要离开那艘船跟鲁滨孙走。鲁滨孙也认同他的看法，虽然船员原本可以省下一点点食物保住那个母亲的性命，但他们却没有这样做，因为"饥饿是六亲不认"。② 假如鲁滨孙没有遇到这艘船，当船上的船员们耗尽食物、濒临饿死的境地时，可能会发生什么呢？那个儿子对船员的指责已经暗示，船上的人员可能最终会自相残杀。当小说后半部分安排那个丫头重述这一惨剧时，她直截了当地说，如果当时她的女主人已经死去，她一定会从女主人身上咬下一块肉来充饥，她甚至都已经很想咬下自己的胳膊肉来吃；在这种欲望的驱使下，当她看到了碗里盛着的自己几天前流下的鼻血后，便赶紧捧起喝下，心中还奇怪为何没有人想起来去喝。③ 由此可见，小说中的该插曲正是一些海上食人事件的前奏，只不过笛福并未任之发展，甚至把丫头的食人念头也延宕了，延宕至大半本书之后才安排她缓缓道来，并且也未对其多做评说。在出版于 1720 年的《鲁滨孙沉思录》中，笛福终于就此类事件进行了直接讨论，但却仍然语焉不详，仅表达了一种犹疑和迂回的态度。他在该书中设想：如果人们在海上漂流，没有了食物，只得杀死其中一人为食，那他

---

① 笛福：《鲁滨孙漂流记》，第 152 页。
② 笛福：《鲁滨孙漂流续记》，艾丽等译，甘肃人民出版社 1983 年版，第 23—25 页。
③ 笛福：《鲁滨孙漂流续记》，第 134 页。

们该怎么办呢？笛福认为，在这种情况下他们只得食人，因为"其迫不得已而掩饰了罪行的恶劣"，由于"形势所迫，这最糟糕的罪恶也变得合乎情理，人们天性的邪恶也变得可行"。① 但是，该书拒绝为食人者寻找道德上的正当性，表明在字面意义层面的食人这个话题上，笛福仍然显得有些犹疑与心虚，不太有道德家的底气。

或许，这是因为笛福了解欧洲人的食人事件。事实上，欧洲历史上的食人事件的主角大都是西班牙人，其中最著名的事件发生于1528年11月。当时，五个西班牙人前往佛罗里达探险，由于恶劣的环境造成食物短缺，他们只能靠吃同伴的尸体存活，当最后一个幸存者被发现时，他正在吃最后一位同伴的尸体。② 1536年，在中美洲西班牙殖民区，两个西班牙人发现了一个被杀死的印第安人，备受饥饿折磨的他们假借为之举办葬礼之名，生火将该印第安人的遗体烤熟食用；其后，他们又杀死了一个来自西班牙塞维利亚的基督徒，并伙同一些西班牙人享用其血肉；之后，他们竟又杀死并吃掉了第二个西班牙人，甚至还因谁有权食用死者的大脑与肝脏而发生争执。最终，该食人事件的两个发起者被烧死，其他参与者则被充为奴隶或被烙上印记（Consuming：109—110）。结合笛福对商业贸易和殖民地的关注，他不会不曾听说过这些传闻，但他仅在其小说中迂回地指涉字面意义上的食人，避免了直接书写。如果我们在文明人食人这一历史语境中重新审视鲁滨孙对食人的极端怨恨、对西班牙人的讽刺，思考笛福为何及时中断《鲁滨孙漂流续记》中的海上母子这一插曲，我们或许可以发现隐藏于笛福所创作的这些畅销小说中的文明人食人这一潜文本。

如果食人只发生在西班牙人身上，或许该行为还不足以让笛福在其文学创作中如此再三回避。但事实上，或许笛福本人也深知，"食人"在早期现代英格兰是一条司空见惯的产业链。在早期现代英格兰，人类尸体的碎块是医疗贸易中的一种重要商品，可用于保健、美容和疗救，16、17

---

① Daniel Defoe. *Serious Reflections of Robinson Crusoe*. London：W. Taylor，1720，pp. 40 – 41.
② Merrall Llewelyn Price. *Consuming Passions：The Uses of Cannibalism in Late Medieval and Early Modern Europe*. New York：Routledge，2003，p. 109. 后文出自同一著作的引文，将随文标出该著名称首词和引文出处页码，不再另注。

世纪的药典多以"木乃伊"(mummy)特指药用人类尸体。① 理查德·萨格详细描述了英格兰当时的"食人"医学产业：在早期现代欧洲，基本上所有欧洲人不论贫富、教养高低，都在自己的日常生活中多多少少地参与了"食人"。起初，被食用的人类尸体来自北非沙漠中死于沙尘暴的人，后来则来自被吊死的罪犯。除尸体的肉块之外，血液也会被利用起来，新鲜的被用于直接啜饮，不新鲜的就晒干、制粉或者像炼金一般被用于蒸馏；尸体的脂肪是其中最为持久的物质之一，通常被用来制作外用的膏油；骨头则通过制粉或者蒸馏得到液体来供人食用，伦敦的药剂师在其店里出售完整的人头骨，或将长出了苔藓的人头骨研磨成粉，用以医治各种出血。总之，在当时的英格兰人看来，人体的各个部位及人体分泌物与排泄物皆可入药、供病人服用。② 以此观照笛福笔下的鲁滨孙对野人食人行为的极端愤恨，我们或可认为，原因正在于鲁滨孙背后的欧洲文明人已把食人发展成为一种日常产业，鲁滨孙对食人行为越是怨恨，就越是表明以笛福为代表的欧洲文明人对自身食人行为的焦虑，其对焦虑的纾解方法或许就是塑造一个食人种族，将食人行为排除出去。

在此，我们有必要厘清食人在欧洲文化与历史中的两种意涵，并讨论为何在早期现代欧洲"文明人"身上会出现食人焦虑。就知识史中的食人而言，古希腊神话中的食人以克罗诺斯最为出名。他为了保障自己的权位，吃掉了自己的儿女，是西方文学中最初的食人演绎。有学者进而认为，以克罗诺斯为代表的希腊神话将食人作为一种划分社会身份的极端方式③，但这种方式太过极端且恐怖，因此只能在神的世界里完成，在人的世界里就成为一种禁忌。《荷马史诗》则通过对比阿喀琉斯和独眼巨人库克罗普斯，将食人行为真正定义为人类不可跨越的禁忌：马克·巴肯借用

---

① Louise Noble. *Medicinal Cannibalism in Early Modern English Literature and Culture*. New York：Palgrave Macmillan, 2011, p. 2. 后文出自同一著作的引文，将随文标出该著作名首词和引文出处页码，不再另注。

② Richard Sugg. *Mummies, Cannibals and Vampires：The History of Corpse Medicine from the Renaissance to the Victorians*. London：Routledge, 2011, pp. 13 - 14. 后文出自同一著作的引文，将随文标出该著作名首词和引文出处页码，不再另注。

③ Kristen Guest. "Introduction". In：Kristen Guest. *Eating Their Words*. New York：State University of New York Press, 2001, p. 5.

拉康的术语"父亲之名"(Name of the Father)来指代阿喀琉斯进入象征界所必须遵循的规范,并指出,阿喀琉斯在好友普特洛克勒斯战死之后,声称要割下赫克托耳的肉并生食之,这一野蛮的赌咒和独眼巨人库克罗普斯的食人嗜好相呼应,表明阿喀琉斯事实上向往成为独眼巨人那样的单维度的、脱离社交的、纯粹的个体,但最终阿喀琉斯并未践行自己的赌咒,而是温顺地回归到了古希腊的秩序和规则。① 因此,通过希腊神话和《荷马史诗》对食人的演绎,食人被界定为人类进入象征界所必须摒弃的一种恶习,成为文明与野蛮的分界线。就欧洲医学史上作为医药手段的食人而言,以人类尸体作为医药基于这样一个观点,即尸体(特别是新鲜、猝死的尸体)中保留有亡者的生命力量,这种力量具有治愈性(*Medicinal*:3)。但是,通过服用尸体而获得亡者的生命力,这一想法本身就带有巫术色彩②,而巫术则是一种被歪曲了的自然规律体系,也是一套谬误百出的指导行动准则,更是一种伪科学。③ 事实上,早在17世纪的英格兰,作为医药的尸体就已经从代表奇迹和崇敬的神圣之物下降为单纯的商品,以爱德华·布朗(Edward Browne)为代表的一些医师都对尸体医疗提出了异议(*Mummies*:316-318)。到了经过启蒙洗礼的18世纪,英国国内对尸体医疗的反对意见就更多了,人们认为这种医疗方式侮辱了医学的专业性,毫无效果,因此反对尸体医疗就体现了理性战胜迷信的进步(*Mummies*:360)。

由此可见,作为欧洲知识史上的一个禁忌,食人是文明和野蛮的界限;作为一种曾在欧洲医学史上被广为践行的医疗手段,食人是欧洲巫术思维的体现,与启蒙带来的科学理性完全不合。无论是前者还是后者,食人都是近现代的欧洲人需要从其自我历史中抹去的不光彩存在,其中最明

---

① Mark Buchan. "Food for Thought: Achilles and the Cyclops". In: Kristen Guest. *Eating Their Words*. New York: State University of New York Press, 2001, pp. 15 – 27.

② 弗雷泽区分了巫术的两种基本思维方式,即相似律和触染律,以人类尸体为医药则建立在两者的杂糅这一基础上。弗雷泽指出,野甜豌豆的根坚韧,切罗基女人就用这种根的煎汁来洗头以使头发坚韧,同理,服用尸体来滋补自己的身体,是遵循相似律的"同类相生"或"果必同因"原则;同时,相信尸体和亡者(灵魂)仍有联系,则遵循了触染(接触)原则(弗雷泽:《金枝》,徐育新等译,大众文艺出版社1998年版,第19、45页)。

③ 弗雷泽:《金枝》,第19页。

显的例子便是，大量欧洲医学历史书写都回避了尸体医药，只将其作为现代医学发展中需要批判和扬弃的部分（*Mummies*：372－373）。然而，食人确确实实曾作为合法的医药手段而广泛存在于欧洲人的日常生活中，此类回避甚至否认更凸显了欧洲"文明人"的焦虑。从精神分析角度来看，前述阿喀琉斯生食赫克托耳的愿望和欧洲人对尸体医药曾有的迷信（巫术信仰），都是一种盲目的本我力量，此力量想要释放的冲动会带来神经性焦虑，可能促使个体做出应受惩罚的行为，而一旦个体违反"父亲之名"或科学理性的秩序，超我又会制造出内疚、羞耻以及自卑感，并带来道德性焦虑。[①] 因此，启蒙时代欧洲人对待食人的态度体现了两种焦虑——畏惧本我溢出的神经性焦虑和忧虑超我惩罚的道德性焦虑——的混合，当这种混合型焦虑产生后，他们便启用防御机制来纾解焦虑。18世纪初期英帝国小说中惯常出现的食人族，应该是一种投射方式，欧洲"文明人"借助该方式将自我无法接受的特征抛给他者以期消除这类特征。

但是，为何笛福会借用食人族的形象呢？正如上文所述，其小说中对食人族的描述源于耳闻而非亲见，学界也基本将之判为虚构，而当时欧洲人之所以如此执着于此虚构，原因还是在于他们已有的巫术信仰。毕竟，16—17世纪近200年的欧洲药典基本上都对人类尸体的药用价值深信不疑，而在日常生活中，人们也的确相信自己发现了尸体医药的良好疗效，这又同时启发了人们对外部世界的想象（*Medicinal*：9）。因此，尽管18世纪的欧洲人身怀食人焦虑，尚未被完全推翻的已有医药信仰却仍然使他们愿意去相信，世界上确实存在着一个食人的种族。尽管笛福并未在作品中对食人做太多的直接描述，使之成为隐而不露的潜文本，但他依赖欧洲人对食人族的已有构建，把食人行为投射给野人，确立了文明人和野蛮人的二元对立，将食人行为通过文本排除出欧洲文明世界，进而帮助将"受教化的西方人从其异域的野蛮弟兄那里分离出来"（*Cannibalism*：5），成功地纾解了欧洲"文明人"自身的焦虑。应该说，笛福的这一回避策

[①] 关于焦虑理论，详见：Robert D. Nye. *Three Psychologies*：*Perspectives from Freud*，*Skinner*，*and Rogers*. Belmont：Wadsworth/Thomson Learning，2000，pp. 26－28。

略最投欧洲"文明人"所好,因而也流布最广。

二、切特伍德、奥宾:圣餐类比和宗教策略

相较于笛福对"文明人"食人的回避,与其同时代的作家切特伍德和奥宾的创作则直接呈现了该主题。虽然切特伍德与奥宾如今已鲜有人问津,但在18世纪初期,他们的作品却相当流行。[1] 他们借鉴了笛福作品的主题和风格[2],描摹了不同国家和种族之间的遭遇与碰撞,推进了当时人们对与英帝国相关的各个议题的讨论和理解。[3] 笛福研究专家丹尼斯·托德在论述笛福作品时,因为切特伍德和奥宾作品的时空设定与笛福的相仿,作品中也出现了食人因素,遂将二者设为研究对照组,认为他们用宗教的方式解决了食人问题,但又同时指出,他们过分关注"文明人"自身,对野人及其被教化的可能性未做考虑(Defoe's:165 – 167)。本文则认为,或许正是因为切特伍德和奥宾高度关注"文明人"自身,他们才能将欧洲文化中已有的且已式微的食人元素放大,使之以虚构的形式进入大众视野,在不经意间将其编织入帝国话语中,而他们以宗教方式解决食人问题的策略也并未完全奏效。

切特伍德于1720年出版的小说《理查德·福尔克纳》在情节上类似于《鲁滨孙漂流记》,主角福尔克纳因海难流落到加勒比地区的荒岛,遇

---

[1] Aino Mäkikalli. *From Eternity to Time*. Bern: Peter Lang, 2007, p. 218; Arthur Freeman. "The Beginnings of Shakespearean (and Jonsonian) Forgery: Attribution and the Politics of Exposure, Part II". *The Library*, 2004, 5 (1), p. 407.

[2] 关于切特伍德、奥宾的创作与笛福作品之间的关系,详见:James R. Foster. "Sentiment from Afra Behn to Marivaux". In: Harold Bloom. *The Eighteenth-Century English Novel*. Philadelphia: Chelsea House Publishers, 2004, p. 48; Patricia M. Spacks. *Novel Beginnings: Experiments in Eighteenth-Century English Fiction*. New Haven: Yale University Press, 2006, pp. 50 – 51。

[3] 当今学者开始渐渐重视起切特伍德和奥宾的作品在英帝国文化构建中发挥的作用。例如,伊芙·班奈特认为,切特伍德的小说描述了海员及商人在大西洋一带的商业走私,促成了英国民众对帝国贸易和殖民地的讨论,奥宾的小说则探讨了奴隶制度,促进了民众对种族关系的讨论(Eve Tavor Bannet. *Transatlantic Stories and the History of Reading*, 1720—1810: *Migrant Fictions*. Cambridge: Cambridge University Press, 2011, pp. 21 – 24);爱德华·科扎茨卡则认为,奥宾小说带有酷儿色彩的叙述策略表征了英帝国对外的自我建构(虚构)方式 [Edward J. Kozaczka. "Penelope Aubin and Narratives of Empire". *Eighteenth-Century Fiction*, 2012, 25 (1), pp. 199 – 225]。

到了英国水手兰德尔，后者成了主角的精神导师。兰德尔自述早年流亡海岛，身边只有一只母狗和六只狗崽，他在饥饿中杀死了其中一只幼崽作为食物。兰德尔详细描述道："幼崽不到两个月大，我用发现于船底的木板生火烤熟了它，真是非常美味可口。"① 但他又同时解释道，杀死如此无害的生物有违自身心性，但为了生存他又别无他计可施。之后，兰德尔又杀死了四只狗崽，将其中两只用盐腌制，用狗肉喂食了母狗和幸存的狗崽，并评论道："它们吃得那么痛快，一点也不顾虑这是它们同伴的血和肉。"（*Voyages*：64）在此，兰德尔促成了动物的同类相食，也预示了小说将要述及的人类的同类相食。兰德尔讲述完往事后便去世了，福尔克纳和其他船员则继续修理船只以便离开荒岛。在一次醉酒后，福尔克纳被飓风吹离了小岛，当他最终回到小岛后却发现，由于留在岛上的船员整整五天没有淡水与食粮，他们在即将饿死之际将兰德尔的尸体挖出来并吃掉（*Voyages*：85—86）。切特伍德将犬类的同类相食和人类的食人行为并置，有将欧洲"文明人"食人的焦虑扩大化的危险，因为小说使人们认识到，所谓的"文明人"在原始环境中同样有着牲畜一般的无法克制的求生欲望。为了规避该危险，小说努力将兰德尔塑造成为一个圣人。主角深情地追忆道："他无功利的真诚，无矫饰的友善，有理性的信仰……言辞可亲，对任何人皆礼貌谦恭，不嫉恨任何事，唯独疾恶如仇……总之，他是一个奇迹般的人。"（*Voyages*：87）同时，小说借兰德尔之口，将其遗留的手稿自称为以耶稣之名抄录自神父的原始文件（*Voyages*：88）。至此，通过福尔克纳的事后赞颂以及兰德尔手稿的现身说法，小说成功地将兰德尔与耶稣联系在一起，唤起了读者对圣餐的记忆（*Defoe's*：166）。如果船员食人事件被转换成基督教式的对耶稣血肉的享用，那么动物式的同类相食欲望就被圣人自我牺牲的光辉所淹没，食人焦虑也就自然得到了纾解。

不过，将文明人的食人行为和基督教圣餐相提并论的处理方式，难免会让读者联想到基督教圣餐本身所存在的争议。圣餐最初来源于《福音

---

① William Chetwood. *The Voyages, Dangerous Adventures, and Miraculous Escapes of Captain Richard Falconer*. London: Printed for J. Watts and sold by J. Osborn, 1752, p.64. 后文出自同一著作的引文，将随文标出该著名称首词和引文出处页码，不再另注。

书》中记载的耶稣在逾越节的筵席，他将圣饼递给门徒，声言这是他的身体，又将酒杯递给门徒，声言这是他立约的血。① 在13世纪之前，基督徒对圣餐的理解趋于象征意义，但在1215年召开的第四次拉特兰会议上，教皇对圣餐做出了新的解释，他声称在圣餐仪式中，饼和酒通过神圣的力量渗透进基督的身体，变为了基督的肉和血，这就是所谓的"圣餐变体论"（transubstantiation）。② 从此以后，西方教会或者说天主教的圣餐便从象征意义变为字面上的意义，并与食人建立起了联系：信徒食用饼和酒，就是在真正食用基督的身体和血液；基督也在最后的晚餐中，进入食物链条，成了被信徒摄取的客体（*Medicinal*：97）。教皇的举措原本意在捍卫教会的势力，但是，将人类的禁忌与宗教神圣的宽恕和救赎力量结合在一起，虽然能够达到部分的正面效果，却也不可避免地带来混乱，当时甚至有信徒声称看见圣餐饼流出了鲜血、被扔到沸水中的圣餐饼变成了人肉；同时，在西方教会宗教改革时期，如何解释圣餐也引发了一系列教派之间的冲突、流血事件。③ 那么，天主教圣餐和食人之间究竟存在何种联系呢？一些人类学家认为，天主教圣餐的前身是图腾式进餐，而图腾式进餐一般指的是动物献祭，即吃掉作为崇拜物的动物。④ 弗洛伊德则沿用弗雷泽的观点，指出了天主教圣餐与动物献祭及人祭之间的同一性。⑤ 因此，从人类学角度看，天主教圣餐变体论源自远古时期的动物献祭和食人仪式，在逻辑上与前文提及的"尸体中保留有亡者的生命力量，这种生命力量有治愈性"这个早期现代欧洲医药观点相通。

针对圣餐变体论和食人之间的同一性，宗教改革者及其后的新教徒嘲讽天主教圣餐的野蛮和血腥。例如，瑞士改教者茨温利（Zwingli）认为，

---

① 《马太福音》26：26–28，《马可福音》14：22–24，《路加福音》22：19–20。

② Jaroslav Pelikan. *Reformation of Church and Dogma*（1300—1700）. Chicago：The University of Chicago Press，1984，p.193.

③ 斯图尔德·李·艾伦：《恶魔花园——禁忌食物的故事》，陈小慰等译，新星出版社2008年版，第164—166页。

④ 罗伯特·F. 墨菲：《文化与社会人类学引论》，王卓君等译，商务印书馆1991年版，第234页。

⑤ Sigmund Freud. *Totem and Taboo：Resemblances between the Psychic Lives of Savages and Neurotics*. New York：Moffat，Yard and Company，1919，pp.254–255.

以面包和酒为耶稣的血和肉的看法不但不虔敬，而且愚蠢、荒谬，坚持圣餐变体论的神学家与信徒都生活在食人族里；加尔文派传教士狄来利（de Léry）则将天主教徒与食人族相提并论，讥讽道，他们不仅要吃掉耶稣的血和肉，更糟糕的是，他们还要生吃（*Consuming*：116）。新教各教派的基本主张是恢复圣餐的象征意义，摈弃天主教式的字面上的食人意味；在天主教会的特兰托公会议（1545—1563年）仍然将圣餐变体论宣布为正统神学立场并对其万般维护之后，新教各派指控天主教"将耶稣降为食物和消化道的存在物，进而贬损了天主教教义的声誉，并与之（天主教）划清界限"（*Medicinal*：99）。相对于天主教而言，新教更具"理性宗教"的意味，在食人禁忌这个问题上，更容易与新兴的理性科学结盟以反对传统。从这个意义上来说，笛福代表的是纯粹的新教立场，即不允许食人这个禁忌存在于自身意识中，而要彻底对之回避、驱散；天主教对圣餐变体说的坚持则沿袭了传统，将食人禁忌纳入了自身内部进行消化，因此，切特伍德在小说中用隐含的圣餐仪式为食人事件开脱就体现了强烈的天主教色彩，当他试图以此来纾解文明人食人的焦虑时，该纾解策略带来了反向作用，即它将圣餐从英国新教徒熟悉的象征意义拉回到了字面上的食人意义，他的读者非但无法从此类比中摆脱食人阴霾，反而可能在圣餐仪式中重新发现食人的恐怖，并深刻地意识到文明和野蛮之间仅存在着模糊的界限。

　　同样求助于宗教的奥宾，其策略则比切特伍德决断得多，她在作品中以信徒的虔敬抗衡食人欲望，虽然她的小说情节也因太过明显的道德指向而显得并不真实。在出版于1723年的《夏洛塔·杜邦女士》中，主角夏洛塔与贝朗格为情侣，由于种种机遇，贝朗格和一位好友在加勒比一带海上漂流，当他们的食物断绝后，贝朗格的朋友要求贝朗格"杀死他，吃他温暖的肉，吮吸他温暖的血来维持生命"①。贝朗格震惊于该提议，拒绝了朋友的建议，并说道："我们生在一起，死也在一起，今晚我们已经过了好几个沙滩，毫无疑问就快要靠岸了，现在打起精神来，让我们加倍

---

① Mrs. Aubin. *The Life of Charlotta Du Pont, an English Lady*. London: A. Bettesworth, 1723, p. 124.

地祈求上帝，赐予我们恩惠。"话音刚落，一个大浪打来，他们看见一只海豚落在了船上，于是他们吃掉海豚并存活了下来。① 在小说提出缺乏食物这个问题后，奥宾给出的第一个解决方案是好友的自愿献身，即食人。尽管奥宾最终安排贝朗格凭借其宗教虔敬快速地做出"文明人"应该做出的正确抉择，并迅速让上帝对虔敬信徒的祈祷做出回应，从而避免通过食人来解决问题，但是如托德所说，奥宾在此处的处理与切特伍德一样都唤起了读者对圣餐的记忆（*Defoe's*：166），好友的自我牺牲和圣餐的类比潜在地表明奥宾对献身被食的解决方式有着一定的首肯。相较而言，切特伍德通过事后的圣餐类比为食人事件开脱，奥宾则在事情发生之前就通过圣餐类比为食人定下了神圣的基调。从这一点来说，奥宾与切特伍德对食人的处理运用的是天主教式的圣餐内涵，即字面上的摄入神圣血肉以获得拯救（*Medicinal*：3，83），他们的叙述都带有天主教色彩。

卡米拉·帕格利亚曾指出，犹太—基督教文化中存在着对言语的崇拜，其对目光的畏惧则构成了图像禁忌的基础；但在希腊—罗马化过程中，基督教逐渐被掺入了异教的拜物癖，如意大利教堂中圣塞巴斯蒂安的被箭穿透的碎块、圣露西暴突的眼球等，而新教却以捣毁圣像开始，反对此种拜物癖。② 如果说新教继承了犹太教的言语崇拜，要求秩序的简洁和明晰，那么天主教则更多地体现了图像崇拜，强调圣物和感官的非理性刺激，切特伍德和奥宾的圣餐类比以及奥宾对圣徒事迹的借用③，都体现了天主教的这种倾向。然而，在启蒙时代初期，科学实证精神和新教思想的

---

① Mrs. Aubin. *The Life of Charlotta Du Pont, an English Lady*, pp. 124 – 125.
② 卡米拉·帕格利亚：《性面具》，王玫等译，内蒙古大学出版社 2003 年版，第 34 页。
③ 比如奥宾在《高贵的奴隶》（*The Noble Slaves*）中写到玛利亚为避免遭波斯人强暴，祈求上帝给予她力量，并毅然挖出自己的双眼扔向对方，保全自己的贞洁（Mrs. Aubin. *The Noble Slaves*. London：E. Bell, J. Darby, A. Bettesworth, F. Fayram, J. Pemberton [and 5 others in London], 1722, pp. 32 – 33）。这是对圣徒圣露西的事迹的忠实模仿，表明玛利亚通过自我（某种意义上也是一种自食或食人）行为维持个人品德，也同时为自食或食人抹上了一层宗教色彩。

交融要求一种体现了历史真实的书写①，天主教对"传奇"的创造②则被认为包含有过多的拜物的、非理性的因素。尽管切特伍德和奥宾都直面了"文明人"食人事件，并将相关材料编织进了小说叙事中，但由于他们作品中的圣餐类比等处理方式具有明显的天主教特质，或暴露出天主教圣餐和食人之间难以划分的界限，或体现出过于浓重的非理性色彩，他们的新教读者或许会因此认定他们在作品中为食人行为开脱的方式是虚假的，这势必使得他们的作品无法真正帮助读者纾解其食人焦虑。切特伍德和奥宾的作品表明，基于天主教传统的食人焦虑纾解方式是向内的，它只是将焦虑暂时遮蔽于自身内部，却无法避免其不断发酵直至爆发出愈发剧烈的焦虑；笛福的作品则代表了新教纾解方式，即向外投射焦虑并于外部化解食人因素。

三、斯威夫特：食人系统的揭露和讽喻策略

如果说，切特伍德与奥宾代表的天主教传统在自身内部化解焦虑，笛福代表的新教传统通过外部投射化解焦虑，那么，斯威夫特则处于折中的位置，他既向自身内部观察，也向外部进行投射，这体现了斯威夫特的复杂立场，也导致学界对他有不同的评价。现今学界对斯威夫特的评价基本有两种观点：其一，从其厌世思想出发，认为斯威夫特不相信人性的善美，进而将其指控为一个恐外症患者（xenophobia）③；其二，否认斯威夫

---

① 例如，笛福在《新家庭导师》中便指出，文学创作最重要的一点是尽量为每一个事件提供充足和可靠的凭证（Daniel Defoe. *A New Family Instructor*. London：C. Rivington，1732，p. 248）。

② 笛福在《新家庭导师》中便借"父亲"角色的话评论罗马天主教，认为天主教神父因为缺乏真正的奇迹而编造出了许多传说和想象的故事，并从天主教徒将谎言和虚构强加于世的行为得出"传奇"（romance）这个词，相信天主教就是一个传奇的宗教（Daniel Defoe. *A New Family Instructor*，p. 57）。

③ 斯威夫特的厌世思想可能源于他对人类本性的失望，他认为人一直在堕落，无法受到理性、道德或宗教的约束；此外，某些后殖民学者还发现了斯威夫特身上的种族主义色彩，并据此将他指责为"恶魔般的殖民者"（Christopher Fox. "Introduction". *The Cambridge Companion to Jonathan Swift*. Cambridge：Cambridge University Press，2003，p. 2；David Oakleaf. *A Political Biography of Jonathan Swift*. London：Pickering & Chatto，2008，pp. 26，196）。

特的厌世，认为他是为人类做慈善事业的人①。克劳德·罗森认为，这两派说法都具有不可理喻之处，斯威夫特既不是慈善捍卫者，也不是恐外症患者或厌世者，甚至也不像燕卜荪说的那样在两者中达成了平衡。在罗森看来，斯威夫特要复杂得多，研究者必须分析其"精微多变的焦虑和立场"才能明白其捉摸不定的思维。②的确，当我们从食人书写这一视角切入斯威夫特的创作，便可发现，斯威夫特的理念包含了两派学者所说的特点，其间并未像燕卜荪所说的那样达成了平衡，而是处于不断的分裂之中。

在出版于1726年的《格列佛游记》中，有两处对食人的直接指涉，都发生在格列佛的慧骃国之旅中。当格列佛到达慧骃国后，在向慧骃主人介绍英国的情况时，他提到了一种治疗腹胀的泻药，它是"用草本植物、矿石、树胶、油、贝壳、盐、果汁、海藻、粪便、树皮、蛇、蟾蜍、青蛙、蜘蛛、死人的肉和骨头、鸟、兽、鱼等尽量想办法合成的……气味难闻、令人作呕"③。从小说的行文风格看，斯威夫特在指涉曾经广泛存在于英国社会日常生活中的尸体医药传统。在慧骃国的格列佛始终不愿承认自己和"耶胡"是同一种类，他极其希望融入慧骃一族，书中提到他很快就适应了慧骃的生活，像慧骃一样用耶胡的毛发来编织捕鸟网，用耶胡皮来做鞋底，甚至在制造小艇时用耶胡油修补裂缝，用小耶胡的皮来制作船帆，因为大耶胡的皮太粗太厚了。④格列佛的叙述相当平常，如同鲁滨孙一般，似乎只是在讲述寻常的劳动生活。但需要注意的是，在小说中，耶胡才是那类与格列佛相似的生物，格列佛对耶胡皮和耶胡油的使用因此

---

① 持此观点的论者将斯威夫特塑造成正义事业的支持者，认为他竭力推进自由，捍卫低等神职人员的权益，为爱尔兰经济与政治发声，提倡种族、性别平等［Louis A. Landa. "Jonathan Swift and Charity". *The Journal of English and Germanic Philology*, 1945, 44（4）, p. 337; Christopher Fox. "Introduction", p. 3; Marcus Walsh. "Swift and Religion". In: Christopher Fox. *The Cambridge Companion to Jonathan Swift*. Cambridge: Cambridge University Press, 2003, pp. 161 – 162］。

② 克劳德·罗森：《上帝、格列佛与种族灭绝》，王松林等译，上海外语教育出版社2013年版，第9—10页。后文出自同一著作的引文，将随文标出该著名称首字和引文出处页码，不再另注。

③ 斯威夫特：《格列佛游记》，张健译，人民文学出版社2000年版，第232页。

④ 斯威夫特：《格列佛游记》，第253—259页。

就几乎无异于食人。那么，当格列佛指责耶胡被欲望所控制、堕落的时候，用着耶胡皮和耶胡油的格列佛是如何使自己从他所掩饰的堕落天性中分离出来的呢?[①] 就此而言，斯威夫特的讽喻策略似乎使其文本出现了矛盾：格列佛一面嘲笑英国社会的尸体医药（食人）传统，一面又亲身不动声色地行食人之事。格列佛（Gulliver）的名字和"gullible"（轻信的、易受骗的）同源，通常被研究者视为一个天真、直率的报道者[②]，他在斯威夫特眼里大概也是一个被嘲弄的对象：自命为文明人的格列佛在嘲笑英国尸体医药（可见其对食人的不认可）的同时，将耶胡视为与自己不同的野蛮物种，认定对耶胡的杀戮不算食人，帮助自己纾解了食人焦虑。但是，讽喻的距离使我们无法真正看清斯威夫特和其笔下人物格列佛在观念上的具体差异，我们不知道格列佛在多大程度上代表了斯威夫特的看法，因此我们需要借助《一个温和的建议》来解读斯威夫特在食人问题的立场。

《一个温和的建议》出版于1729年。针对爱尔兰平民的悲惨生活，斯威夫特在该作品中借建议人之口，声言为爱尔兰饥荒问题找到了一个公正、便宜且易行的解决方案，即留下两万名儿童做种，将其他所有孩子养肥后用以供应肉食，其头发与骨头则将被制成工艺品，以繁荣市场。大部分读者都不会将食人看作斯威夫特所严肃认真提出的解决措施，而会像克里斯托弗·福克斯一样，认为斯威夫特是在指控英国殖民者和地主，将他们喻指为真正的食人者，因为他们消耗着爱尔兰及其子民，以看似合理的经济政策伪装其极度的贪婪和自私。[③] 在这个意义上，斯威夫特将食人当作一个隐喻来使用，以食人的经济系统喻指英帝国在爱尔兰的殖民行为，以讽喻的方式揭露了其无耻与罪恶，因为被食的对象是被殖民的民族，而食人者则是贪婪的殖民者及其所代表的殖民主义（*Consuming*：117）。这在一定程度上支持将斯威夫特视为慈善的施行者这种观点，他通过批判英帝国的恶行来捍卫爱尔兰的权利。

---

① Carol Houlihan Flynn. *The Body in Swift and Defoe*, p. 172.
② Melinda Rabb. "The Secret Memoirs of Lemuel Gulliver: Satire, Secrecy, and Swift". In: Harold Bloom. *Jonathan Swift's Gulliver's Travels*. New York: Infobase Publishing, 2009, p. 176.
③ Christopher Fox. "Introduction", p. 6.

但事实上,斯威夫特的指责同时指向了英国和爱尔兰①,建议者所称的"食人"也是爱尔兰现状的隐喻,暗示爱尔兰在各个层面上的自我毁灭。不过,斯威夫特对食人意象的征用亦颇耐人寻味。已有学者指出,食人是常见的对爱尔兰进行宗教与种族中伤的话语之一,其中混杂着对爱尔兰人的怜悯和深深的鄙视。② 古希腊地理学家斯特拉博(Strabo of Amasia)、英国的一些作家以及卡萨斯都说过,爱尔兰人吃人肉,是塞西亚人的后裔,在文艺复兴时期,他们和同为赛西亚人后裔的印第安人一样被视为绝对的野蛮人(详见《上》:41)。此外,《一个温和的建议》出版之际正值爱尔兰饥荒,饥荒中也确实出现了食人现象。③ 以此重新观照该文,我们会发现,斯威夫特对食人的运用似乎已超出了象征层面上对爱尔兰经济的指责,进入了对爱尔兰人的传统中伤话语体系。当斯威夫特笔下的建议者提出让儿童作为被食用对象进入食人贸易时,他讽刺的口吻未必不会让读者联想到爱尔兰饥荒中真实发生的食人现象与对爱尔兰民族的传统中伤话语。这位建议者对爱尔兰儿童肉质的评价(12~14岁的小儿肉质最美,大些的则老硬),与格列佛对耶胡皮的看法(小耶胡皮适于制作船帆,大耶胡的皮则太粗太硬了)可谓如出一辙;耶胡的长相以及耶胡肮脏的饮食习惯似乎也表明斯威夫特在暗指爱尔兰人(详见《上》:39)。从这个角度看,斯威夫特似乎的确对人性持完全否定态度,并在潜意识里保持自己与爱尔兰之间的距离,将爱尔兰划归为野蛮民族。但是,正如否认自己是耶胡同类的格列佛无法摆脱自己与耶胡的相似性,斯威夫特即便不愿意承认自己是爱尔兰人,也永远无法摆脱自己的盎格鲁—爱尔兰人身份。

因此,前文所提及的两派立场的分歧在根本上或源于斯威夫特身份的双重性,作为出生于爱尔兰的英国人,他对英国贵族的身份认同始终与他

---

① Paul J. de Gategno, R. Jay Stubblefield. *Critical Companion to Jonathan Swift*: *A Literary Reference to His Life and Work*. New York: Facts on File, Inc., 2006, p. 236.

② Ahsan Chowdhury. "Splenetic Ogres and Heroic Cannibals in Jonathan Swift's *A Modest Proposal* (1729)". *English Studies in Canada*, 2008, 34 (2-3), p. 133.

③ Patrick Kelly. "Swift on Money and Economics". In: Christopher Fox. *The Cambridge Companion to Jonathan Swift*, p. 129; Ahsan Chowdhury. "Splenetic Ogres and Heroic Cannibals in Jonathan Swift's *A Modest Proposal* (1729)", p. 133.

对爱尔兰民众的情感并存并冲突着。如果我们从食人书写角度出发，或许可总结称，斯威夫特在其作品中揭露了曾普遍存在于早期现代英格兰社会中的尸体医药经济系统，以及在当时的英帝国日渐强大的以食人为象征的殖民扩张系统。但需指出的是，通过将食人作为英帝国的殖民隐喻，斯威夫特将英国社会中的食人从字面意义变为象征意义，这在本质上也是一种对食人焦虑的纾解；同时，斯威夫特亦像笛福一样对"文明人"食人怀有焦虑，通过潜隐地将爱尔兰人划为野蛮族群以及否认自身的爱尔兰身份，他把食人行为排除出自身。因此，斯威夫特对食人的态度与其爱尔兰英国国教徒的居间身份相吻合，他处于笛福与奥宾和切特伍德之间，既向内观察，暴露出英帝国自身的食人因素，又向外制造出一个食人的种族，将食人焦虑投射出去。

四、食人族：道德相对主义和帝国的投射性认同

英帝国在 18 世纪对文明的倡导仰仗于对基督教的征用以及对理性科学的培养；然而，当科学和基督教在面对自身传统时，都会发现以尸体医药、巫术和圣餐仪式等形式存在的"食人"行为。换言之，"食人"在某种程度上一直伴随着欧洲文明，不管是在古典时期抑或基督教独尊的中世纪时期，还是欧洲各殖民帝国扩张时期。虽然科学和理性宗教都致力于掩埋并遗忘自身传统中的食人因素，但小说文本对食人行为的曲折呈现则表明这种努力实际上收效甚微。

造成这种状况的原因之一在于，作为英帝国文化载体的基督教，融汇了各种理性和非理性要素，且被信徒奉为记载上帝之"道"（Word）的《圣经》也并没有将字面意义上的食人彻底排除出文本自身。《旧约·耶利米哀歌》写道，耶路撒冷变成了一座荒城，城道毁坏，民众被虏，幸存的人们陷入了饥荒，有位妇人亲手烹煮了自己的孩子；① 而在后世的传说中，这个烹煮亲生孩子的女人则被称为了玛利亚（Maria）（*Consuming*：68，73）。后世画家在对这个来自《圣经》的原始意象进行再现时，倾向

---

① 详见《耶利米哀歌》2：20，4：10。

于突出玛利亚与孩子之间的互相食用：玛利亚先给孩子哺乳，然后食用自己的孩子。由于玛利亚与孩子的互相食用也象征着自我食用，她成了一个要同化自我的终极他者，站在了另一个玛利亚即被基督教化与文明化的圣母玛利亚的对面，妖魔化自身并吸收了所有的焦虑（Consuming：73，86）。① 显然，食子玛利亚这个来自《圣经》的食人意象，成了隐伏在崇尚秩序与光明的基督教传统中的破坏性因素，其食人欲望体现的是一种极端的食欲。同其他所有欲望一样，食欲是基督教传统中应该被抑制的对象，基督教厌恶其否定性力量，不愿让之过度使自身纯洁性受到污染。② 同时，"食人"还将人类自身——食人者（自我）和被食者（他者）——都等同于了食物，不仅使人具备了食物的不洁与速朽等特征，也混淆了自我与他者。因此，虽然光明与秩序在《圣经》—基督教传统中始终占据着最主要的位置，以食子玛利亚为代表的黑暗与混乱仍然是这种传统中需要被压制的颠覆性因素，而新教对所谓的天主教的圣像崇拜与拜物等异教因素的攻击，则体现了新教徒对秩序的推崇及对"道"（Word）的维护。以此视角再次观照《鲁滨孙漂流记》中的食人族意象，我们会发现，托德所概括的食人族的两个明显特征——"肢解"（dismemberment）和"归并"（incorporation），不仅仅表明以鲁滨孙为代表的英帝国殖民者可能屈服于自身的激情和欲望，无法自主，因而必须通过将自己从食人欲望中解救出来以实现自我（Defoe's：65-72），更象征着欧洲人的自我肢解与将自我融入他者并陷入混乱的可能。18 世纪的英帝国需要秩序的力量来帮助其建构自我和开拓殖民地，因此需要将食人所代表的颠覆性力量驱逐出被视为"文明"的象征的自身。

道德相对主义则可被征用以充当第二个原因。正如阿佛兰美斯库所指出的那样，起初，在自然法传统下，食人作为一种极端情况，是道德与非

---

① 后世基督教作家也将其作为创作题材，例如，笛福就在其小说《罗克珊娜》中指涉了食子玛利亚，以预示主角罗克珊娜"谋杀"亲女这个情节走向（Daniel Defoe. *Roxana*. Oxford：Oxford University Press，1996，p.18）。

② 黛博拉·勒普顿指出，宗教、哲学是抽象的，而食物与进食是具象的；对食物的关注使得人类兽性俱显，且食物因其终会变质腐烂亦是人类肉体速朽的转喻（Deborah Lupton. *Food, the Body and the Self*. London：Sage Publications，1996，p.3）。

道德的界限，指向的是一种普世的判断标准；启蒙时代开始之后，食人在欧洲历史中消失了，成了历史境遇的产物，人们更关心社会风气、经济状况等特定条件，这催生了道德相对主义，即评价事件的好与坏不再看事件本身，而是讨论该事件在多大程度上是某个社会的标准和教育的结果。①道德相对主义由此带来了两种可能性：第一，既然道德不再反映客观标准，而是由文化和历史境遇决定，那么，不同的文化环境滋生出有着合法食人习俗的种族也是有可能的；第二，在特定的生存境遇和文化遭遇中，文明人也可能受他者习俗侵染，生出食人的欲望。这两种可能性为18世纪英帝国食人书写文本构想食人族与食人行为提供了基础。例如，当鲁滨孙思考野人的食人行为时，他认为野人的文化背景使他们将食人视为无损其良心的合理行为，而野人的食人行为也同时帮助合法化了鲁滨孙在特定环境下的杀人行为；奥宾和切特伍德的小说则在一定程度上暗示了食人行为的地域性，因为它们的主人公是在加勒比海附近出现了食人行为与动机。

　　前文已提及，食人族是"文明人"食人焦虑的一种投射机制的产物。以投射机制为基础，精神分析学家梅兰妮·克莱恩（Melanie Klein）提出了投射性认同（projective identification）这个概念，并以婴孩举例阐释："与有害的排泄物一起，分裂出去的部分自我伴随憎恶的驱逐过程被投射到了母亲身上……这些排泄物和坏的部分自我既伤害客体，又控制和占有着客体……对坏的自我的憎恶就导向了母亲。这促成了一种特殊的认同，一种攻击性客体关系的原型。"② 克莱恩还指出，伴随投射发生的通常还有内摄（introjection），即主体完成对客体的控制之后，客体就成了被迫害的客体和坏的部分自我的结合，当主体将客体重新摄入时，就会加剧自

---

① Cătălin Avramescu. *An Intellectual History of Cannibalism*, pp. 174-175. 关于食人和道德相对主义，国内亦有近似论述，参见王松林：《食人习俗、伦理禁忌与道德相对主义》，载《华中学术》2014年第2期，第53页。

② Elizabeth Spillius. "The Emergence of Klein's Idea of Projective Identification in Her Published and Unpublished Work". In: Elizabeth Spillius, Edna O'Shaughnessy. *Projective Identification*. London and New York: Routledge, 2012, pp. 4-5.

身内部的烦扰和焦虑。① 这似乎可以解释欧洲"文明人"通过投射机制塑造食人族这个行为背后的心理因素。食人在知识史和医药史上都是欧洲人亟待驱逐的"有害的排泄物",当欧洲"文明人"借助道德相对主义建构了食人族之后,他们将食人行为投射到客体食人族身上,催生了文明和野蛮的二元对立。由于投射过程总是伴随着内摄过程,且客体包含了主体的恐惧,因此主体在内摄过程中"会觉得有一个破坏性的客体在他的内部攻击他"②。这也是为何作为"文明人"食人焦虑投射的食人族会反过来使"文明人"担心的原因,因为食人族能够在他们内部激发出野蛮的食人欲望,例如,鲁滨孙在与野人的遭遇中被激发出了杀人欲望,奥宾和切特伍德的小说则暗示,在野人出没的地域中,"文明人"极易受影响而做出食人行为。这表明,"文明人"将食人焦虑投射出去之后,又通过内摄再现了相同的焦虑。但是,内摄也为焦虑的消弭提供了可能。如果能够清除食人族身上的食人因素,那么"文明人"对食人族的内摄就可以摆脱食人的威胁。

对此,奥宾和切特伍德选择了宗教策略,虽然他们的天主教式策略在想象层面会因过于"传奇"而可能为新教徒所摒弃,但事实上,在英国与法国争夺主导权的美洲殖民地,英法两国之间的敌对关系却并未妨碍法国(天主教)传教士以其奉献、自我牺牲和正直获得了英国人的尊敬,并成了英国新教传教士效仿的对象(*Defoe's*:53)。奥宾与切特伍德的策略也表明,将食人焦虑投射出去然后再以宗教手段进行规训,比单纯在自我身上进行规训要容易得多。因此,虽然奥宾和切特伍德的天主教色彩并不为英帝国新教徒所喜,但他们在作品中提供的宗教策略却为教化所谓的食人族指明了方向,大量英帝国的传教士日记和信件都记录了食人族的存在及英帝国"文明人"以宗教教化他们的努力。③

---

① Elizabeth Spillius. "The Emergence of Klein's Idea of Projective Identification in Her Published and Unpublished Work", pp. 9 – 10.
② Priscilla Roth. "Projective Identification". In: Susan Budd, Richard Rusbridger. *Introducing Psychoanalysis*. London and New York: Routledge, 2005, p. 208.
③ 汪汉利:《食人族、修辞与福音书——从海洋文学等看英国社会对南太平洋及加勒比岛屿土著的想象》,载《宁波大学学报》2015 年第 2 期,第 45—51 页。

结　语

通过考察笛福、切特伍德、奥宾及斯威夫特这四位18世纪初英帝国作家作品中的食人书写，我们可以发现，他们对食人行为的想象源于欧洲"文明人"及英国文化传统自身的食人焦虑，代表了他们在面对欧洲"文明人"食人焦虑时所希望采用的不同纾解策略。该焦虑和他们在作品所采纳的不同纾解策略都随着文本的传播而广为流布，在潜移默化中影响与构建着读者的认知，甚至扮演了英帝国文化辐射载体这一角色。其中，笛福建构食人族的策略尤其有助于英帝国净化与重构自我：通过将英帝国扩张过程中的幽暗力量汇聚到食人族这一意象上，其影响深远的文学作品成了帝国纾解自身食人焦虑的文化工具，确立了必要的文明与野蛮的二元对立，将英帝国甚至欧洲"文明人"自身从食人行为和焦虑中分离出来，营造出文明与理性的表象。博埃默认为，在一国对别国进行控制的时候，文化表征始终占据着一个中心地位；对他国的控制，不仅是行使政治或经济的权力问题，还是一个掌握想象的领导权的问题。[①] 18世纪初期的英帝国正处于建构自身主体意识和拓展殖民空间的关键阶段，急需一股文化力量的介入，这四位作家在小说中对食人的纾解方式便成了博埃默所说的文化表征，帮助缓解英帝国"文明人"的焦虑，引导人们对外部世界的想象，也成了英帝国建构自身、向外辐射的文本力量。因此，当我们重新审视英帝国文本中的食人书写及其生成语境时，文明和野蛮之间的界限变得模糊，我们也能清楚地看到，作为帝国权力一部分的文学文本如何有目的地通过创造知识神话以纾解自身的焦虑，而我们对文学文本的重新探索也正是我们将文本带入某种新的可见性的努力。

---

① 艾勒克·博埃默：《殖民与后殖民文学》，盛宁等译，辽宁教育出版社1998年版，第6页。

世界精神与生态关怀：雪莱和他的素食主义[①]

刘晓春

雪莱在1821年的诗剧《希腊》中曾写到"生命可以转移，但不会消逝"[②]。他认为生命犹如太阳流溢出的能量一样以各种形式在自然界存在、转移和循环，像灵魂一样永恒不灭。这正好有力地注解了被人们忽略的雪莱生活和思想中的一个重要方面：素食主义。雪莱的素食观点迄今已成为素食主义的经典，遗憾的是，这一事实很少引起雪莱研究者的重视。国内至今尚缺乏关注，国外虽有论者提及，但都缺乏细致的讨论。[③] 本文试图弥补这一缺憾，对雪莱的素食主义进行深入挖掘与分析，并尝试从灵魂不灭的视角来探讨雪莱的素食主义。

一、雪莱为何选择素食？

素食（vegetarian）一词来自拉丁文 vegetus，意思是"新鲜、健康"，其源头可追溯到古希腊和古罗马的文明，但"直到19世纪40年代人们才

[①] 此文原发表于《外语教学》2016年第3期，作者刘晓春，现为重庆邮电大学外国语学院副教授。

[②] 雪莱：《雪莱全集》（卷四），江枫主编，河北教育出版社2000年版，第20页。后文出自同一著作的引文，将随文在括号内标出该著名称首字和引文出处卷次及页码，不再另行作注。

[③] 大多数雪莱的传记和评论家如霍姆斯（Holmes）等人把雪莱的素食主义简单地看作是雪莱年轻时的那种满腔热情然而却是不切实际的幻想，而对于素食主义对雪莱的重要性几乎都没有提供任何真实的有价值的解释。雪莱传记作家卡麦伦（Cameron）认为雪莱的素食主义思想充满了"荒谬"。唯有索尔特（Henry Salt）为雪莱的素食主义做了认真的辩护，他认为雪莱一贯在身体上指责动物遭受苦难的主要原因是人类必须抛弃人类高于其他动物的优越感理念并对其他低等动物赋予人类真诚的同情和怜悯，并坚信雪莱的饮食趣味一定对他的精神产生过某种影响，并使他变得独特。参见 Onno Oerlemans. "Shelley's Ideal Body：Vegetarianism and Nature". *Studies in Romanticism*, 1995, 34 (4), pp. 531 – 532。

创造了素食主义者这个词汇"①。西方历史上毕达哥拉斯是"第一个反对肉食的人"②,《圣经》里上帝为人类安排的饮食最初是完全素食的,历史上许多哲学家和神学家都有着素食的爱好,这也使人一谈到素食就往往与某种宗教或哲学思想联系起来。18世纪的英国已出现了与清教徒很接近的以素食为表现形式的苦行,而19世纪的英国社会实行和宣传素食俨然成为当时的一个潮流,浪漫主义时期"仅仅在英格兰就有成千上万的素食者"③。雪莱也受到当时简约式生活思想的影响,扛起素食主义大旗,提出了"素食主义作为一种批判的实践"④。雪莱是在何时成为一名素食主义者的呢?克拉克认为,"早在牛津大学的时候,雪莱就开始做一个温和的素食主义者"⑤,但直到"1812年3月雪莱与她的第一任妻子哈利特一起在爱尔兰的都柏林才开始正式成为素食主义者"(Shelley:63)。雪莱为什么要选择素食呢?说法一是因为雪莱的神经性头痛疾病也即雪莱偶尔的"疯",就这一点,伯威克认为:"为了阻止他发狂的神经,雪莱于1812年3月开始成为一名素食主义者。"⑥ 雪莱完全被新的病理学所折服,深信许多病症就是由不恰当的饮食造成的。有学者认为,"雪莱成为素食者的原因仅仅是由于道德是不可能的"⑦。雪莱在牛津的密友霍格也记不清楚是什么原因导致雪莱开始吃素。另一说法认为,"雪莱的素食主义起因于读了普卢塔克的两篇有关食肉的文章"⑧。事实上,雪莱阅读的还有

---

① Colin Spencer. *The Heretic's Feast*: *A History of Vegetarianism*. Hanover and London: University Press of New England, 1996, p. 11.
② 奥维德:《变形记》,杨周翰译,人民文学出版社1984年版,第205页。
③ Timothy Morton. *The Cambridge Companion to Shelley*. New York: Cambridge University Press, 2006, p. 196.
④ Timothy Morton. *Cultures of Taste / Theories of Appetite*: *Eating Romanticism*. New York: Palgrave Macmillan, 2004, p. 6.
⑤ Timothy Morton. *Shelley and the Revolution in Taste*: *The Body and the Natural World*. Cambridge: Cambridge University Press, 1994, p. 60. 后文出自同一著作的引文,将随文在括号内标出该著名首词和引文出处页码,不再另行作注。
⑥ Frederick Burwick. "The Revolt of Islam: Vegetarian Shelley and the Narrative of Mental Pathology". *Wordsworth Circle*, 2009, 40 (2–3), p. 88.
⑦ Nora Crook, Derek Guiton. *Shelley's Venomed Melody*. Cambridge: Cambridge University Press, 1986, p. 76.
⑧ Carol J. Adams. *The Sexual Politics of Meat*: *A Feminist Vegetarian Critical Theory*. New York: Continuum International Publishing Group Ltd., 2010, p. 120.

赫西奥德、柏拉图、奥维德等人的著作，而他们都希望人类社会能回到所有人都吃素的黄金时代。雪莱选择素食的原因众说纷纭，难有定论，但纵观雪莱的作品及其体现的思想和精神，我们更有理由相信，他选择素食不仅是由于身体上的原因，以及简单的对残忍屠杀动物极端厌恶的人道主义原因，更是因为根植于他灵魂深处的基于灵魂不灭的世界精神和对宇宙苍生的生态关怀。

二、雪莱素食主义的诗化表现

雪莱直接写了两篇文章来提倡素食主义。第一篇是写于1812年的《为自然饮食的辩护》，第二篇是写于1813年的《论素食》。雪莱把素食与人类的病态身体以及由病态身体引发的道德与政治等问题联系起来，他认为"人的身心品质堕落，根源在他违反自然的生活习惯"，而"疾病和罪恶都来源于不自然的饮食"（《雪》卷三：427）。这一观点在《论素食》里也得到充分的论述："疾病是违背自然规律的生活习惯的结果。"（《雪》卷五：497）雪莱认为，在普罗米修斯以前，人类享有朝气蓬勃的青春，根本不知道灾难和痛苦为何物，正是由于普罗米修斯盗取天火，学会了烹煮，让使人作呕的生肉变为人类可下咽的食物，才把慢性的毒瘤和各种病症带给了人类，这种违背人类自身的自然饮食习惯让人类咎由自取，疾病、痛苦甚至死亡也随之而来。人类最终放弃了自然的道路，为了满足违反自然的食欲而牺牲了他们生命的纯洁和幸福。雪莱甚至还引用牛顿的观点进一步认为，亚当和夏娃在伊甸园里违背上帝的意志，受蛇的引诱而偷吃的禁果其实就是动物的肉。上帝造人之初赋予了人永恒的青春，人从来就不是像我们如今看到的这样一种疾病缠身、多灾多难的生灵，而是享有健康、没有疾病和痛苦、永生于伊甸园的。正是由于人类偷吃了禁果（动物的肉），才被上帝逐出伊甸园，遭受着生老病死的折磨。人类要想重返伊甸园只有放弃食肉的恶习，回归到吃素的黄金时代。19世纪的英国，商业大行其道，作为社会改革重要方面的饮食改革举步维艰，在雪莱看来，商业是人性中一切真正有价值的美好品质的大敌。雪莱借用他的前辈蒲伯和托马斯对于素食主义的主题并对之加以充分的发挥，使得素食

在当时看来是多么不切实际，雪莱自己不得不承认，我们人类已经走得太远，回头的道路是多么的艰难。

雪莱素食主义的诗化特征主要体现在《麦布女王》《宇宙的精灵》《解放了的普罗米修斯》《伊斯兰的反叛》《马伦吉》和《阿拉斯特》。莫顿认为："雪莱的诗歌明显和富有想象力地再现了他的素食主义思想。"(*Shelley*：83) 雪莱于 18 岁时写成的《麦布女王》阐释了人类消费与乌托邦似幻象的关系，宣扬停止吃肉对人类的好处："世界而且不朽：这时他不复/屠杀面对面眼看着他的羊羔，/恐怖地吞食那被宰割的肉，/似乎要为自然律被破坏复仇，/那肉曾经在人的躯体内激起/所有各种腐败的体液，并在/人类心灵中引发出所有各种/邪恶欲望、虚妄信念、憎恶。"(《雪》卷三：363) 希腊文化饮食的功能不但满足身体，而且保持与动物世界恰当的关系，而毕达哥拉斯式的素食主义正适合这一文化的模式。《麦布女王》建立了一种人类反抗自然的模式，表现了食肉与人类道德堕落的关系，传达了雪莱放弃屠杀、进食动物而达到人与自然和谐相处的生态理念。这种对饮食科学的态度与 19 世纪重视饮食的精神道德层面密切相关。人和动物在素食主义者看来应该平等地在地球这个家园生息繁衍："万物不再有恐怖：人已丧失/踩躏的特权，而成为平等的/一员处在其他平等成员之中：/虽然晚了一些，毕竟，欢乐/与科学已开始出现在地球上。"(《雪》卷三：364)《宇宙的精灵》中有关素食主义的诗化体现只是在《麦布女王》的基础上对极少词汇的修改。普罗米修斯受虐的身体在《麦布女王》注释里已有所阐释，普罗米修斯最终从忍受秃鹰食其肉的折磨中解放出来，普罗米修斯的这一胜利象征着社会和自然革新方面的成功。而秃鹰，作为一种食肉的禽类，本身在朱庇特的强命下扮演着啄食普罗米修斯肝脏而走向自我毁灭的角色。在《解放了的普罗米修斯》里，普罗米修斯"不愿任何生灵痛苦"，认为任何"禽和兽""鱼和虫"都是"寄居在血肉之中的精灵"，他最终摒弃食肉，用自己的智慧和美德引导人类通过自身努力战胜自身的罪恶，从而达到无罪和有德的善的世界。雪莱还借时辰精灵之口提倡他的素食主义："他们食用烈火的菜蔬及其花朵，/再不必辛苦劳累到各处去奔波。"(《雪》卷四：198) 雪莱希望人类可以以素食的方式通过自身的努力重返自然和善的世界。

《伊斯兰的反叛》体现了雪莱关于政治、道德和美学的观点。雪莱运用诗的手段,"借以宣扬宽宏博大的道德,并在读者心中燃起他们对自由和正义原则的道德热诚,对善的信念和希望"(《雪》卷二:66)。在《伊斯兰的反叛》里,雪莱的这一道德观点通过素食主义得以充分体现:"但愿再也不要有鸟兽的血迹/带着毒液来玷污人类的宴席,/让腾腾的热气含怨冲向洁净的天庭/早就应当制止那报复的毒液,/不让它哺育疾病、恐惧和疯狂。"(《雪》卷二:217)大地母亲慷慨地赏赐给人类丰盛的宴席,人类和其他飞禽走兽一样都可以参与享用,因为"这宴席没半点污秽或毒素",食物都是"鲜美的果蔬""晶莹而多汁的葡萄""金黄色的玉米棒"和"清彻(澈)的流水"。雪莱在谈到食肉与暴政的关系时描述到:"暴君的那批猎犬是如何凶残,/把毫无戒备的人们当作猎物,/用别人的死亡来满足自己的饕餮。"(《雪》卷二:225)《马伦吉》中,马伦吉在野外不杀生,与动物和谐相处,他的食物是"野生无花果和草莓"。其实,野外生存不仅仅是单靠食物才能生存下来,在马伦吉的内心里,"一定燃烧过/比生命和希望更光辉热烈的火,/拒不堕落"(《雪》卷一:143),他把马伦吉的素食上升到了自我约束相当强的隐士的生活方式以及哲理性思考。这里的无花果和草莓何尝不是隐士精神食粮的隐喻。《阿拉斯特》被认为是"有关人类心灵一种最耐人寻味状况的寓言"(《雪》卷二:29)。如果说《麦布女王》重点关注的是整个宇宙的灵魂,那么《阿拉斯特》关注的则是宇宙中个体生命的灵魂。《阿拉斯特》里谈到的那位个体生命,是一位诗人,他以"旷野为家,以致鸽子和松鼠/为他温良的面容所吸引而敢于/从他的手掌取食不带血的食物"(《雪》卷二:36),这以素食为生的纯洁的个体生命,"曾以自身的光为宇宙增添美的精灵"(《雪》卷二:60)突然离去了,而其他人和走兽依然继续活在世上,一种无奈的情绪弥漫整首诗歌,难怪雪莱夫人这样评价《阿拉斯特》:"再没有一首雪莱的诗能比这一首更富于他个性特色的了。"(《雪》卷二:64)

三、雪莱的素食主义与世界精神和生态关怀

从词源学来讲，"饮食"（diet）一词最接近"文化"（culture），饮食的希腊文为diaitia，意思就是生活方式，就是文化。人类的饮食问题不仅是物质的，而且是形而上的，它体现了身体与灵魂的关系。食物的自身特征被转移到吃者的身体上，精神或灵魂的存在就依附在我们所吃的食物上。而饮食的好与坏、恰当与否与身体的健康有着直接的关系，饮食可导致身体的疾病，反过来，身体的病痛也可以通过饮食的改善而得到调节和呵护。身体对于人的心智和灵魂有着重要的影响，寄于身体的灵魂是可以超越肉身而达到永不灭亡的。现实生活中的雪莱是一个与世格格不入的精灵，他一直饱受身体疾病的折磨，为了治疗疾病，甚至不得不远离故土前往意大利。雪莱对自己肉体病痛的感受使他更多地关注自己的内心和灵魂，而他的素食主义正好切合了他独特的个体生命。其素食理念与浪漫主义提倡的回归自然有着某种天然的切合，正如莫顿指出的那样："素食主义显然是浪漫主义在其思想上的实践。"[①] 对于上帝的宠儿——人类来说，周围的环境和动物仅仅是人类的工具；人处在食物链的顶端，没有人类自己征服不了的动物和风景，而饮食在激烈竞争的经济世界中是最直接和最具力量的一种形式。审视人类的饮食就是审视人与自然的关系。浪漫主义素食者寻求扩展以人类为中心的道德圈，把动物也纳入人类的大范围，从生态的角度来说，就是去人类中心主义，人与动物在地球生物圈里处于平等地位。雪莱认为，残杀动物并食其肉会破坏人与自然生态圈的关系，使人身体产生罪恶，灵魂遭受玷污，是极其不道德的，也是人类走向堕落以及战争的根源。他认为"轻视生物死亡痛苦的人，心中必没有管理文明社会所需的仁慈和公正"（《雪》卷五：502）。残忍对待动物，甚至不是出自职业及特殊需要食其肉者，心中肯定藏有恶，不能担当管理文明社会的重任，所以，整个地球的生态平衡就最终得不到重视。雪莱的这种善待

[①] Timothy Morton. *Cultures of Taste / Theories of Appetite：Eating Romanticism*. New York：Palgrave Macmillan，2004，p. 6.

动物的行为不仅体现了他去人类中心主义的朴素生态思想以及重视人类的道德情愫，更体现了他一直提倡的博爱和世界精神。因此，有学者指出："雪莱是宣扬非暴力，素食主义和与自然和谐相处的生态道德标准。"① 雪莱提倡的素食主义，是希望人类通过自然的饮食恢复纯洁的灵魂，建立起人与人、人与自然、人与社会的和谐。从这个角度上来说，雪莱的素食主义不仅体现了朴素的绿色生态思想，更具有道德层面上的意义，体现了雪莱对于人类道德的塑造，那就是人类放弃食肉的恶习，重返人类自身的善，从而走向美德和他一直推崇的世界精神。

雪莱的素食主义集中体现了他灵魂不灭的思想。雪莱对灵魂的存在及其不朽笃信不疑，他对灵魂的推崇以及为自己构建的宇宙灵魂或世界精神，很少为世人所理解和接受。雪莱自身就拥有不同凡俗的弃绝俗念的灵魂气质，在《合一的灵魂》中，他称自己就是一个现世的精灵，寄居在心灵至深处，在抒情诗《赞智力美》中曾回忆自己童年时对于灵魂孜孜不倦的探索，在《致威廉》中相信自己死去的儿子灵魂犹在，在《含羞草》中更是把人类的灵魂的存在、转移和不朽表达得淋漓尽致。雪莱相信毕达哥拉斯的"灵魂转移"的唯心学说，毕达哥拉斯之所以倡导素食是因为他相信灵魂可以轮回："我们不仅有肉体，也有生翼的灵魂，因此我们不应该伤害任何肉躯，我们可以托生在野兽的躯体里，也可以寄居在牛羊的形骸之中，凡是躯体，其中都可能藏着我们父母兄弟或其他亲朋的灵魂。"② 雪莱相信动物和人一样有灵魂，而且灵魂是不灭和可以转移的："自然界的万物都是由可以无限分割的成分构成的，它们只是在不停地发生变化，由此我认为，灵魂也是不能被消灭的，将来它还要生存在另外一个我们现在无法预知的生命体中，它开始了新生，把自己的过去统统忘掉了。"（《雪》卷六：113）雪莱认为，灵魂是先于生命而存在的，公开承认"我不喜欢随着生命的诞生才创造了灵魂的说法"（《雪》卷六：190），灵魂可以创造一个有机体，而且雪莱以他惯有的怀疑主义认为

---

① James C. McKusick. *Green Writing: Romanticism and Ecology*. New York: St. Martin's Press, 2000, p.107.

② 奥维德：《变形记》，第217页。

"也许一切生命理性都处在一个轮回变化之中,也许未来状态不过是地球生命的彼种方式"(《雪》卷六:186)。宇宙万物都具有灵魂,雪莱认为是自由和美德把这些灵魂聚在一起:"自由意志一定会将生命力赋予这种无限的生命集合,因此也定会构成美德。"(《雪》卷六:186)雪莱的素食主义体现了雪莱基于灵魂不灭的世界精神,构成了雪莱对于人类美德的重新构建。雪莱的诗歌有着"永恒的灵魂的气息"[①],弥漫着对真实事物的理想化,这种理想化以其后期长诗《心之灵》对理想美、智力美和宇宙灵魂幻影似的追求达到了顶峰。在雪莱的哲学体系里,万物都融于一种精神,就是宇宙灵魂。宇宙灵魂就是世界精神和理念之光,就是"善",就是"智力美",就是"必然性"。在《伊斯兰的反叛》里,它表现为"天下万物的慈母与灵魂,/你赋予万物以生命之光、生存之美"(《雪》卷二:215)。在《解放了的普罗米修斯》里,它就是善,与恶进行殊死的斗争。在《麦布女王》和《解放了的普罗米修斯》里,雪莱以他灵魂的慧眼看见有灵魂的天体旋转在浩瀚的宇宙,运动而且不朽。雪莱"给予物质世界结构一颗灵魂和一种说话的嗓音"(《雪》卷四:238),他认为宇宙间各种天体不仅是显性的物质混合体,还是隐性的生命的精灵,整个宇宙就是一个庞大复杂但和谐的生态系统,拥有至真至纯情怀的雪莱用灵魂搭建的精神世界反映了他理想生态世界的美好以及难以企及的遥远和思想高度。

雪莱对于灵魂的理解与其对世界精神孜孜不倦的追求密切相关,他把万事万物的本源归结为"一",是创造宇宙的第一因,是"宇宙的灵魂,就是普遍的、永恒的爱情的灵魂"(《雪》卷六:50),因为爱能使尘世的灵魂在肉体消亡后回归到宇宙灵魂和世界精神,回归到"一"。太阳和大海被看作"一"的象征,而这个"一"不但流溢出各种灵魂,而且还是人类思想和情感的最终归宿。灵魂作为一种生命形式,是一种能量体。灵魂等同于能量,似乎就是宇宙中存在的暗能量或暗物质,从而佐证了雪莱诗歌中 soul 和 power 等词的指涉意义,诚如布鲁姆这样评价雪莱的独特之

[①] 乔治·桑普森:《简明剑桥英国文学史(十九世纪部分)》,刘玉麟译,上海外语教育出版社 1987 年版,第 26 页。

处:"雪莱最伟大的地方就在于他赞美了能量的生成,这是无法具体描述的,因为他描述的整个目的就是要修正具体的东西,以使更伟大的现实得以显现。"① 因此,雪莱所践行的素食主义与其灵魂不灭的世界精神和宇宙整个生态系统是紧密相连和一脉相承的。浪漫主义的精神实质上是对无限宇宙精神的无限探索,人类只有重视与灵魂密切关联的世界,才能重返尤其是工业革命以来离近代人渐行渐远的精神家园,恢复人类和这个世界的和谐关系。机器使人得以征服自然,同时,机器也让人沦落为它的奴隶。② 从这个意义上说,雪莱是最具有浪漫主义精神的一位诗人。雪莱的素食主义不仅诠释了当代生态伦理价值的意义,更体现了个体的小我灵魂与整个宇宙灵魂亲密无间的契合。

结　语

雪莱的素食主义值得详尽探讨的原因在于通过它可以窥视雪莱对于身体和灵魂、政治和道德、自然和生态、个体和宇宙的思考。一方面,雪莱体弱多病,他想通过素食来改善自身的健康状况,其素食主义正切合了他独特的个体生命;另一方面,雪莱也想通过素食主义来推行社会改革,构建政治理想,重塑人类道德。因此,雪莱的素食主义体现了雪莱平等博爱的世界精神和朴素的绿色生态思想,并与他一直提倡的生命转移、灵魂不灭是紧密相连和一脉相承的。雪莱的素食主义彰显了其思想的独特性和复杂性,把浪漫主义从华兹华斯的湖畔山水梦境带到了一个新的领域和新的高度,因为他"揭示了一个比目前正在折磨着我们的生活更适合人类灵魂的世界"③。雪莱的素食主义对后世有着深刻的影响,被无数人证明是

---

① Harold Bloom. *Poets and Poems*. Philadelphia:Chelsea House Publishers,2005,p. 144.
② 牛莉:《在解构中重建和谐的曙光——从生态女性主义视角解读〈查泰莱夫人的情人〉》,载《西安外国语大学学报》2014 年第 3 期,第 105 页。
③ 乔治·桑普森:《简明剑桥英国文学史(十九世纪部分)》,第 26 页。

雪莱留给人类最持久的遗产之一①。主编《剑桥雪莱指南》的学者莫顿指出:"如今,雪莱被看作是对健康、营养以及我们这个星球未来的先知。"② 然而,客观地讲,雪莱的素食主义是雪莱想采取的自然法则中最理想的演化过程,因此呈现出乌托邦似的遥不可及。

---

① 《为素食辩护》是印度博爱圣雄甘地坚持素食的道德伦理基础,他说:"从阅读这本书开始,我可以声称我选择成为一名素食主义者。"(Adams, 2010: 121)萧伯纳把自己践行素食主义的生活方式完全归因于雪莱:"我曾经食肉 25 年,之后才成为一名素食主义者。正是雪莱第一个让我瞪大了眼睛看到了我饮食的残暴。"参见 Desmond King Hele. *Shelley, His Thought and Work*. London: Macmillan, 1984, p. 42。

② Timothy Morton. *The Cambridge Companion to Shelley*. New York: Cambridge University Press, 2006, p. 196.

狄更斯写吃喝的伦理诉求[①]

乔修峰

在19世纪英国的小说家里，还没有谁像狄更斯那样对吃喝如此痴迷。小说家写吃饭，多是作为背景：吃什么不重要，关键是谁在吃。狄更斯的小说则不然，吃什么总是很重要的。他写吃，写得那么诱人，读他的小说，总能生出一种饥饿感。倒不是因为维多利亚时代的食物多么好吃、多么丰富，英国是个岛国，说不上地大物博，也没有食不厌精的传统，而是因为狄更斯笔下的人物在此情形下，依然吃得津津有味、兴致勃勃。在狄更斯的小说叙述中，吃绝对是一种享受，有时甚至是头等大事。

狄更斯写吃喝，有时是着意刻画人物，如《小杜丽》中米格斯摆家宴，《老古玩店》中奎尔普吃早餐。正如大观园里的几顿饭，因为有了刘姥姥，味道就很不一样。但是，狄更斯小说中更多的是日常吃喝的场景，有时看似无意之笔，却让人垂涎不已。似乎在每一个角落里，都有狄更斯的人物在吃喝，挑逗着旁观者的胃口。

狄更斯为什么如此热衷于写吃喝呢？诚然，吃喝是那个时代的头等大事，但在吃喝背后，不仅有着心理上的渴求，还有对社会风气的批判、对法律背后的伦理取向的反思以及对理想社会的憧憬。

一、心理补偿

20世纪作家维·萨·普里切特认为，狄更斯写吃喝，是用食欲来代述性欲："狄更斯的喜剧作品缺少了18世纪对性的那种正常态度，是什么取而代之了呢？我觉得，也许是换作了另一种饥渴——对食物、酒水和

[①] 此文原发表于《山东外语教学》2009年第5期，作者乔修峰，现为中国社会科学院外国文学研究所研究员。

安全的渴求，对欢宴畅饮和美酒佳肴的渴求。家庭生活就意味着吃饭。饭好，人就好。我们现代人可能不觉得这多么有趣，但一半的维多利亚人都暴饮暴食，让人不齿。由于狄更斯好走极端，也就把这宴饮之习写得格外过分。"① 如果当时真有这样一种风气，为什么唯独狄更斯这么热衷于写吃喝？仅仅是因为他好走极端？

显然，还有个人原因。狄更斯写吃喝，也是对自己童年时代的心理补偿。他的童年经历使他深知，吃喝固然是每天重复的事，但并不一定在每个人身上重复。1824年，狄更斯12岁，他父亲入不敷出已经很久了。狄更斯被送到鞋油厂，干了6个月的童工，每周6先令。按当时的工资水平，6先令也不算少，但他父母要截留一部分养家，留给他糊口的并没有多少。这段日子的饥饿，给他留下了刻骨铭心的记忆，让他对吃有了一种别样的依恋。吃什么，怎么吃，在哪里吃，没得吃怎么办，他在20多年后写作的《大卫·科波菲尔》（第11章）中记述得清清楚楚。狄更斯曾就这段生活写过回忆录，他的好友约翰·福斯特在《查尔斯·狄更斯传》中做了引录。稍加对照，读者就会发现，关于吃的问题，回忆录和小说没有多少出入，狄更斯对当年的饭食记忆犹新。

诚如一位传记作家所描绘的那样："由于经常食不果腹，狄更斯贪婪地闻着伦敦店铺和街道上的食物散发的香气。他只有在脑子里做做游戏：买这种布丁还是买那种？现在就买好吃的以后不花钱呢，还是现在什么都不买等以后再买好吃的呢，还是像大人那样理智地计划开销呢？"② 狄更斯也坦言："我清楚，关于我那时的饥肠辘辘和生活辛酸，我没有丝毫夸大，哪怕是不经意的或是无心的夸大都没有；我清楚，不管谁给我块儿八角的，我都会拿去买顿饭或弄杯茶。"③ 海军部职员的儿子做童工，固然有失身份，挫折感是免不了的；而实实在在的饥饿，也成了他一生挥之不去的心痛。在小说中写吃喝，也是一种无意识的心理补偿。写吃喝的段落是他最"现实主义"的地方。不管是大段描绘，还是寥寥几笔，哪怕是

---

① V. S. Pritchett. "The Comic World of Dickens". In: Ian Watt. *The Victorian Novel*. London: Oxford University Press, 1971, p. 30.

② Fred Kaplan. *Dickens: A Biography*. New York: William Morrow, 1988, p. 42.

③ John Forster. *The Life of Charles Dickens*. London: Chapman and Hall, p. 27.

一笔带过，都有一种活生生的感觉。狄更斯故事里的人物，切斯特顿觉得是神话写法①，桑塔耶纳认为是写出了表象背后的真实面目②，但他们在享用盘中餐和杯中酒的时候，都是很"现实"的。

狄更斯小说中的吃喝，对当时的很多读者来说，也是一种心理补偿。经常为下顿饭而愁的穷人自不用说，年景好的时候一周也不过一顿热饭。③ 在那饥饿的岁月里，狄更斯小说中的吃喝描写让"约翰牛们眼中闪烁着伤感的泪花"④。那个世纪延续了18世纪对美酒佳肴的偏爱，而生活在饥饿边缘的下层民众只有在白日梦中找寻那大快朵颐的感觉，狄更斯的小说正对他们的胃口。即便是中产阶级，食物也是家庭开销的大头。崇尚节俭的清教伦理并没有让中产阶级亏待自己的嘴巴。在那个凡事均要带上道德色彩的年代，他们为自己的奢侈饮食找到了体面的理由，常用添足了煤的火车头作比："吃好有着功利主义的目的，是一项爱国的责任。大不列颠长久的强大与荣光，就是靠着成千上万强壮的中产阶级火车头不断地喷着大股的蒸汽。"⑤ 中产阶级多受福音主义道德影响，主张克制欲望，但在"食色"上却不死板，"享受本分挣来的美食、拥抱合法娶来的妻子"乃是一种美德。⑥ 现实如此，小说家也就毋庸避讳。

不过，狄更斯所写，一般也只是中下层民众的饮食，上等人家的餐桌虽然丰盛，能令欧陆访客咂嘴弄舌，但在狄更斯的作品中却不多见。如一位批评家所说，狄更斯"对富人吃什么不感兴趣"⑦。为什么呢？

---

① G. K. Chesterton. *Charles Dickens*. New York：Schocken, 1965, p. 87.

② George Santayana. "Dickens". In：George H. Ford, Lauriat Lane. *The Dickens Critics*. Ithaca：Cornell University Press, 1961, pp. 143–144.

③ Daniel Pool. *What Jane Austen Ate and Charles Dickens Knew*. New York：Touchstone, 1993, p. 204.

④ R. J. Cruikshank. *Charles Dickens and Early Victorian England*. London：Sir Isaac Pitman & Sons, 1949, p. 153.

⑤ Cruikshank. *Charles Dickens and Early Victorian England*，p. 151.

⑥ G. M. Young. *Portrait of an Age*. Oxford：Oxford University Press, 1977, p. 30.

⑦ Humphry House. *The Dickens World*. London：Oxford University Press, 1960, p. 76.

二、富裕社会的冷漠态度

狄更斯写吃喝，并非全是无意之笔。10岁的科波菲尔在做工的时候，吃不饱肚子；9岁的奥利弗在济贫院中，每餐只有一碗粥，吃不饱的他举着粥碗说"我还想要"。这样的描述是想让每天都有饭吃的人意识到，还有人在饿肚子。他在《博兹笔记》中就曾指出，人们已将社会疾苦视为"理所当然之事，已无动于衷"①。透过吃喝讽刺这种冷漠态度，成了他小说中一个反复出现的主题。

《雾都孤儿》中一个天寒地冻的夜晚，许多穷人饿死街头，而济贫院女总管正在温暖的小屋里，烤好肉，烧好茶，准备享用。忽然听到有人敲门，她以为济贫院中又有病妇死去，埋怨道："她们总是在我吃饭的时候死掉。"② 这就是典型的"温饱"对"饥寒"的漠视。更有甚者，在温暖的炉火和诱人的食物面前，温饱者为了逃避良心的不安，选择将穷人排除在脑海之外。在《我们共同的朋友》中，有钱人波德斯纳普饱餐之后，站在炉前地毯上，听说刚有五六个人饿死街头。他的第一反应就是"我不相信"。对于"路有冻死骨"之类的事情，他的惯用回答就是："我不想知道，也不愿谈，更不会承认！"狄更斯称，波德斯纳普代表了一种时代态度，叫作"波氏做派"（Podsnappy），他们的道德世界很小。③ 这派人物或可套用鲁迅的话："天下不舒服的人多着，而有些人却一心一意在造专给自己舒服的世界。"④《小杜丽》中的杰纳勒尔夫人教育学生说，真正有教养的人，要能对一切不愉悦的事物视而不见。⑤ 她的名字"General"本身就有"普遍"之意。

这种日渐成风的冷漠态度令狄更斯义愤填膺。1842年，他写道："时下，贫富之间形成了如此巨大的鸿沟，非但没有如所有良善之士所盼不断

---

① Charles Dickens. *Sketches by Boz*. Oxford：Oxford University Press，1957，p. 274.
② Charles Dickens. *Oliver Twist*. New York：Norton，1993，p. 157.
③ Charles Dickens. *Our Mutual Friend*. London：Penguin，1997，pp. 131，132，143.
④ 鲁迅：《鲁迅全集》（第1卷），人民文学出版社1981年版，第3页。
⑤ Charles Dickens. *Little Dorrit*. London：Penguin，2003，p. 501.

缩小，反倒日趋增大。"① 同一国度，竟有贫富"两个国家"；同一社会，居然是"富人的天堂、穷人的地狱"②。当时的学者对此十分警觉，如约翰·斯图尔特·穆勒在《政治经济学原理》（1848）中所言："对于劳动者状况的讨论，对其悲惨状况的同情，对所有可能会无视此情的人的谴责，各种改善此况的计划，在当前这代人中极为流行。这在其他国家、其他时代都是不曾有过的。"王尔德笔下有位贵族甚至抱怨说，同情穷人是这个时代独有的恶习，"生活的苦难，说得越少越好"③。而狄更斯居然敢"叙至浊之社会"（林纾语），自然令他们十分不爽。维多利亚女王在1839年的日记中写道，墨尔本爵爷在谈到某道菜肴时，说起了《雾都孤儿》，表示不喜欢。④ 尽管不喜欢，却也是在谈论吃喝时谈到狄更斯，足可见狄更斯写吃喝的魅力。

其实，到19世纪50年代，物价回落，工资上涨，大众生活有了较大改善。早已摆脱饥饿梦魇的狄更斯并没有因此而满足，他意识到，相对富足的生活和升平的气象给英国带来了一种强大的自满情绪。于是，他仍要批判"波氏做派"，敲响警钟。正如一位评论家所说，他的伟大成就"就在于阻止刚刚苏醒的良心跌回到认为现在一切都很好的自满信念之中"⑤。

三、济贫法背后的利益

除了对社会风气的批判，狄更斯写吃喝还将矛头指向了济贫法。该法源自伊丽莎白时代，由各教区接替业已凋敝的修道院，负责救济本教区贫民。17世纪末，各教区开始向本区内的富有居民征收济贫税。18世纪末，该法已无法应对工业革命带来的新问题，1834年又出台了《济贫法修正案》，将济贫之责由教区收归中央，以应对人口流动。新法引起了极大的

---

① 转引自 Hugh Cunningham. "Dickens as a Reformer". In: David Paroissien. *A Companion to Charles Dickens*. Malden: Blackwell, 2008, p. 166.

② 转引自 Jerome Hamilton Buckley. *The Victorian Temper*. New York: Vintage, 1964, p. 5.

③ Oscar Wilde. *A Woman of No Importance*. London: Methuen, 1911, p. 21.

④ Juliet John. *Charles Dickens's Oliver Twist: A Sourcebook*. London: Routledge, 2006, pp. 37–38.

⑤ Raymond Chapman. *The Victorian Debate*. New York: Basic Books, 1968, p. 115.

争论，焦点并不在于法律条文本身，而在于立法的依据，也就是1834年的济贫法调查报告，更确切地说，是立法者的伦理取向。

报告的主要起草人查德威克（Edwin Chadwick）曾师从边沁，被称为"最出色的边沁信徒"①。1832年，辉格党政府成立济贫法调查委员会，查德威克担任秘书。委员会中的年轻人多为边沁主义者，他们在调查中特意强调甚至夸大旧法之弊，志在推出新法。其中，查德威克出力最大。狄更斯在1842年表示，"请告诉查德威克先生……我真的至死都反对他那顶呱呱的新济贫法"②。

报告的核心逻辑有两点。一是"济贫院原则"（workhouse test），也就是取消原来的"院外救济"（outdoor relief）。要想享受救济，就必须进济贫院。二是降低济贫院的食宿条件，使之低于最低收入劳工的生活水平，也就是有名的"不那么理想"（less eligibility），带着典型的边沁式思维，用"痛苦"吓退胆敢到济贫院"吃白食"的贫民。这两点缺一不可。狄更斯总结得很清楚："要想得到救济，就得进济贫院，就得喝稀粥，这就把人吓跑了。"③ 既然济贫院很不宜居，那些想通过进济贫院来逃避劳动的"懒鬼"自然不愿来了，劳工阶级的自立精神又可重拾，济贫税也就可以降一降了。

贫穷因懒惰而生，这是典型的中产阶级思维。在斯迈尔斯"自助"理念大行其道的时代，穷人要靠勤劳吃饭。马尔萨斯说，英国农民的独立精神仍在，但济贫法却在腐蚀这种精神，因此，济贫院的伙食要差，有劳动能力者必须强制劳动。④ 也就是说，如果济贫院太舒适，贫民就会选择进院"吃白食"，导致道德堕落。狄更斯讽刺说，这就是"大不列颠的独立精神，只是，被歪曲了"⑤。1867年，有人总结说，"吃济贫饭"（pauperism）被看作是一种无可救药的社会病，济贫法官员们的逻辑是：接受

---

① G. M. Young. *Portrait of an Age*, p. 10.
② Madeline House, et al. *The Letters of Charles Dickens*. Oxford：Clarendon，1974，3，p. 330.
③ Charles Dickens. *Oliver Twist*, p. 26.
④ Thomas Robert Malthus. *An Essay on the Principle of Population*, p. 42.
⑤ Charles Dickens. *Our Mutual Friend*, p. 199.

救济的贫民总是"安于现状，一点也不想着改善自己和孩子的地位；他的快乐就在于吃纳（济贫）税人的钱，闲懒地过日子。不必可怜他们，他们得到的已经够多了。他们所受之苦都是自找的；帮助这些不愿自助的人是毫无意义的"①。有史学家指出，济贫法的最大问题在于片面地认为只要想找工作，就总有工作可干。② 这显然没有考虑到当时的失业状况。乡村冬季农活减少，工厂周期性的萧条，都会导致大批劳工失去工作。济贫法的这种逻辑与中产阶级的利益紧密相连。他们要缴纳济贫税，而该税在18世纪后期猛增，到1818年已经增至800万英镑。济贫法委员会为了促成旧法改革，故意夸大了接受"院外救济"的有劳动能力者的人数，却没有调查城镇中失业的原因。③

此外，济贫院的苛刻条件也造就了一种根深蒂固的思维：贫穷就是犯罪。卡莱尔称济贫院为"巴士底狱"。④ 这种比喻在当时十分普遍，这固然与伙食差有关，但济贫院的种种制度更令人感觉像监狱。例如，上缴所有个人物品，身穿制服，发型统一，严禁外出，吃饭禁声，禁烟禁酒，限制访客，夫妻分居，子女与父母分离。《小杜丽》中住监狱的杜丽先生甚至觉得，济贫院还不如监狱："住济贫院，先生，就是那新济贫院，没有隐私，没有客人，没有地位，没有尊严，没有美味。最惨不过了！"⑤ 除了这些限制，还有砸石头、扯麻絮等体力劳动。有些济贫院的外观也颇像监狱。这显然是在表达对贫穷的惩罚。进济贫院，不仅会被上流社会鄙视，还会遭到同阶层人的歧视。当然，这是因为同阶层人的价值观念也受到了上层社会的影响。

《小杜丽》中的老南迪住济贫院，狱中的老杜丽奇怪南迪居然还能抬得起头来；《我们共同的朋友》中的老贝蒂，宁可饿死也不去济贫院。狄更斯因而说，贫民"有两种选择，要么在济贫院内慢慢饿死，要么在济

---

① W. L. Burn. *The Age of Equipoise*. New York: Norton, 1964, p. 122.
② W. L. Burn. *The Age of Equipoise*, p. 107.
③ E. L. Woodward. *The Age of Reform*, 1815—1870. London: Oxford University Press, 1938, p. 431.
④ Thomas Carlyle. *Past and Present*. London: J. M. Dent, 1912, p. 2.
⑤ Charles Dickens. *Little Dorrit*, p. 388.

贫院外快快饿死"①。如此一来，济贫法也就有失济贫之责。直到19世纪40年代末，接受济贫院内、外救济的贫民只占全国人口的7%左右，此后比例一直在降，绝大多数失业的人都没有碰过此项救济。② 到19世纪60年代，人们对该法的诸多弊端更为敏感，狄更斯直言说这是自斯图亚特王朝以来最常被可耻地执行、最常被公开违背、通常监督最为不力的法律。③ 济贫法徒有其名，也印证了狄更斯的观点："没有爱心的责任是不够的。"④ 狄更斯所倡导的，正是许多功利主义信徒所忽略了的同情和人道。正如史学家所言，济贫法让哲学激进派蒙羞，把情感激进派推到了前台。⑤

四、"我还想要"的伦理诉求

济贫院如一个巨大的阴影，笼罩在19世纪英国贫民的心头。在孤儿奥利弗所在的济贫院，自由是没有的，饭是吃不饱的，"每天管三顿稀粥，两周一个葱头，每周日给半个面包卷"⑥。尽管一直有批评家认为狄更斯夸大了事实，但在狄更斯写作的1837年，粮价居高不下，商贸萧条，那个冬天很难熬，吃饭着实是个令人头痛的问题。奥利弗想再添一碗粥，说了句"我还想要"，却不啻晴天惊雷，分粥的大师傅脸都白了，委员会的绅士直说奥利弗"要被绞死"。⑦ 一句话缘何引来如此震怒？

幕后的罪魁就是政治经济学。它对19世纪英国的影响是潜移默化的，狄更斯不过是把它的弊端放大了，从常识的角度揭示了政治经济学的缺失。他在《艰难时世》中给政治经济学的信徒葛朗硬的两个幼子取名，一个叫亚当·斯密，一个叫马尔萨斯。为什么要攻击这两人呢？就吃喝而

---

① Charles Dickens. *Oliver Twist*, p. 26.
② F. M. L. Thompson. *The Rise of Respectable Society*. Cambridge：Harvard University Press, 1988, pp. 350 – 351.
③ Charles Dickens. *Our Mutual Friend*, p. 799.
④ Monroe Engel. *The Maturity of Dickens*. Cambridge：Harvard University Press, 1959, p. 56.
⑤ G. M. Young. *Portrait of an Age*, p. 44.
⑥ Charles Dickens. *Oliver Twist*, p. 26.
⑦ Charles Dickens. *Oliver Twist*, p. 27.

言，斯密在《国富论》（1776）中认为食物是重要财富，但总有"闲人"要与勤劳者分享国富。① 住济贫院，不但不能增加国富，还要消耗国富，居然还敢说"我还想要"？！食物又与人口密不可分。马尔萨斯在《人口论》（1798）中指出，人口以几何基数增加，生活资料则以算术基数增加，人口的增幅显然高于生活资料的增幅。② 他在该书的修订版（1803）中甚而说到，应该"拒绝穷人享受救济的权利"；他的论敌威廉·葛德文在《论人口》一文中便故意断章取义，突出了这句话的冷酷。③ 从美国来的爱默生也觉察到："残忍的政治经济学是英国的自然产物。马尔萨斯发现，在大自然的餐桌上，没有给穷人的孩子预备餐具。"④

18、19 世纪人口增加，曾一度引起关于人口问题的忧虑。时人认为穷人的生育能力格外强大。斯密就曾以"食不果腹的高地女子经常能生 20 多个孩子"为例证明这一点。⑤ 马尔萨斯认为，减少人口的途径有三：除了饥馑和战争，还有"道德约束"，即"晚育"。他主张穷人要具备抚养能力后再生育。穆勒在《论自由》中也说，生而不能养，是罪过；因为生育多，未来的劳动力就多，形成竞争，导致工资水准下降，有损其他劳工的利益，国家应干涉之。⑥ 这种观点的漏洞就在于忽略了富人在人口问题上的责任。因为照此逻辑，马尔萨斯不会反对富人多生，因为能养；穆勒也不会反对富人多育，反正其子女无须参与劳动力市场的竞争。

这种经济门槛（能养方可生）的不公平正是狄更斯要抨击的，突破点还在济贫法改革。按照 18 世纪末的济贫法，教区会根据工资水平和某家庭需要抚养的子女数量来进行济贫院外资助。济贫法改革者认为，这会促使穷人为了多领补贴而多生。于是，新济贫法要求只能在济贫院中接受救济，并且夫妻要隔离，以减少生育。狄更斯讽刺说，济贫委员会的官员

---

① Adam Smith. *The Wealth of Nations*, pp. 157, 279.
② Thomas Robert Malthus. *An Essay on the Principle of Population*, pp. 19, 23.
③ Thomas Robert Malthus. *An Essay on the Principle of Population*, pp. 129, 138.
④ Ralph Waldo Emerson. *English Traits, Representative Men and Other Essays*. London：J. M. Dent, 1908, p. 77.
⑤ Adam Smith. *The Wealth of Nations*, p. 181.
⑥ John Stuart Mill. *The Spirit of the Age, On Liberty, The Subjection of Women*. New York：Norton, 1997, p. 126.

们"考虑到在民法博士会馆申请离婚的费用高得离谱,便大发善心,帮忙把穷夫妻的离婚给办了"①。(当时离婚费用之高昂,手续之烦琐,成功的可能性之小,可见《艰难时世》)狄更斯有 10 个孩子,自然养得起,但他仍要讨伐马尔萨斯,就是在寻求一种公平。他并不反对控制人口,但不能只限制穷人,富人同样有责任。济贫院里要夫妻隔离,高宅大院却可尽享天伦,显然不公平。狄更斯就指责那些"吃得脑满肠肥的哲学家",即政治经济学家,"血冷如冰,心硬如铁"。②

狄更斯对政治经济学的批判在当时也大受攻击。宣讲政治经济学的马蒂诺(Harriet Martineau)批评狄更斯不懂乱说,希望狄更斯能给受苦人讲讲"人不是只靠面包活着"③。而狄更斯所讲的,恰恰是没有面包是活不了的。在他看来,可不可以生育,不能以能否吃饱肚子为标准;而能否吃饱肚子,主要不在于是否勤劳,而在于社会分配是否公正。他认为"社会本有责任统一安排所有人的勺子",既然已是世界首富,自然应该解决所有人的温饱。④

奥利弗的"我还想要"代言了许多人的心声,成了当时的流行语。在乔治·克鲁克尚克所作的插图中,大师傅极为富态,小奥利弗骨瘦如柴。这种鲜明的对比在 19 世纪三四十年代批判济贫法的文学和绘画中十分流行。⑤ 在 1839 年的《季刊评论》中,有文章虽然指责狄更斯所言济贫院之事并非事实,但仍坦言,狄更斯的小说让人不由得也"还想要"。⑥ 当时的幽默讽刺刊物《笨拙》甚而用菜谱的形式描述了《雾都孤儿》的"用料"和"做法",并要"强烈推荐给胃不好的人"。⑦ 奥利弗是代济贫院中不敢言的儿童而言,那一刻,他已然成了狄更斯的化身。

---

① Charles Dickens. *Oliver Twist*, p. 26.
② Charles Dickens. *Oliver Twist*, p. 41.
③ Philip Collins. *Dickens:The Critical Heritage*. London:Routledge, 1971, pp. 235, 237.
④ Charles Dickens. *Bleak House*, p. 495.
⑤ Sally Ledger. *Dickens and the Popular Radical Imagination*. Cambridge:Cambridge University Press, 2007, p. 82.
⑥ Charles Dickens. *Oliver Twist*, p. 405.
⑦ Philip Collins. *Dickens:The Critical Heritage*, p. 46.

结　语

　　细心的批评家发现,奥利弗之所以"还想要",是因为他姓"Twist",意思就是"忘情地大吃"。[①] 的确,在狄更斯向往的社会中,欢宴畅饮是不能少的。其实,早在古希腊罗马,宴会与饮酒就是社会的黏合剂。[②]《水浒传》中许多好汉慕投梁山,也是想过一种理想生活,体味"大块吃肉、大碗喝酒"的温暖与豪情。狄更斯喜欢圣诞与新年的气氛,不仅亲人和睦,陌生的面孔似乎也亲切起来,而这种其乐融融,也离不开好吃好喝的物质保障。狄更斯笔下的吃喝总带着一种独特的味道,除了他的童年经历和个人的宴饮之兴,还蕴含着对社会正义的渴求、对理想社会的憧憬,以及对世界首富之国良心的反思。

---

① Charles Dickens. *Oliver Twist*, p. 558.
② 弗朗辛·帕丝:《贪吃》,李玉瑶译,生活·读书·新知三联书店2007年版,第40页。

弗吉尼亚·伍尔夫的吃与疯狂[①]

李博婷

英国女作家弗吉尼亚·伍尔夫被认为有精神病。这病在她活着的时候被诊断为 neurasthenia，中文译作"神经衰弱"，[②] 现在看来并非大病，但在当时——19 世纪中到 20 世纪初——泛指一切心理、神经和精神疾病。弗吉尼亚死后有精神科专家定义她为 bipolar disorder（"躁郁症"，指情绪在躁狂和抑郁之间摇摆，也叫 manic depression，"抑郁性躁狂症"），或 cyclothymia（"循环性精神病"，可引起 hypomania "轻躁症"和 dysthymia "抑郁症"两种截然相反的症状）。[③] 她的丈夫，作家、政论家、出版家莱纳德只用最常见的词 madness（"疯狂"）状述妻子。而她自己著述虽丰，却从未专门、正面、长篇写过自己的"疯"，即使提到，也多加时间限定，例如"我发疯的时候"[④]，似乎疯不是常态，也让人想起 mad 的古意："生气发怒"，好像只是一时的意气集中发作，没什么大不了。世人多认为天才与发疯有关，认为精神异常可激发文学艺术的创造力。画家凡·高是一例，作家弗吉尼亚是另一例，偏巧此二人的结局又都是自杀身亡，于是创作、疯狂与自杀之间便建立了某种联系。

本文要说说弗吉尼亚的写作与疯狂，但重点在这疯病里素来不被人注意的一方面：食物与吃。缘起还是莱纳德的一段话。1967 年，他 87 岁，离死亡只有 2 年，垂垂老矣，还在给世界各地的弗吉尼亚"粉丝"（fans）回信，回答他们关于偶像的种种提问。其中一位日本心理学家神谷美惠子

[①] 此文原发表于《国外文学》2012 年第 3 期，作者李博婷，现为北京大学软件与微电子学院副教授。

[②] Leonard Woolf. *Beginning Again: An Autobiography of the Years 1911 to 1918*. London: Hogarth, 1964, p. 148.

[③] Peter Dally. *Virginia Woolf: The Marriage of Heaven and Hell*. London: Robson, 1999.

[④] Virginia Woolf. *The Diary of Virginia Woolf*. London: Hogarth, 1977—1984, vol. 3, p. 315.

(Miyeko Kamiya)问他可曾听说过厌食症(anorexia nervosa),弗尼吉亚是否是厌食者。莱纳德回答说:

> 生活里她(弗吉尼亚)对食物有点情结。她发疯的时候根本拒绝吃东西,即使不疯的时候,她对食物也有一种奇怪的情结,因为一直很难使她吃足够多以维持健康。但是她很喜欢吃,这方面她正常极了,虽然她不肯承认。特别的是,食物在她的书里起到了重要作用,例如,《到灯塔去》对炖牛肉的细致描写,《一间自己的屋》里午饭的重要性。这里难道没有种补偿吗——小说里喜欢食物、承认食物很重要,生活中却不理性地压制和拒绝食物?①

这是典型的厌食症情结,虽然莱纳德没肯定弗吉尼亚就是厌食者。对盛宴的描画,如炖牛肉和午餐则是厌食的另一面——暴食(bulimia nervosa)。厌食和暴食往往相辅相成。先谈谈这两种病。人,尤其是女人(因为大多厌食者是女人),为何会厌食?现代医学和心理学给出了以下分析。首先是道德因素。现代人看待肥胖好似过去的人看待淫荡,认为肥胖的女人和荡妇都是"无自控、无自尊、可怜、愚蠢、抑郁、绝望的失败者";"瘦代替贞节成为女性价值的关键,对女人道德的评判已经从她是否性事活跃变成她吃什么"。②"厌食并非因为缺乏食欲或者对食物不感兴趣",相反,厌食者对食物非常感兴趣,简直是执着地迷恋食物,时刻想吃,却又时刻认为"自我拒绝和自我约束是最高的道德,满足欲望和需要则是可耻的自我耽溺"。她们"不愿被奴役被剥削,渴望能够过自己想要的生活"③。此外,由于"人对饥饿的恐惧如此普遍,自愿挨饿经常能引起他人的崇拜、敬畏和好奇,示威者和寻求公众注意力者常用这一手

---

① Leonard Woolf. *Letters of Leonard Woolf*. London:Weidenfeld and Nicolson,1990,p. 557.
② Catherine Steiner-Adair. "Foreword". In:Hilde Bruch. *The Golden Cage:The Enigma of Anorexia Nervosa*. Cambridge:Harvard University Press,2001,vii – xvii,p. xii.
③ Hilde Bruch. *The Golden Cage:The Enigma of Anorexia Nervosa*. Cambridge:Harvard University Press,2001,p. xxii.

段。厌食者有这一展览情绪"①。挨饿带来痛苦,甚至把人带到死亡边缘,但为何有人乐此不疲?除了在心理上挨饿可以制造一个禁欲、纯洁的自我形象外,它还可以产生明显的生理效果,如体重降低,感官更加敏锐,世界变得更加生动鲜活,人失去时间感,神情恍惚,日夜黑白不再有界限,周围人似乎不存在,等等。② 厌食者因此进入一种奇特的精神境界,似乎身处一种不同的意识中,自我分裂,"我"在身外,如同自我催眠。中世纪相当数量自称在幻象中见到耶稣和圣母的人其实都有长期的营养不良。③ 总之,厌食是个极其复杂的"怪病,它充满矛盾和冲突"④。

弗吉尼亚不是真的厌食症患者。真的厌食症患者多是青春期少女,她们骨瘦如柴,有时又会突然暴食起来,吃完故意再吐。但此症对食物的敏感小心、有意控制、欲拒还迎以及对独特精神境界的追求,却颇符合弗吉尼亚的情形。苏珊·桑塔戈在《作为隐喻的疾病》一文中反对给疾病(如19世纪的肺结核和20世纪的癌症)附加精神含义,进行价值判断,认为疾病仅是物质存在,没有所谓的"肺结核人格"和"癌症人格"。但厌食症恰好相反。有学者(丹尼斯·罗素)认为厌食和暴食并非只是生理现象,因为所谓遗传与基因说不够服人;精神分析也不足解,上文引用的厌食研究最权威的心理学家之一的希尔达·布鲁赫甚至自己都反对单纯用精神分析的方法治疗厌食和暴食。这方面已有教训,厌食和暴食患者常被当作精神病人看待,服用抗抑郁药,但效果并不好,有人因副作用太大而停药,有人甚至吃药致死。因此,罗素提议最好把厌食付诸文化和历史进行考察。⑤

"文化和历史"的考察尤其适合弗吉尼亚这个"最敏感复杂的头脑"⑥。通常研究者都忽视弗吉尼亚写食物与吃,认为她的文字里几乎没有声音、味道和触觉。少数极端者如艾莉·格兰尼则认为弗吉尼亚书中到

---

① Hilde Bruch. *The Golden Cage*: *The Enigma of Anorexia Nervosa*, p. 3.
② Hilde Bruch. *The Golden Cage*: *The Enigma of Anorexia Nervosa*, p. 14.
③ Hilde Bruch. *The Golden Cage*: *The Enigma of Anorexia Nervosa*, p. 18.
④ Hilde Bruch. *The Golden Cage*: *The Enigma of Anorexia Nervosa*, p. 3.
⑤ Denise Russell. *Women*, *Madness*, *and Medicine*. Cambridge: Polity, 1998, pp. 85 – 95.
⑥ Leonard Woolf. *Beginning Again*: *An Autobiography of the Years* 1911 to 1918, p. 77.

处写吃，有的显写、有的隐写，有的是重要情节、有的是次要细节，但无一处无意义。格兰尼自认一度患厌食症，因此获得这一独特视角，也因此更能深刻感受厌食与暴食之间的对立与统一。她认为，问题根源在于男权中心对世界的二元分化：人分为男人和女人，又分为精神和肉体，男人对应精神，女人对应肉体，男人象征超越，女人代表欲望，辅以现代工业社会以瘦为美的时尚观，造成女人对自己身体的厌恨、对食色的恐惧，因此，女人对肉体的克服既是对男权中心的臣服（例如节制食色），又是反抗（例如厌食和暴食），核心意义在于女人对权力的渴望与操控。① 这点对解读身为女权主义者的弗吉尼亚至关重要。

　　弗吉尼亚对身体和精神的矛盾纠结甚深。一方面，她倾向精神，厌恶肉体。她的名字（Virginia）有"童贞女"的意味，她常被朋友看作不食人间烟火的仙女，她丈夫也视她为"高山之巅的白雪"，极言她的冷傲与高洁。他们几乎是无性婚姻。她晚年曾说不记得自己有过任何身体上的享受。她看食物"为可厌之物，因为吃下去总会以令人恶心的方式排出"②。她的文字也几乎从不写如厕、性交，连日常的穿戴打扮也不涉及。她的小说写意识流，写人的心理活动，原因在于别人认为是真的，比如衣食住行、见人见物，她觉得是假的；别人认为是假的，比如内心世界，她认为是真的，而且是唯一的真。她评论自己的小说世界"朦胧如梦一般……无爱、无心、无情、无性，是我唯一在乎的世界"③。但在另一方面，如同布鲁姆斯伯里的其他文人、艺术家，她是审美家（aesthete），对日常生活处处要赋予美感与物之外的意义，对于寻常存在也要分雅俗。关于吃，她恨饕餮与粗俗，认为这是人过分放纵动物性的表现，但也不喜欢斯巴达式的节俭与草率，因为如此生活便失去美感。她说："人的结构是心、身、脑混合一体的……如果吃不好，人就想不好、爱不好、睡不好。"④

---

① Allie Glenny. *Ravenous Identity: Eating and Eating Distress in the Life and Work of Virginia Woolf*. New York: St. Martin, 1999.
② Quentin Bell. *Virginia Woolf: A Biography*. vol. 2. New York: Harcourt, Brace, Jovanovich, 1972, p. 15.
③ Quentin Bell. *Virginia Woolf: A Biography*, vol. 1, p. 126.
④ Virginia Woolf. *A Room of One's Own*. New York: Harcourt, Brace, 1929, p. 30.

弗吉尼亚·伍尔夫的吃与疯狂

的确,弗吉尼亚写吃,不只为吃,而是另有怀抱。我们先看上文莱纳德提到的那两次文字中的盛宴。先是《一间自己的屋》里"牛桥"(Oxbridge,即牛津与剑桥的简称、戏称)男学者的那顿午餐。此处不妨撮译如下:先上的是一道其上洒满雪白奶油、放于深盘中的平鱼,之后是各式各样的鹧鸪,伴以甜咸酱汁和沙拉,沙拉里的土豆片薄得好似硬币,但又不像硬币那么硬,嫩菜叶摆放成玫瑰花蕾的形状,但比玫瑰花蕾味美多汁。然后是一份"从海浪中升起的"甜点,叫它"布丁"实在是对它的侮辱,它岂能是用大米制作的?葡萄酒闪烁着淡黄和血红的光,被斟满,被喝下,于是灵魂被唤醒,交谈,友谊,一切都随之而来。① 可是女子学院的晚餐呢?"汤来了。是一份肉汁清汤。这汤不能引起任何幻想。透过汤可以见到盘底的花纹,但盘底没有花纹。盘是素盘。之后是牛肉、蔬菜和土豆——家常老三样,让人想起泥泞集市上牛的屁股,枯黄卷边的菜叶,讨价还价,降低身价和周一早上拿网兜的女人。"然后是果脯和牛奶蛋糕,即使有牛奶蛋糕,果脯仍然不是水果,它干瘦得像吝啬鬼的心,然后是饼干和奶酪,水管够,因为饼干太干。到此晚饭结束。② 由此引出一个关键问题——为什么男子学院这么阔,女子学院这么穷?原因就在于——弗吉尼亚认为——这个男权社会从来不重视女子教育。直到1869年,剑桥大学才有了 Girton College(格顿学院),到 1871 年才有了 Newnham College(纽纳姆学院)这两个女子学院。女人也一直没钱。直到 1882 年,英国《已婚妇女财产法》才规定英国已婚妇女有权支配自己的金钱,而在此之前,她们的钱由丈夫控制。于是,大笔的钱都捐给了男校。到《一间自己的屋》发表的 1929 年,女校筚路蓝缕,仍然仅能维持日常开销,无法大吃大嚼,于是有了以上寒碜的一顿饭。物质的贫穷带来精神的匮乏,精神的丰富必须从物质的丰富开始。由此推导出如今尽人皆知的那句女权主义宣言:"一个女人要想写小说,就必须有钱和自己的一间屋。"③

---

① Virginia Woolf. *A Room of One's Own*, pp. 16–17.
② Virginia Woolf. *A Room of One's Own*, pp. 28–29.
③ Virginia Woolf. *A Room of One's Own*, p. 4.

如果说"牛桥"的午饭和晚饭只是弗吉尼亚借机阐发女权主张的引子,那么《到灯塔去》的炖牛肉则是这部小说的意义核心。这是哲学家拉姆齐一家人与朋友的最后的晚餐,也是"一战"后英国人在荒凉心境中对已经崩塌的战前的美好世界的回忆。我们在弗吉尼亚的意识流里看到男性思维和女性思维的对照:拉姆齐先生只关注书本,他看待世界如狭隘的从 A 到 Z 的线性结构,他悲叹自己只走到了 Q,难以进展到 R,更不要说 Z 了。而拉姆齐夫人关注的是人。她是自私丈夫的贤妻,8 个孩子的良母,男人和女人的好朋友,贫民窟居民眼里的好太太。她是晚宴的主持者,食物的供给者,生命的给予者。她有丰富宽容的人性和成熟体贴的美。炖牛肉端上来的那一刻,她把各怀心事的进食者聚合成一个整体。这一顿最后的晚餐如同一场宗教仪式,分享食物的人好似从圣餐中获得灵魂与救世主统一的基督徒。餐桌上那装满各色水果、流光溢彩的果盘,可以说是希腊神话中代表丰盛与滋养的丰饶之角。这种对食物的视觉呈现和审美占有,如同布鲁姆斯伯里人最推崇的法国后期印象派画家塞尚的静物。弗吉尼亚的朋友、画家、艺术评论家罗杰·弗莱说塞尚的静物体现"画家最纯洁的自我显现"[1]。小说家 E. M. 福斯特说这顿晚餐"发散友情、诗情和可爱,它使所有人物最终在那一刻里在彼此身上看到了最好的一面,并由其中一位,莉莉·布里斯科,带走了一缕对现实的回忆"[2]。请注意,对于福斯特和莱纳德·伍尔夫这些剑桥"使徒"[3] 以及受"使徒"影响的弗吉尼亚·伍尔夫,"现实"是柏拉图意义上、非感官所能体察的世界的真相,是联系精神世界与物质世界的人生意义所在。而这种意义对

---

[1] Roger Fry. *Cézanne*: *A Study of His Development*. London: Macmillan, 1927, p. 4. Quoted in: Bettina Knapp. "Virginia Woolf's *Boeuf en Daube*". In: David Bevan. *Literary Gastronomy*. Amsterdam: Rodopi, 1988, p. 35.

[2] E. M. Forster. "Virginia Woolf". *Two Cheers for Democracy*. London: Edward Arnold, 1951, pp. 246 – 247.

[3] "使徒社"是剑桥大学的秘密精英学生社团,主要由三一学院和国王学院的本科生构成,是一个学术讨论团体,始建于1820 年,因最初成员为 12 人而得名。19 世纪末、20 世纪初的那批成员深受哲学家 G. E. Moore 的影响,包括日后的政论家 Leonard Woolf、小说家 E. M. Forster、经济学家 John Maynard Keynes 和传记作家 Lytton Strachey,这些人后来成为现代文化史上著名的布鲁姆斯伯里团体。

于提倡"通过母亲回想过去"①的弗吉尼亚来说，是由女性视角建立的。先是拉姆齐夫人在餐桌上串联所有人思绪的意识流叙述，之后是物是人非的十年后，画家莉莉·布里斯科旧地重游，面对拉姆齐夫人想去而未能去成的灯塔，完成了她一直在思索的那幅画的布局。她在画布中央添上了最后一笔，然后感叹"我终于看到了我的视界"②。

这顿晚餐的一个插曲是一对青年男女刚刚私订了终身，从涨潮的海边洋溢着满身的幸福姗姗来迟了。食色一起发生了。即使那顿不写性的"牛桥"午餐，对于食物颜色、形状、材质、味道的描述也非常"性感"！写食，同时影射色，还有随之而来的人生际遇的改变和精神境界的拓展，是弗吉尼亚在食中寄托的复杂信息。她所向往的人类生活是宽广美好、精神与物质俱丰的，但如此生活仅在男权世界里却寻找不到，需由女人补充。

肉体滋养精神，精神营养肉体，灵肉从而达到平衡和谐，这是人存在的理想状态。但平衡不易。弗吉尼亚自己就经常被认为失衡——比如厌食、发疯。回到莱纳德对她的评价，他反复说她对食物的态度"不理性"③，"难以理喻"④。他认为她发疯的一个重要标志就是"拒绝吃饭"，这一拒绝是"和某种奇怪的罪恶感连接在一起的：她会说她没病，说她的精神问题是她自己的错，要怪就怪她自己懒惰、不积极、贪吃"⑤。她吃得虽少，但会争辩说她吃得太多，"怕胖"，因此他们俩吵架"几乎总是为了吃和休息"。他总结说："在她的思维表层之下，有种奇怪的、不理性的罪恶感。"⑥ 他的做法就是强迫喂食加"休息疗法"。"如果不喂她，她就一点不吃，然后慢慢饿死。"护士劝她吃，她会发怒。他只得坐在她旁边，把叉子放在她手里，每过一会儿就柔声劝她吃一口，每顿饭都得吃一两个小时。⑦ 而所谓"休息疗法"，学名是"威尔·米切尔疗法"，

---

① Virginia Woolf. *A Room of One's Own*, p. 132.
② Virginia Woolf. *To the Lighthouse*. Harmondsworth: Penguin, 1970, p. 237.
③ Leonard Woolf. *Letters of Leonard Woolf*, p. 557.
④ Quentin Bell. *Virginia Woolf: A Biography*, p. 17.
⑤ Leonard Woolf. *Beginning Again: An Autobiography of the Years 1911 to 1918*, p. 163.
⑥ Leonard Woolf. *Beginning Again: An Autobiography of the Years 1911 to 1918*, p. 80.
⑦ Leonard Woolf. *Beginning Again: An Autobiography of the Years 1911 to 1918*, p. 165.

由美国医生威尔·米切尔（1829—1914）发明，也在英国盛行。其做法就是限制病人社交，不许病人见客、读书、说笑，更不能提笔写作，为的是不刺激精神；同时强令病人躺在床上，大量喝牛奶，吃有营养之物，以增加体重。这一疗法流行于19世纪70年代以后和精神分析法采用之前，背后的理念是"唯物的"，即肉体是精神的承载，精神是肉体的功能，治好肉体则精神自好。

这一疗法在当时曾遭顽强抵抗。最著名的一例是美国女作家夏洛特·伯金斯·吉尔曼（Charlotte Perkins Gilman）根据自身经历所写的短篇小说《黄色墙纸》（*The Yellow Wallpaper*）。真实生活中，患产后抑郁的吉尔曼被威尔·米切尔施之以"休息疗法"，但她觉得这对于她的抑郁不仅无济于事，反而加重了病情，反倒是米切尔严令禁止的写作有助于她释放压力，排解抑郁。"休息疗法"对弗吉尼亚的作用，是一度把她从一个拥有133磅（120斤左右）的正常体重的人变成了175磅（159斤左右）的大胖子；同时该疗法不许她生育，没孩子成了她人生的一大遗憾。同为女作家，弗吉尼亚似乎应该像吉尔曼一样反抗男医生和丈夫的统治，更何况生年晚于吉尔曼的她大可采取当时热门的弗洛伊德的精神分析法，但她没有。从1895年13岁第一次发疯，到1941年59岁投河自尽，她的疯病间歇发作过至少6次（母死、遭两个同母异父兄长性侵、父死、初婚、写作《年年岁岁》、写作《幕间》），每次她都采取"休息疗法"，直至无法忍受，自杀身亡。

这真是桩怪事，因为伍尔夫夫妇与弗洛伊德的渊源甚深。莱纳德自认为是最早发现弗洛伊德的价值的英国人，早在1914年他便为杂志写作了书评《日常生活的心理病理学》，更为之读了《梦的解析》的1913年英译本。1924年，他们夫妇的贺加斯出版社成为弗洛伊德在英国的出版商，也因此成为精神分析在英语世界最有力的推动者。1938年，弗洛伊德避祸英国，他们与弗洛伊德约见，相谈甚欢。此外，弗吉尼亚的弟弟、弟妹是心理分析师，她的朋友詹姆斯·斯特拉奇是弗洛伊德全集的英译者，斯特拉奇和妻子艾丽克斯也是心理分析师。以心理分析彼时在英国的热门程度，弗吉尼亚为何不找以上这5人中的任何一个咨询治病呢？

这便牵涉到了弗吉尼亚本人对所谓"疯狂"和与之对应的心理分析

及精神治疗的复杂态度。上文提到的莱纳德对妻子厌食与疯狂的评价其实是一个三种思想的混合体。首先是弗洛伊德。那时已是 20 世纪 60 年代，弗洛伊德的心理分析已是常识，意识与潜意识的区分极方便地为人揭示了一个理性与非理性对立的二元世界（"在她的思维表层之下，有种奇怪的、不理性的罪恶感"）。对"罪恶感"的分析是莱纳德认为弗洛伊德的《文明及其不满》对人类思想做出的一大贡献。弗洛伊德说"罪恶感是文明发展进程中最重要的问题"①，莱纳德在自己的政治哲学著作《政治学原理》中也说"罪恶感是西方历史的原动力"②。其次是理性主义。莱纳德一生崇尚古希腊哲学与 18 世纪的启蒙学说，是个理性主义者。最后是基督教。伍尔夫夫妇是无神论者，但莱纳德解释妻子厌食的原因却借助基督教的"七宗罪"，说她厌食是惧怕自己懒惰、贪吃。如此杂糅的解释正说明莱纳德不明白妻子到底为什么厌食、发疯。③

莱纳德不一定知道同样身处 20 世纪 60 年代的福柯对精神病的解析。福柯认为，精神病体现一种权力关系，"疯"非"事实"，而是由体制、机构制造，是掌握权力的一部分人对无权的另一部分人的价值评判，而划分"正常"与"疯癫"的目的是规范社会秩序，因此有了"正常人"与"疯子"之间的监控与反监控。关键还是"负罪感"。"这种负罪感使疯人变成永远可能受到自己或他者惩罚的对象。承认自己的客体地位，意识到自己的罪过，疯人就会恢复对自我的意识，成为一个自由而又负责任的主体，从而恢复理性。也就是说疯人通过把自己变成他者的客体对象，从而

---

① Sigmund Freud. *Civilization and Its Discontent*. London: Hogarth, 1961, p. 134.

② Jan Ellen Goldstein. "The Woolfs' Response to Freud: Water Spiders, Singing Canaries, and the Second Apple". In: Edith Kurzweil, William Phillips. *Literature and Psychoanalysis*. New York: Columbia University Press, 1983, p. 250.

③ 大量关于他们夫妇关系的八卦都是由弗吉尼亚的这个疯病产生的。有一种粗糙的女权主义认为莱纳德是恶夫，操纵迫害无辜妻子（如 Irene Coates. *Who's Afraid of Leonard Woolf: A Case for the Sanity of Virginia Woolf*. New York: Soho, 2000）；也有人认为"疯"是伍尔夫夫妇的交流媒介，使他们得以互相利用，各有所得（如 Thomas Szasz. *My Madness Saved Me: The Madness and Marriage of Virginia Woolf*. New Brunswick, London: Transaction, 2006）；还有为莱纳德辩护的，说如果不是他照顾弗吉尼亚，女作家恐怕活不了那么多年，更写不了那么多书（如 Victoria Glendinning. *Leonard Woolf: A Life*. London: Simon & Schuster, 2006）。

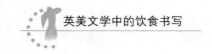

恢复自己的自由。"①

对于这个论断，弗吉尼亚·伍尔夫大约不会不赞成。她视精神科医生为暴君、蠢货、真的疯子，视精神治疗为胁迫和恐吓。关于这一点，她在1925年的小说《黛洛维夫人》里说得很明白。这本书写一个男人（"一战"伤兵史密斯）和一个女人（黛洛维夫人）在伦敦各自度过的同一天。饱受战争的心理创伤折磨的史密斯终于受不了了，在这一天行将结束的时候自杀了。他的医生威廉爵士因此在黛洛维夫人的晚宴上迟到了。一个人自杀之时正是另一个人的盛宴开始之时。死亡与饮宴同步。一个人死了对这世界几乎没有影响，即使对他的医生来说也是如此。这位医生——弗吉尼亚对他的态度嘲讽极了——是当代的精神病专家。他最崇拜"比例"，比例是他的女神，比例就是健康，如果有人胆敢跟他宣称自己是耶稣基督，要自杀，他就得跟他谈谈"比例"了。他就得

> 命令他卧床休息，独自休息，沉默和休息，没有朋友、没有书、没有信地休息，六个月地休息，直到一个进来时七石六磅（约94斤）的人出去时十二石（约152斤）……崇拜比例的威廉爵士不仅自己发达，也使英国发达，他把她的疯子们隔离开，不准他们生育，惩罚他们的绝望，使这些不健康的人不能散布他们的观点，直至他们分享他对比例的感觉……不仅他的同事们尊敬他，下属们怕他，就连病人的亲戚朋友们也都对他感激不尽，因为他命令那些预言世界末日和上帝到来的男基督和女基督们待在床上喝牛奶；威廉爵士和他治疗此类疾病的30年的经验和他不会错的直觉，这才是发疯，这种感觉，这种比例感。②

这里的"病人"简直就是弗吉尼亚的自况。这个威廉爵士的形象几乎都来源于她自己的几个精神科医生，尤其是在当时来说差不多是最著名

---

① 米歇尔·福柯：《疯癫与文明》，刘北成、杨远婴译，生活·读书·新知三联书店1999年版，第4页。

② Virginia Woolf. *Mrs. Dalloway*. Oxford：Oxford University Press，1998，pp. 84 – 85.

的 Dr. Savage，此人的姓氏意思正是"野蛮人"。威廉爵士和霍姆斯——厌食厌世的史密斯的另一个医生——都很好吃。威廉爵士的家宴有八九道菜，霍姆斯本人是个胖子，并且很重视、很喜欢自己的胖，认为胖是健康正常的标志。如果他觉得不够胖，早餐的时候会多喝一碗营养粥。也就是说，粥是他健康正常的来源。如此剖析，弗吉尼亚揭露饕餮是多么荒谬可笑。

  以上引文还说明，即时在发疯的状态下，弗吉尼亚仍然对世界保持观察。她知道别人对她做了什么，也知道自己对这些人和事的感受。她好似有一层意识能够跳出来看自己。这到底是不是"真"疯？正如普林斯顿数学家约翰·纳什说他发疯时知道自己疯了，可是他不愿"醒"过来，直到有一天他愿意"醒"过来了，他就好了，似乎他可以控制自己的疯与不疯。还有一个例子是福楼拜。福氏年轻时有种精神类的怪病，李健吾称之为"脑系病"，性质如羊角风，发作时给了福楼拜一种独特奇异的感受，能够听见声音、满眼金色，而且福楼拜认为自己当时仍有意识："甚至我不能开口说话的时候，我心里总清清楚楚。"①

  弗吉尼亚虽然对精神治疗极端敌视，却并非觉得自己没问题。她害怕发疯。投河前她给丈夫留下的遗言说："我很肯定我又要疯了。我觉得我没法再熬过一次那么可怕的时间。我这次不会好了……"她有非常实际的一面，所以才要就医、遵医嘱、出版弗洛伊德的著作、了解精神分析的新法。但她一次次臣服于男性医生和男性监护人的纪律，尤其是她丈夫本人极消瘦，一幅厌食的样子（这是她最后一个精神医生的结论，而且这个医生是个女的，可见性别多么影响人的判断，男医生熟视无睹的事，女医生一眼就能看到），她却要听从他喂饭，而不反诘他自己才该多吃——这是否体现她在男权文化影响下一种根深蒂固的"负罪"情结？

  无论如何，之所以终究不用弗洛伊德的说话疗法，大约还是出于她认为"人的结构是心、身、脑混合一体的"理念。② 也就是说，部分构成整体，整体却无法分割为部分。凡事都有好坏两面，好坏相倚相伏，就像理

---

① 李健吾：《福楼拜评传》，广西师范大学出版社 2007 年版，第 5 页。
② Virginia Woolf. *A Room of One's Own*, p. 30.

智与疯狂。疯固然是坏,也自有其好处。疯使弗吉尼亚对艺术的感觉更加敏锐、想象力更加蓬勃。疯既是她写作的压力也是动力。写作也如此,它既制造疯狂,又释放疯狂。她会越写越狂热,越写越亢奋,越写越疯狂,而不写作就不能排遣这一团积郁之气,就不足以让她摆脱疯狂。她的很多作品,比如《到灯塔去》和《秋园》,都是她在病中卧床时构思的。她感叹自己疯病愈后写作能力超强,似乎"每一个景象、每一个词的暗示力都大大增加"①。此外,她不觉得科学能完全解释人的精神世界,人本来就是神秘的,如此更好。"我们不知道我们的灵魂,更不用说别人的灵魂。人一路走来不是全程手拉手。每个人心中都有一片纠缠不清、没有道路的处女地。在那里我们独自行走,喜欢如此。永远都有人陪伴,永远都被人明白,是无法忍受的。"② 她既然如此珍视发疯带来的创造力,恐怕真去治病了,疯可以治好,写作的天才也没了。

如此说来,弗吉尼亚是不是真"疯",或者到底什么叫"疯",至少可以存疑。③ 在这一点上,她给朋友的信颇值得回味:"作为一种体验,发疯真是棒极了。躺在床上那六个月,关于什么叫自我,我真是领教了。"④

---

① Virginia Woolf. *A Writer's Diary: Being Extracts from the Diary of Virginia Woolf*. New York: Harcourt, Brace, 1953, p. 63. Quoted in: Jan Ellen Goldstein. "The Woolfs' Response to Freud", p. 241.

② Virginia Woolf. *On Being Ill*. New York: Harcourt, Brace, 1948, p. 14. Quoted in: Jan Ellen Goldstein. "The Woolfs' Response to Freud", p. 242.

③ 当然也早有学者认为弗吉尼亚并非疯子,她的疯纯属误诊,问题的关键还在性别歧视:她是"男性医学的女性受害者"。Stephen Trombley. *All That Summer She Was Mad: Virginia Woolf, Female Victim of Male Medicine*. London: Continuum, 1982.

④ Virginia Woolf. *Letters of Virginia Woolf*. London: Hogarth, 1978, p. 230.

乌托邦与恶托邦：《蝇王》中的饮食冲突①

肖明文

伊格尔顿（Terry Eagleton）认为，乌托邦有"好""坏"之分。"坏"乌托邦（"bad" utopia）仅仅描述良好的愿景，往往流于幼稚和不切实际，而"好"乌托邦（"good" utopia）旨在从当下环境中找到能够改造现实的力量，从而搭建起连接现在和未来的桥梁。② 按照伊格尔顿的区分，常被归为恶托邦（dystopia，又译"反乌托邦"）小说的《蝇王》（Lord of the Flies）可以视为一部"好"乌托邦作品，而它所戏仿的《珊瑚岛》（The Coral Island）则可视为一部"坏"乌托邦作品。笔者的这个论断集中体现于这组作品对猎猪场景的截然不同的叙述之中：《珊瑚岛》描写孩子们为获取肉食而猎杀野猪，意在凸显人类的机智勇敢和战胜自然的能力，充斥着维多利亚时期的乐观主义和帝国主义色彩；《蝇王》中的猎猪场景揭露了人类的杀戮恶行，颠覆了"文化"与"自然"以及"进化"与"倒退"之间的二元对立，彰显了作者对道德失序的忧虑和对人类生活总体方式的关切。

有论者曾运用文体学方法详细分析了两部小说中的猎猪场景，通过对比两个文本中使用的动词，揭示了猎手们捕杀野猪的不同动机：罗伯特·迈克尔·巴伦坦（R. M. Ballantyne）笔下的孩子们清楚自己的行为目的，杀猪是为了果腹而不是为了娱乐；而威廉·戈尔丁（William Golding）刻画的那群孩子因邪恶作祟，嗜血而杀，把猪肉当作副产品。③ 在巴伦坦的《珊瑚岛》中，三个英国青少年严守纪律，患难与共，一同搭建窝棚和小

---

① 此文原发表于《外国文学》2018年第3期，作者肖明文，现为中山大学外国语学院副教授。
② Terry Eagleton. *The Idea of Culture*. Malden, M. A.：Blackwell, 2000, p. 22.
③ 肖霞：《两部孤岛小说两种人性内涵——〈蝇王〉和〈珊瑚岛〉中猎猪场景的文体学比较分析》，载《天津外国语学院学报》2003年第1期，第43页。

船,齐心寻找健康多样的植物和动物作为食物来源;而戈尔丁创作的《蝇王》则是对充满光明描写的《珊瑚岛》的反拨。"二战"的爆发终结了人类"线性进步"的神话,戈尔丁的文学作品深刻反思了人类经历的战争浩劫,为狄更斯等人开创的、针对"进步"话语的批评语境增添了新的语料和新的视角。

一、乌托邦与恶托邦的交织

　　饥荒足以摧毁整个社会的根基,对于食不果腹的人来说,乌托邦意味着饥饿在生活中不存在,食物充足成为常态。在乌托邦之内,没有人会受冻挨饿,没有人会无家可归。在希伯来《圣经》中,对物产充盈的土地加以乌托邦式描述的例子比比皆是。希伯来《圣经》非常重视土地的价值,将它视为上帝的许诺和誓约,肥沃的土地会带来丰富的物产。食物充裕最早存在于伊甸园之中,此后主要是对末世的期待,它也常见于世俗社会的乌托邦叙事之中。乌托邦文学通常包含大量关于食物的细节描述,乌托邦首先意味着食物丰盛、没有饥饿。

　　自"二战"爆发以来,食物配给制成为英国人生活中极其重要的一部分。自1940年1月8日起,英国对熏肉、黄油和糖实施配给制;2个月后,对所有肉类实施配给制,随后逐步扩大到更多的食物种类。食物配给制的本质是用行政手段来配置资源,其目的是在社会资源十分有限的条件下,最大限度地利用资源,使资源发挥最大效应,从而保证英国前线所需要的战争资源和民众生存的基本需求。英国政府实施的食物配给制直到1954年才终止,"厨房中的战斗在'二战'结束后仍持续了很长一段时间,实际上它的局势在战后比战争中还要严峻"①。20世纪50年代早期,英国学校里的孩子都在这个制度下长大,他们非常清楚它意味着什么。"二战"期间以及战后初期,食物短缺是笼罩人们生活的一层阴影,虽然人们有足够的食物以维持生存,但肉类和诸如橙子、香蕉等进口水果在当

---

① Stephen Mennell. *All Manners of Food: Eating and Taste in England and France from the Middle Ages to the Present*. Urbana: University of Illinois Press, 1996, p. 249.

时都是奢侈品。

经历过食物短缺的戈尔丁在其代表作《蝇王》中着力凸显了食物的社会、文化和政治意义。食物在小说中扮演了重要的角色，这点从孩子们的食物来源便可以看出。《蝇王》开篇的叙述勾勒出一幅诱人的饮食乌托邦图景。小说的背景是一个无人居住的荒岛，气候环境宜人，淡水和食物等人类生存必需的物质条件齐备。男孩们似乎来到一个热带天堂，岛上的食物十分丰富，可以随意获取，种类包括野果、蟹和鱼，当然还包括一定数量的野猪。

在饱暖无忧的基础上，孩子们有机会开创一个远离纷争的理想国。作为民选的首领，拉尔夫关注每个成员的福利，希望带领孩子们建立一个以自由、民主和公正为基础的微型社会。他制订详细的分工计划，有人负责用椰子壳运输和储存饮用水，有人负责搭建窝棚，有人负责照看篝火。与可供孩子们游泳嬉戏的海水相比，饮用水的发现更为关键。为了保护赖以生存的水源，拉尔夫召开全体会议，专门讨论饮水问题，包括取水点、取水工具、储水地点和方式等。与饮用水相关的一个重要事项是厕所选址，拉尔夫提议选择一个可以利用潮水将排泄物冲洗干净的地方作为厕所，禁止孩子们一直以来随地大小便的行为，以防止饮用水源被污染而引发疾病。随着几间窝棚搭建完成，孩子们不再露宿沙滩。在熊熊篝火首次燃起之时，孩子们手舞足蹈，欣喜若狂，岛上洋溢着欢乐喜庆的气氛。至此，一个令人神往的乌托邦似乎已显露雏形。

然而，随着故事情节的展开，荒岛浪漫叙事所应有的特征被依次颠覆，读者期待的乌托邦变成了一个恶托邦。戈尔丁揭示，孩子们从生理和心理上都是现存人类社会的产物。荒岛提供了食物等生存必需品，但很快孩子们之间便产生了冲突：一方的首领是拉尔夫，他抱有获救的希望，号召大家看管篝火，搭建足够的窝棚；另一方的首领是杰克，他不去幻想何时能返回故乡，主张猎食野猪，自由嬉戏。

两派的分歧主要源于他们对火的使用持不同意见。在小说中，火的用途包括烘干衣物、夜里取暖、驱赶野兽等，但更重要的用途有两个：制造烟雾信号和烤野猪肉。篝火象征着人类摆脱孤独和获得拯救的渴望，而烤肉则是为了满足人类最基本的食肉欲。当看管篝火与获取烤肉发生冲突时，杰克与拉尔夫之间的矛盾被激化。杰克带领几个孩子夜袭拉尔夫的阵营，暴力夺取"猪崽子"的眼镜，用于生火烤野猪肉，并邀请拉尔夫阵营的孩子前来参加筵席，从而进一步削弱了拉尔夫的领导力。作为求救信号的篝火因为无人看管而熄灭，但烤猪肉的火焰却长盛不衰。拉尔夫根本无法展现他的力量，他所追求的获救憧憬，随着时间的推移，变得越来越渺茫。相比之下，可以吃上猪肉，过上群体狩猎的生活，显得更有吸引力。

孩子们刚到岛上时，他们采集野果充饥，但猎取肉类的欲望导致孩子之间出现分裂和冲突。得益于岛上充盈的物产，即使孩子们后来处于暴力纷争之中，也不至于陷入食人的梦魇。实际上，拉尔夫并不反对打猎，但他主张的原则是，不能因为打猎而破坏全体会议制定的规章和耽误其他更重要的事情："你们这些猎手！你们就会傻笑！可我要告诉你们，烟比猪更重要，尽管你们三天两头就能宰一头猪。你们全弄明白了没有？"[①] 拉尔夫的领导以理性分析和解决问题为基础，无法契合孩子们放任自由、不愿受约束的特点，杰克的领导则正好能满足他们对肉食的生理需求以及贪玩放纵的天性。

打猎成为杰克的各种行为的主要驱力，它不仅源自其对肉食的生理渴望，更源自深层次的心理欲望。在最初的狩猎行动中，杰克带领一部分孩子齐心合力猎杀野猪，然后分工协作，捡柴、烧烤、分肉，共享美味的烤野猪肉。即使是一向理性克制的拉尔夫也无法抗拒烤野猪肉的美味诱惑，他放低姿态，带领他的追随者前去分享猎手们的战果。面对拉尔夫的屈服，杰克品尝到胜利的滋味，因而没有拒绝对手的食肉请求。听到杰克的指令后，"带木叉的孩子们给了拉尔夫和'猪崽子'各一大块肥肉。他俩馋涎欲滴地把肉接住，就站着吃起来"（《蝇》：176）。

所有人吃相同的食物，分享劳动的果实，宛如生活在一个完全平等的社会结构之中。在荒岛上吃到肉，孩子们第一次有了家的感觉。戈尔丁详细描绘了一幅饮食乌托邦的图景：

[①] 威廉·戈尔丁：《蝇王》，龚志成译，上海译文出版社1985年版，第92页。后文出自同一著作的引文，将随文在括号内标出该著名称首词和引文出处页码，不再另行作注。

岩石上燃烧着火堆，烤猪肉的脂油滴滴答答地掉进从这里望过去看不见的火焰之中。除了猪崽子、拉尔夫、西蒙，还有两个管烤猪的，岛上所有的孩子都聚在草根土上。他们笑呀、唱呀，有的在草地上躺着、有的蹲着、有的站着，手里都拿着吃的。可是从他们油污的面孔来判断，猪肉已经吃得差不多了；有些孩子手持椰子壳喝着。在聚会以前，他们把一根大圆木拖到草地中央。杰克涂着涂料，戴着花冠，像个偶像似的坐在那儿。在他身旁，绿色树叶上堆放着猪肉，还有野果和盛满了水的椰子壳。①

然而，这个段落也传递了另一个侧面的关键信息：杰克的偶像地位。因此，这幅图景不仅是共享食物的乌托邦，更是集权统治的恶托邦。

纳投名状、表达对首领的忠心是孩子们吃到猪肉的前提条件。昔日教堂里的合唱团化身为野蛮残暴的山寨土匪帮。杰克和猎手们提供肉食，获得肉食的代价是接受他们的专制统治。杰克弹劾拉尔夫的最强有力的理由是拉尔夫从来没有给大家提供野猪肉，言外之意是，高超的狩猎技巧是优秀首领的必备素质。在由采摘者和打猎者组成的"原始"社会中，狩猎是一种更加优越的食物获取方式，是在社会成员中树立威望的主要途径，意味着"英雄主义的男性气质"②。打猎不仅是一项业余爱好和生存手段，更是男性气概和价值的决定因素。喂饱这些孩子不是问题，因为岛上有大量水果，但获取烤野猪肉才是孩子们的目标。肉成为岛上的珍稀资源，它难以获取，只有通过艰苦劳作和娴熟技巧才能获得。打猎需要多人协作，从而导致了看管篝火等拉尔夫认为最重要的事情被中断。杰克的专制意识有一个逐步形成的过程：打猎可以吃上肉，在所有的人只能吃素的时候，吃肉就代表某种特权，这种特权在荒岛上变成一股强大的力量。由此可见，食物对于共同体建构而言是一把双刃剑：通过集体觅食和共享食物而建立起来的共同体是乌托邦式的，与此相反，争夺食物和猎杀同类的行为

---

① 威廉·戈尔丁：《蝇王》，第 175 页。
② Catherine Bates. *Masculinity and the Hunt: Wyatt to Spenser*. Oxford: Oxford University Press, 2013, pp. 13–14.

则导致恶托邦的出现。

二、生食与熟食的对立

莱西（Nick Lacey）在《叙事与类型》（*Narrative and Genre：Key Concepts in Media Studies*）一书的"列维－施特劳斯（Claude Lévi-Strauss）与二元对立"章节中简要提及《蝇王》，他认为，"这本小说清楚地表达了自然—文化，或野蛮—文明之间的对立，各自的代表人物分别是恶棍杰克和英雄拉尔夫。《蝇王》以传统方式结尾，英雄获胜；文本倾向于被解读为野蛮是错误的。然而，很明显杰克身上的某些'恶行'也存在于拉尔夫身上，此书的魅力在很大程度上源于这种'尚未解决的结局'"①。令人不解的是，莱西随后却断言：在小说文本中，英雄和恶棍的定义通常很直接，而在新闻等类型的文本中，这种角色分辨不那么直接。笔者无法苟同莱西的观点，事实正好相反，在通常情况下，新闻文本对善恶是非的界定更为直接，而作为虚构文体的小说更为含混隐蔽。正如他自己所言，《蝇王》的魅力在很大程度上源于这种"尚未解决的结局"。另外，莱西在论述"列维－施特劳斯与二元对立"时，以《蝇王》中的情节结构作为一个重要例证，却没有讨论小说中关于采摘野果与烤野猪肉的叙述与列维－施特劳斯关于生食与熟食的论述之间的对应关系。

列维－施特劳斯最为集中地阐述膳食的论作，是他专门探讨食物加工的文章《烹饪三角》（*The Culinary Triangle*）。该文开篇便将语言与其他文化系统加以对照，旨在找出它们之间的共性。在深入考察罗曼·雅各布逊（Roman Jakobson）关于语言支配系统的结构分析后，列维－施特劳斯指出，在其他文化现象中，例如在烹饪中，也可以找到与语言类似的结构。通过借鉴雅各布逊构建的"元音三角"（顶点分别是 a、u、i）以及"辅音三角"（顶点分别是 k、p、t），列维－施特劳斯创造出"烹饪三角"。与雅各布逊的音素三角相对应，烹饪三角的三个顶点分别为生的、

---

① Nick Lacey. *Narrative and Genre：Key Concepts in Media Studies*. New York：St. Martin's, 2000, p. 67.

熟的和腐烂的。该三角关系旨在说明，所有食物都能在其中找到相应的位置。不仅如此，"烹饪三角"还进一步揭示了生食煮熟或腐烂的过程："熟食是生食的人工（文化）转化，而腐烂则是自然转化。"① 由此可见，自然—文化的对立关系才是列维-施特劳斯的论证焦点。

戈尔丁在《蝇王》中刻画了荒岛上的两种饮食模式：采摘野果与猎烤野猪。阿特金森（Paul Atkinson）认为："在陌生的、非人类的环境（丛林、荒漠、'野外'）中，食物可以代表文化的世界——即意义、价值和人类劳作的世界——被开创和维持的多种不同方式。"② 小说中的两种获取食物的方式都包含着人类劳动，按照阿特金森的观点，它们都可以归于文化的领域。但是，根据列维-施特劳斯的判断标准，采摘野果与烤野猪肉则分别对应着自然与文化。换句话说，以杰克为首的打猎团体在文明程度上更胜于以拉尔夫为首的采摘团体。刚来到岛上时，孩子们无法获得肉食，"他们白天大部分时间都在搞吃的，可以够得着的野果都搞来吃，也不管生熟好坏，现在对肚子痛和慢性腹泻都已经习惯了"（《蝇》：65）。野果所含的热量不高，孩子们需要长时间、不断进食才能获得身体所需的能量，而且不加分辨和不加清洗地食用野果，必然会对孩子们的肠胃造成伤害。很显然，靠采摘野果充饥的孩子们处于非常原始的生活状态。吃烤野猪肉使得孩子们免于吃不洁净的野果导致的腹泻和胃痛，在营养和口味上也更胜一筹。从长远来看，吃野果无法维持身体需求，肉食才能提供足够的营养。猎捕野猪对孩子们来说不仅是一件好玩的事情，更能给他们带来征服自然的力量感和安全感，减轻对想象中的"野兽"形象的恐慌情绪。野果通常都是生吃，但野猪肉必须经过简单的烹饪之后方可食用，如果直接生吃野猪肉，进食者则是像吸血鬼一样的野蛮人。

然而，在哈德逊（Julie Hudson）和多诺万（Paul Donovan）看来，小说中的两种进食模式都是野蛮落后的。复杂社会一般都有相对复杂的食物加工体系，清洗、萃取、削皮、取出内脏、剁碎、保存（加热、烟熏、

---

① Claude Lévi-Strauss. "The Culinary Triangle". In: Carole Counihan, Penny van Esterik. *Food and Culture: A Reader*. London: Routledge, 1997, p. 29.

② Paul Atkinson. "Eating Virtue". In: Anne Murcott. *The Sociology of Food and Eating: Essays on the Sociological Significance of Food*. Aldershot: Gower, 1983, p. 11.

脱水)、为运输或储存而进行的包装,这些食物加工方式是文明和城镇化的诸多标志之一。在《蝇王》中,孩子们在一种"野蛮"的状态下生存,直接从树上采摘水果,未经加工便狼吞虎咽,导致他们患上肠胃疾病。不幸的野猪被宰杀、肢解、在火上烤,经过最简单的准备,在没有任何仪式的情形下被分食。食物加工的缺失构成戈尔丁笔下的世界不断堕入野蛮状态的最初信号。[1]

事实上,并非岛上所有的孩子最后都堕入野蛮状态,拉尔夫等进食野果的孩子们始终守护着人类的文明疆界和伦理准则。拉尔夫反对疯狂猎杀野猪,主张维护信号火堆,尽管有时他也难以抗拒烤野猪肉的美味诱惑,却总是能够管控自己的生理欲望,不与丧失良知的野蛮人为伍。即使在最黑暗的时刻,拉尔夫、西蒙、"猪崽子"等人也没有放弃文明与理性的意识。相较而言,以杰克为首的猎手们宰杀和加工野猪的方式极其残忍,远比以拉尔夫为首的采集者们获取食物的方式更粗暴,这从根本上颠覆了列维-施特劳斯提出的生食(自然)与熟食(文化)的二元对立。

无论从行为模式还是从文化寓意的层面而言,小说中的进食熟食者都比进食生食者更野蛮。猪在《蝇王》中具有多重意义:孩子们的食物、野兽的祭品、投射邪恶的场所,最重要的是,犹太人不吃的肉类。猪肉在《圣经·旧约》中被列为禁忌食物,食用猪肉被许多以色列人看作是对其种族文化的侮辱。在犹太教中,猪肉是不符合教规的食物(trefe/nonkosher food),象征着肮脏和禁忌。在小说中,猪与人类行为中最黑暗的部分有着某种联系,孩子们疯狂的、伴随着谋杀的宴会乱舞与沙漠中的以色列人崇拜金色牛犊的行为之间存在对应关系。两者都源于对虚假偶像的崇拜,都以宴会为背景,都沉溺于彻底放纵和狂欢的气氛中,都引发出暴力。[2] 由于戈尔丁选择源自希伯来语的词汇"蝇王"作为小说的标题,猪肉与犹太人的关联得到进一步强化。在狂欢节吃猪肉是一种反犹太人的行

---

[1] Julie Hudson, Paul Donovan. *Food Policy and the Environmental Credit Crunch*: *From Soup to Nuts*. New York: Routledge, 2014, p. 83.

[2] Kirstin Olsen. *Understanding Lord of the Flies*: *A Student Casebook to Issues*, *Sources*, *and Historical Documents*. Westport, C.T.: Greenwood Press, 2000, p. 130.

为，在大斋节期间吃猪肉是对犹太人极大的冒犯。① 小说中最强有力的狂欢元素是猪的意象，戈尔丁通过描写在狂欢气氛中食用猪肉的场景，从文化层面上抨击了猖獗一时的种族优劣论，揭露了"二战"中针对犹太人实施的暴行，对种族主义分子具有深刻的警醒意义。

三、"文明"与"野蛮"的较量

通过刻画细腻的食物意象，戈尔丁在《蝇王》中颠覆了列维－施特劳斯关于生食与熟食分别象征自然（落后）与文化（先进）的二元对立。小说中的情形与列维－施特劳斯的阐述正好相反，食用烤野猪肉的孩子比进食野果的孩子更为野蛮残忍。虽然杰克等人猎杀野猪的理由是为每个人提供猪肉，但他们耽于享受杀戮其他活体生命的乐趣，打猎行为演变成残暴的蛮族行径。他们高喊充满血腥词句的狩猎口号，放纵于折磨其他生命个体的快感。

具有讽刺意味的是，野猪身上散发出浓浓的母爱，而猎手们却丧失了孩子的天性和人性。岛上唯一具有女性特征的生命体是惨遭杰克等人杀害的野母猪，她是大自然的产物，却被男孩们当成满足他们食肉欲望的对象。在猎手们袭击之前，猪群在树下恬适安静地休息，老母猪沉浸在甜蜜的母爱之中，呈现出一片其乐融融的场面："树丛下，一只耳朵在懒洋洋地扇动着。在跟猪群稍隔开一点的地方，躺着猪群中最大的一头老母猪，眼下它沉浸在深厚的天伦之乐中。这是一头黑里带粉红的野猪，大气泡似的肚子上挤着一排猪仔，有的在睡觉，有的在往里挤，有的在吱吱地叫。"（《蝇》：157）杰克等人手举削尖的木棍冲向毫无防备的母猪，驱散了她的幸福安宁，把她逼到林中一块鲜花盛开、蝴蝶飞舞的空地上，残忍地将其杀害。杰克扑到母猪身上，用刀子往下猛戳，罗杰则把木棍插进母猪的屁股。孩子们在杀戮和追捕母猪的行动中获得无穷的快感："老母猪流着血，发疯似的在他们前头摇摇摆摆地夺路而逃，猎手们紧追不放，贪

---

① Paul Crawford. *Politics and History in William Golding: The World Turned Upside Down*. Columbia: University of Missouri Press, 2002, p. 63.

馋地钉住它，由于长久的追逐和淋淋的鲜血而兴奋至极。"（《蝇》：159）在小说中，女性因融于自然而成为生生不息、绵绵不绝的象征，男性为了确立权威感和优越感，对自然和女性加以血腥征服和杀戮。

杰克的刀子和罗杰的棍棒是他们作为主宰者的象征，在一次次插入母猪体内的行动中，它们帮助男孩们建立了雄威。这个残忍的杀猪场景充满了性暗示，在猎杀母野猪时，孩子们的行为类似于强奸。猪（pig）的拉丁语词源（porcus/porcellus）指称女性的生殖器，在古希腊雅典城邦阿提卡的喜剧中，妓女被称作"猪商"。[①] 怀特（Allon White）进一步指出："肉类，尤其是猪肉，显然是狂欢的中心象征，狂欢这个词的意义极有可能派生于将肉作为食物和性来对待的行为。"[②] 在杀戮和食用野猪肉的过程中，猎手们同时满足了他们的食欲和性欲。

与母猪被拟人化形成鲜明对照的是人被"猪化"。正如克劳福德（Paul Crawford）所言，"《蝇王》中充斥着与猪相关的暴力狂欢意象以及将人'猪化'（piggification）的行为，这是将人与兽二者关系的狂欢化倒置"[③]。根据巴赫金的观点，狂欢节的来源之一是古希腊的酒神祭，酒神的迷醉与狂欢节的氛围极为契合。杰克仿佛是沉醉于欢乐飨宴的酒神狄奥尼索斯，他寻找肉食和捕猎野猪的行为呼应了狂欢节上的筵席形象，即通过饮食活动将自己的肉体与世界结合在一起。在杰克的鼓动下，孩子们唱着充满血腥歌词的打猎曲，跳起仪式性的舞蹈。他们先后残忍杀害了西蒙与"猪崽子"，并疯狂追杀拉尔夫。这种狂欢显然不是巴赫金式的颠覆权威、崇尚自由的体验，而是完全丧失理性和人性的表现。通过刻画猎杀同类的野蛮行径，戈尔丁将岛上以杰克为首的青少年帮派与德国以希特勒为首的法西斯集团之间建立了清晰的联系。[④] 戈尔丁旨在阐明，寻衅滋事、

[①] Peter Stallybrass, Allon White. *The Politics and Poetics of Transgression*. London: Methuen, 1986, pp. 44 – 45.

[②] Allon White. *Carnival, Hysteria, and Writing: Collected Essays and Autobiography*. Oxford: Clarendon Press, 1993, p. 170.

[③] Paul Crawford. *Politics and History in William Golding: The World Turned Upside Down*. Columbia: University of Missouri Press, 2002, p. 47.

[④] Claudia Durst Johnson. *Youth Gangs in Literature*. Westport, C.T.: Greenwood Press, 2004, p. 99.

滥杀无辜的罪恶团伙不仅会出现在孤岛上，也会出现在任何一个道德和法律遭到侵蚀的地方。

第一个被猎手们"屠杀"的人是"先知式的"人物西蒙。西蒙（Simon）是圣彼得的原名，他在认识耶稣之后改名为西蒙，这个名字在基督教中暗含替罪羊、受害者之意。到达岛上不久，关于"野兽"的谣言引发了孩子们的恐慌，但西蒙不相信真有"野兽"，坚称"野兽"只不过是孩子们不安的内心在作祟。然而，他的想法却遭到其他人的嘲笑。为了探究"野兽"的真相，西蒙独自上山勘察，他清楚地看到，所谓的"野兽"其实是一个飞行员的已经腐烂的尸体。获知真相后，他不顾身体疲惫，奔向正在狂欢的人群去告知实情，不料此时天昏地暗、电闪雷鸣，西蒙反倒被杰克等人误当成"野兽"而被活活打死。借助想象的"野兽"，戈尔丁描绘了一幅源于内在的黑暗画面：当理性丧失之后，人的兽性便会暴露无遗。

在恐惧和狂乱的状态下，孩子们戕杀了勇于探求真相的西蒙，接着他们又杀害了捍卫民主原则的"猪崽子"。如果说西蒙之死在某种程度上可以算作误杀，那么"猪崽子"之死则是彻头彻尾的谋杀。"猪崽子"身体肥胖，正如他的名字（Piggy）暗示的那样，他就像小说中被猎手们追捕的猪，最终难逃厄运。罗杰从山上推落一块红色的巨石，砸中正拿着海螺说话的"猪崽子"，"'猪崽子'的手臂和腿部微微抽搐，就像刚被宰杀的猪的腿一样"（《蝇》：217）。"猪崽子"被猎手们残忍杀害，因为在他们眼中，"他是一个外来者，是一个冒充的物种（a pseudo-species）"①。在西蒙和"猪崽子"被害之后，拉尔夫成为光杆司令，这个仅存的局外者也遭到猎手们的疯狂追杀，险些葬身火海和死于乱棍之下。

小说中的杀戮经历了从猎杀猪到猎杀人的演变：在真实的狩猎活动中，猎手宰杀的对象是野猪；在孩子们的狩猎游戏中，扮演野猪的是人；在杀害西蒙和"猪崽子"以及追捕拉尔夫的过程中，人被当作可以任意屠杀的野猪。随着情节的推进，猎杀行为逐步失去控制，最终导致西蒙和

---

① Virginia Tiger. *William Golding: The Dark Fields of Discovery*. London: Calder & Boyars, 1974, p. 63.

"猪崽子"的死亡,拉尔夫也命悬一线。戈尔丁将猎捕猪与猎捕人加以融合,预示了猎杀猪与消灭那些被视作外来者或局外者的人之间的密切关联。

长矛刺猪是维多利亚时期和爱德华时期一项非常流行的运动,在军队中尤其受欢迎,因为它有助于培育骑士精神。从隐喻层面切入,"戈尔丁借用长矛刺猪的帝国主义传统来暗示英国帝国主义与法西斯主义之间的连续性"[①]。经过文艺复兴时期的人文主义及其后来的启蒙运动这两次思想洗礼,人类社会进入空前的文明状态;然而,20世纪却爆发了两次世界大战,它们引发的巨大灾难超过任何前现代时期。经历毁灭性的"二战"之后,戈尔丁清醒地认识到,如果人性之善没有得到彰显、人性之恶被随意放任,帝国主义和法西斯主义便会滋生蔓延,人类的美好愿景和乌托邦梦想就永远无法实现。

结　语

虽然现实世界存在诸多缺陷,但人类可以通过想象来建构一个理想社会。一方面,想象中的完美社会必须与现实世界彻底断裂;另一方面,它又必须具有基于现世逻辑的可信度。詹姆逊(Fredric Jameson)曾对乌托邦叙事做过如下描述:"它诞生于彻底断裂的行为,因此它必须将所有能量整合成一股'动力',推动那个最初的断裂变成一套周密的、无尽的和不可能的展示,从而能够阐明,尽管历史以及读者自己存在的'真实'世界具有无法分割的存在总体性,但事实上此种无法想象的分离首先是'可以想象的'。"[②] 虽然恶托邦与乌托邦在形式上是对立的,但两者之间存在诸多关联,恶托邦往往是群体的领袖向往实现乌托邦而采取的错误努力。恶托邦包含乌托邦的要素,它之所以是恶托邦,或许是由于只有一小部分特权人员享有乌托邦式的尊荣,或者是由于为迈向乌托邦所付出的代

---

① Crawford. *Politics and History in William Golding: The World Turned Upside Down*, p. 64.
② Fredric Jameson. "Of Islands and Trenches: Naturalization and the Production of Utopian Discourse". *Diacritics*, 1977, 2, p. 21.

价过于惨重。与另一组关于共同体的重要概念对照而言①，在小说中，杰克通过肉食诱惑和集权统治建立起来的是一个"负面共同体"（the negative community），而拉尔夫始终秉持对"深度共同体"（the deep community）的信念，即使身处险境，他的思想也总是"滑到一个不容野蛮人插足的平凡的文明小镇"（《蝇》：196）。乌托邦叙事就像瞬间绽放便消失在夜空的焰火，但这种注定失败的努力依然令人欢欣鼓舞。恶托邦叙事通过批判专制、反思欲望、辨明善恶，为人类实现美好愿景的漫漫征途献上逆耳良言。《蝇王》兼具这两种叙事类型的特点，它外显的恶托邦洪流深处隐藏着一股强大的乌托邦潜流。

---

① 殷企平：《共同体》，载《外国文学》2016 年第 2 期，第 74—75 页。

舌尖上的身份:《茫茫藻海》中的食物政治[①]

肖明文

《茫茫藻海》问世于 1966 年,出版后很快受到读者和评论界的高度关注,为此前一直默默无闻的多米尼加裔英国女作家简·里斯赢得多项创作奖项,其中包括英国皇家文学奖。批评界对这部小说存在较大争议,有批评家认为里斯"将尊严还给了此前黯然失色的人物"[②],也有学者认为《茫茫藻海》中的安托瓦内特和《简·爱》中的贝莎最后的结局是相同的,"都是不能发声的人物,既远离牙买加,又人格分裂"[③]。笔者无意直接参与到这场争论之中,而是聚焦于小说中常被评论者忽视的、有关殖民者和被殖民者生活细节的描述,采用当下西方文学理论界新兴的食物研究视角,对作品中的食物意象和饮食场景进行阐释,从而揭示食物与身份之间的紧密联系,发掘食物背后的政治符码和人类情感。

一

从里斯对故事焦点和叙述视角的安排来看,小说的女主角毫无疑问是安托瓦内特。但库彼兹切克(Missy Kubitschek)坚持认为文本中真正的女主人公是克里斯托芬,理由是"安托瓦内特参与了她的自我毁灭:她的选择很重要,她做出了错误的选择。虽然小说对安托瓦内特流露出同情,但它并没有塑造另一个父权和帝国主义体系下无助的受害者。相反,

---

[①] 此文原发表于《当代外国文学》2015 年第 2 期,作者肖明文,现为中山大学外国语学院副教授。

[②] Teresa Winterhalter. "Narrative Technique and the Rage for Order in *Wide Sargasso Sea*". *Narrative*, 1994, 2 (3), p. 216.

[③] Rose Kamel. "'Before I Was Set Free': The Creole Wife in *Jane Eyre* and *Wide Sargasso Sea*". *The Journal of Narrative Technique*, 1995, 25 (1), p. 15.

在《茫茫藻海》中，克里斯托芬成功捍卫她的边缘地位与安托瓦内特通过自我毁灭来使自己被同化形成强烈的对比"①。笔者的观点是，厨娘克里斯托芬不是女一号，但她在故事中扮演着举足轻重的角色。在小说的第一部分，安托瓦内特回顾童年生活时说道，"我大多数时间都在厨房里度过。厨房是一座独立的建筑，距离主屋有点距离。克里斯托芬睡在厨房旁边的小屋里"②。在多数人的内心深处，厨房是一个充盈着家庭温暖的地方，是"整个屋子内最温馨舒适的房间"③，是一个"交谈、玩耍、抚养孩子、缝纫、吃饭、阅读、休息和思考的空间"④。这种感受对安托瓦内特这位前奴隶主的女儿而言尤为强烈。她之所以童年的大部分时间在厨房度过，是因为年幼时家中出现诸多变故，例如，生父去世、母亲改嫁。这种孤儿状态在她的一句回忆往昔的话中得到充分体现："由于时间晚了，我和他们一起吃饭，而不是像往常一样单独吃。"(《茫》：23) 由于森严的等级制度，种植园主的孩子如没有大人陪同，只能独自吃饭，不允许和侍者一起用餐。我们难以想象一个8岁的孩子每天单独吃饭是何等孤寂。

克里斯托芬是被当作"礼物"送给安托瓦内特的母亲安妮特的黑人女仆，一直兢兢业业地服侍着主子一家。作为生母的安妮特对女儿缺乏关爱，致使克里斯托芬替代了她的母亲角色，保姆与孩子之间建立起互信和互爱的关系。⑤ 克里斯托芬是安托瓦内特的照料者、知心人和代言人，在小女孩的身心成长和身份认同方面发挥着关键的影响力。"青春期的女儿经常通过浪漫化另一个女人而不是她们的母亲，来实现与她们同性的认同"⑥，在亲生母亲不称职或缺场的情况下尤为如此。安托瓦内特幸福地

---

① Missy Dehn Kubitschek. "Charting the Empty Spaces of Jean Rhys's *Wide Sargasso Sea*". *Frontiers*: *A Journal of Women Studies*, 1987, 9 (2), p. 24.

② 琼·里斯:《茫茫藻海》，方军、吕静莲译，上海文艺出版社2011年版，第6页。后文出自同一著作的引文，将随文在括号内标出该著名称首词和引文出处页码，不再另行作注。

③ Elizabeth David. *French Country Cooking*. Harmondsworth: Penguin, 1966, p. 23.

④ Jane Grigson. *Good Things*. New York: Alfred A. Knopf, 1971, p. 13.

⑤ Denise de Caires Narain. "Affiliating Edward Said Closer to Home: Reading Postcolonial Women's Texts". In: Adel Iskandar, Hakem Rustom. *Edward Said*: *A Legacy of Emancipation and Representation*. Berkeley: University of California Press, 2010, p. 131.

⑥ María Dolores Martínez Reventós. "The Obscure Maternal Double: The Mother/Daughter Relationship Represented in and out of Matrophobia". *Atlantis*, 1996, 18 (1-2), p. 288.

享受着克里斯托芬母亲般的呵护,在本能上她更倾向于接受厨娘代表的加勒比文化而不是安妮特代表的英国文化。克里斯托芬懂得奥比巫术,平时对人比较严格,海湾边的女人对她有几分惧怕,但"她们仍然买来水果蔬菜作为礼物,天黑以后,我经常听到厨房里传来低语声"(《茫》:8)。当地妇女相互馈赠食物,在厨房里一边制作美食一边闲聊。在纷争混乱的加勒比社会,这个为人类生生不息提供养料的私密小空间透着安宁和谐的气氛。

厨房和厨娘对安托瓦内特来说象征着关爱和温暖。罗切斯特对厨房的看法与他妻子正好相反,他从不去厨房,"见到他们(罗切斯特夫妇的仆人)的时候不多。厨房和乱哄哄的厨房活动与我们有段距离。她给钱的时候大手大脚,数也不数,不知道给了多少出去,还有些陌生面孔,姐妹啊、亲戚啊什么的,经常出现又消失,没有一次不是大吃大喝一顿。她自己都不管,我怎么好问呢?"(《茫》:79)男主人公认为厨房杂乱吵闹,与女主人公将厨房视作温馨场所的看法截然不同。另外,他将妻子的亲戚朋友都看成是放纵食欲的人,跟他们没有言语和情感交流,对妻子和他们的交往方式也表示不满和反感。

罗切斯特夫妇在对待周围人的态度上的最大分歧毫无疑问在于如何评价厨娘克里斯托芬。对安托瓦内特来说,克里斯托芬是一位慈爱的母亲;对罗切斯特来说,她是灾祸的源头。厨娘视小主人为己出,不仅给她烹饪美味可口的食物,还给她吟唱当地的歌谣,讲述千百年流传下来的故事。在草木繁盛、空寂无人的山野荒园中,在父母的关爱缺场的情况下,只有克里斯托芬的厨房让安托瓦内特感到安全温暖。在安托瓦内特家道中落、孤立无助的时候,全靠不离不弃的黑人厨娘一手张罗,一家人才得以远离饥饿。

在安托瓦内特遭遇婚姻危机时,克里斯托芬再一次成为她的坚强后盾。里斯在文本中展示了一幕已婚女人情感受挫后回娘家的情景:"后来我叫醒她,让她坐在太阳里,在清凉的河水里洗澡。尽管她困得连腰都直不起来。我给她炖了好吃的浓汤。有牛奶就给她喝,从自家果树上采下果子给她吃。她没胃口的时候,我就说:'给我个面子,吃一点吧,doudou。'就这样她才肯吃,吃完又睡觉了。"(《茫》:151)厨娘不仅提供滋补身体的食物，还给精神崩溃的安托瓦内特注入生活的信念。

然而，在罗切斯特看来，克里斯托芬恰恰是一个破坏他和妻子婚姻关系的负面人物。他诬陷克里斯托芬，把他妻子精神不振的责任全部推到她头上："我看你是用劣质朗姆酒把她灌了个烂醉，搞得她精神崩溃。我几乎都认不出她来了。我不知道你为什么这么干——我想是恨我吧"（《茫》：152）；"这里发生的一切都要怪你，所以你不要再来了"（《茫》：156）。在加勒比地区，上层富人和底层穷人都爱喝朗姆酒，当然，他们饮用的酒在品质和价格上相差悬殊。小说中有一处描写了克里斯托芬的儿子乔乔劳作之后回到家将半杯白朗姆酒一饮而尽，但并没有关于安托瓦内特在厨娘家喝酒的叙述，倒是罗切斯特夫妇在自己家中喝酒或酗酒的场景反复出现。克里斯托芬成为罗切斯特这个殖民主义和父权主义代表的替罪羊。

令读者感到鼓舞的是，厨娘不甘于做沉默的羔羊，虽然她一生忠诚地为老奴隶主一家效劳，但她绝不臣服于这个闯入殖民地的英国男人。克里斯托芬就像西印度群岛这片古老的土地一样，似乎永远不会发生变化。她坚守着土著身份，对本地的饮食和风俗怀有强烈的自豪感：

> 在她（安托瓦内特）周围打转的黑女人（克里斯托芬）说："姑爷，尝尝我泡的牛血。"她递给我的咖啡很好喝，她手指细长，我觉得挺漂亮。
>
> "不是英国太太们喝的那种马尿，"她说，"我了解她们。喝就喝黄马尿，说就说瞎胡扯。"她向门口走去，裙子拖地，沙沙作响。她在门口转过身来："我叫个女孩来清理你们弄得到处都是的鸡蛋花，这会招来蟑螂。小心点，别踩在花上滑一跤，姑爷。"她轻快地走出门去。
>
> "她的咖啡味道很好，但说的话太难听，而且她应该提起裙子走路。一大截裙摆拖在地上，肯定会脏得厉害。"
>
> "她们不提起裙子是表示尊敬，"安托瓦内特说，"或者是在节日

期间，或者是在望弥撒的时候才不提起裙子。"①

这段文字对于理解不同文化之间的冲突以及克里斯托芬的个性都具有重要启示。首先，种族之间的误解从这段话中可见一斑。男主人认为克里斯托芬应该提起裙子走路，但他不知道当地女仆不提起裙子走路意味着对主人的尊敬。当然，厨娘是为了尊敬安托瓦内特才不提起裙子走路，而不是为了尊敬她的丈夫。其次，克里斯托芬对本土食物大加赞赏，对殖民者的食物却不以为然，她满怀优越感地给英国男人提供本土食物，成功地把食物当作反抗帝国主义的有力武器。

二

与克里斯托芬矢志不渝的身份固守不同，安托瓦内特的身份认同摇摆不定，这为她的精神分裂埋下了祸根。她的一生经历了太多沧桑，家族变迁的印记在饮食上得到充分的体现。安托瓦内特生父的去世是她生命中最重要的转折，她由一个享用八珍玉食的小公主沦落为险些食不果腹的"小乞丐"。小说中第一次提到吃的场景便是致命的，她家的马被人毒死了。多亏克里斯托芬这个巧妇的艰难应对，这个落败的家庭才免于挨饿。

梅森先生的到来，给跌入低谷的家庭带来了生机。安托瓦内特的日常生活也渐有起色，这首先体现在膳食上："新佣人麦拉站在餐柜旁，等着换盘子。我们现在吃英国菜，牛肉、羊肉、派、布丁。我很高兴过得像个英国女孩，但我仍然思念克里斯托芬的手艺。"（《茫》：23）如果人们是通过"谁是他者"来定义自己，那么他者"在食物中的体现比其他任何地方都要明显"②。一个人选择某种饮食在很大程度上表明了他对这种饮食背后的族群身份的认同。安托瓦内特描述的有关"吃什么的信息揭示出她对自己社会身份的模棱两可态度，她最初的（白）克里奥人身份被

---

① 琼·里斯：《茫茫藻海》，第 74 页。
② Sarah Sceats. *Food, Consumption and the Body in Contemporary Women's Fiction*. Cambridge: Cambridge University Press, 2000, p. 162.

她母亲新嫁的英国丈夫带来的变化所重塑"①。食物是文化的中心层面之一，她既想接受英国饮食，又无法放弃克里奥饮食，饮食选择两难正是她内心矛盾的外在表现。她的精神和她的胃口一样，处于一种无法弥合的张力状态。继父给安托瓦内特带来的影响，使前文谈到的她在生母和"养母"之间的抉择进一步复杂化。她的皮肤和味蕾产生了冲突，"她被'两个母亲'夹在中间，无法和任何一方完全融合"②。作为一个克里奥人，安托瓦内特的身份状况非常尴尬。克里奥人既不属于英国白人阶层，又不属于加勒比的黑人群体，从而成为一个不上不下、两头不靠的"夹心"团体。

在黑人暴动时，安托瓦内特儿时唯一的玩伴、黑人女孩提亚毅然抛弃了她。安托瓦内特天真地跑向提亚，"因为她是我过去的生活所唯一留下的一部分。我们一起吃过相同的东西"(《茫》：33)。但提亚竟然朝她扔石头，把她砸得头破血流。提亚并不是安托瓦内特的镜像，而是"无法通过她来实现自我认同的他者"③。尽管她们一起吃过相同的东西，但她们都并没有摆脱种族偏见，安托瓦内特在内心仍旧把提亚看成下等人，后者也并没有超越黑人对白人的怨恨。当种族冲突爆发时，昔日看似友谊浓厚的两种肤色的人立刻形同陌路。同样，她的继父梅森先生也错误估计了黑人的仇恨意识。他在黑人闹事时预测说："比我想象的人要多，态度也很恶劣。到天亮的时候他们就会后悔的。我估计到明天就会有送糖浆、罗望子果和姜糖来谢罪。"(《茫》：26) 梅森先生等待的象征着谢罪的食物永远不会到来，相反，当晚的暴动从此将他的家庭推入瘫痪状态。

一个家庭的社会地位体现在诸多方面，或许最显而易见的方面是它的膳食餐饮，"人们所吃的东西既向自己也向别人说明了他们的身份和内

---

① Susanne M. Skubal. *Word of Mouth*: *Food and Fiction After Freud*. London: Routledge, 2013, p. 62.

② M. M. Adjarian. "Between and Beyond Boundaries in *Wide Sargasso Sea*". *College Literature*, 1995, 22 (1), p. 203.

③ Gayatry Chakravorty Spivak. "Three Women's Texts and a Critique of Imperialism". *Critical Inquiry*, 1985, 12 (1), p. 250.

涵"①。安托瓦内特的生父死后，她家的生活状况从天堂跌入地狱，黑人们则不断造谣生事，捏造她家一日三餐的寒碜状况。提亚曾向她转述过当地人盛传的谣言："她听说我们全都穷得像乞丐。我们吃咸鱼——没钱买鲜鱼。"（《茫》：11）穷的标志首先是吃差的食物。对于生活在海岛上的居民来说，鱼是主要食材，鲜鱼的价格低廉，如果哪家连鲜鱼都买不起而吃咸鱼，足以说明这户人家已经是家徒四壁。关于此类谣言，安托瓦内特的母亲也对梅森先生诉说过："你没当过穷人。你以为他们不知道你在特立尼达的庄园吗？还有安提瓜岛的产业。他们谈到我们就说个不停。他们编造关于你的故事，胡扯关于我的事情。他们挖空心思打听我们每天吃什么。"（《茫》：20）越是落后的地区，吃对当地人来说越是一件重要的事情，就连他们制造的谣言也主要以吃为话题。

里斯在描述安托瓦内特的修道院生活时，也为我们展示了修道院的饮食状况。刚到那里，修女路易斯就告诉她，"我们常把圣贾斯汀院长叫作橙汁院长，她不是很聪明，可怜的女人。你很快就会看到"（《茫》：41）。橙汁院长（Mother Juice of a Lime）是修女们根据圣贾斯汀院长（Mother St. Justine）的谐音而创造的称谓。用食物作为人的昵称，有利于拉近人与人之间的关系。修女们的伙食情况在文本中也有详细描写："当我们跑上食堂的木头台阶时，大片阳光泼洒下来。热咖啡，面包卷，融化的奶油。但在吃完饭后就要念'现在和我们的临终时刻'；中午和晚上6点钟也要念'现在和我们的临终时刻'。"（《茫》：45）在修道院，日常饮食与精神信仰结合在一起。在修道院静养期间，安托瓦内特依然无法忘记丧母之痛。有一晚她从噩梦中醒来，修女给她端来一杯热巧克力，喝巧克力时，"我思索着，想起母亲的葬礼那天，非常早，几乎和今天一样早，葬礼后我们回家喝巧克力，吃蛋糕。她去年死了，没有人告诉我是怎么死的，我也没问"（《茫》：49）。霍尔兹曼（Jon D. Holtzman）曾撰文详细探讨了食物与记忆之间的关系，其中包括"食物建构下的身体化记忆；食物作为族裔或国籍等历史性建构而成的身份的载体；食物在各种'怀

---

① 西敏司：《甜与权力：糖在近代历史上的地位》，王超、朱健刚译，商务印书馆2010年版，第24页。

旧'形式中的角色;作为时代变迁之社会标记的饮食变迁;性别与记忆主体;通过食物来记住或忘却的场景"①。食物具有压惊疗伤的功效,但心灵深处的创伤往往伴随着某种食物浮上心头。

安托瓦内特经历的人生起伏使她变得坚强。她曾对罗切斯特说,"早上我从来不会感到忧伤……对我来说每天都是新开始。我记得牛奶面包的味道和落地大钟缓慢的滴答声,还记得我第一次用细绳扎头发的情景,因为家里没有丝带,也没钱买了。世上所有的花都开在我们的花园里,有时我口渴了,会从雨后的茉莉花叶子上舔雨水"(《茫》:26)。这段话听上去很像《飘》的女主角斯佳丽激励自己的那句话:"明天又是另外的一天。"有牛奶面包作为早餐,有滋养万物的自然,女主人公便有了前行的力量。

安托瓦内特坚强面对生活的力量源于食物和自然,她对压制性力量的反抗则源自于自己的身体本能。小说中两次描写了安托瓦内特咬人的行为,两次都是针对英国男人。第一次事件发生在她丈夫承认不爱她并试图阻止她喝更多朗姆酒来麻痹现实之时。他叙述说:

> 她哑着嗓子唱起来。接着又拿起酒瓶喝。
> 我说:"别喝了。"我的声音不太平静了。
> 我尽力用一只手揪住她的手腕,另一只手抓住酒瓶,结果她居然用牙咬我胳膊,我痛得丢下酒瓶。酒味一下子就充满了整个房间。我的怒气涌了上来,她也看出来了。她把一瓶酒砸碎在墙上,手里攥着碎玻璃,眼睛里杀气腾腾。
> "你再碰我一下试试?我马上就让你好看,我可不是你那种懦夫。"②

安托瓦内特的牙齿和她砸碎的酒瓶变成捍卫自我的武器。安托瓦内特第二次咬人的对象是她的异父母兄弟。负责看管她的侍女告诉她:"他见

---

① Jon D. Holtzman. "Food and Memory". *Annual Review of Anthropology*, 2006, 35 (1), p.364.
② 琼·里斯:《茫茫藻海》,第144页。

你时我也在房间里,可他说的话我都没听清楚,除了一句'根据法律我不能干涉你和你丈夫的事'。就在他说到'根据法律'的时候,你就朝他扑了过去,等到他从你手上把刀扭下来,你又咬了他。"(《茫》:182)面对压制性的男权体制,"她对兄弟—父亲—丈夫法则做出的原始的、前象征性的(pre-Symbolic)反应,不应该被解读为是向着婴儿期的精神病式的退步,而应该解读为对某种原始的、不可化约的事物的坚守"①。虽然她已经失去所有控制力和文化认同,但她试图通过自己的牙齿来表达自我。

三

在很大程度上,罗切斯特和安托瓦内特一样,也是扭曲的社会制度下的一个受害者。他是家中的次子,按照英国当时的继承法,他没有资格继承家族的爵位和家产,沦落到依靠去往殖民地娶妻来获得一笔财产。虽然他是一个来自宗主国的公民,但同时"又是一个在新殖民主义制度下移了位的外乡人,西印度群岛上的异国风情和敢于对他不屑一顾的土著黑人使他感到陌生甚至恐惧"②。当他在蜜月庄园的书房里注视着书架上的几本旧书时,他臆想自己会被吃掉:"我看了看,有拜伦的诗集,沃尔特·司各特爵士的小说,《瘾君子自白》(*Confessions of an Opium Eater*),几本破烂泛黄的大部头,最后一层架子上有本《……的生平与书信》,标题前面几个字朽坏掉了(was eaten away)。"(《茫》:63)里斯在这里使用了两个与"吃"相关的英语单词,暗示"身份在这个地方丧失了或是不可复原地改变了,或至少在象征意义上被吃掉了"③。

在新婚蜜月期,罗切斯特品尝了爱情的甜蜜,希望在这片让他感到恐惧的土地上找到归属感。婚姻带给他物质上的充裕,使他跻身有产阶级,过上闲暇的生活:"我整夜半醒着躺在床上,然后一直听到公鸡打鸣,然

---

① Skubal. *Word of Mouth*:*Food and Fiction After Freud*,p. 63.
② 曹莉:《简论〈茫茫藻海〉男女主人公的自我建构》,载《外国文学评论》1998 年第 1 期,第 56 页。
③ Skubal. *Word of Mouth*:*Food and Fiction After Freud*,p. 63.

后起床。天还非常早,我看到头裹着白布顶着托盘去厨房的女人,卖新鲜出炉小面包的女人,买蛋糕的女人,买糖果的女人。街上有另一个女人在喊着 Bon sirop, Bon sirop, 我感到一片安宁。"(《茫》:57)当地热闹的早市以及妇女们为早餐忙碌的场景给这个外乡人带来心灵的平静。尽管他们有着不同的肤色,使用不同的语言,具有不同的饮食习惯,但食物是一种跨越边界的媒介,能够触及心灵的最深处。

尽管如此,罗切斯特仍然在内心深处与这片陌生的土地之间存在隔阂。他和新婚妻子骑马外出游玩时,"她一翻身就下了马,捡起一片三叶草形状的大叶子,裹成杯子接水喝。然后她捡起另一片叶子,给我盛来一杯水。'尝尝,这是山里的水。'她抬头微笑,她现在的样子倒像是随便一个漂亮的英国女孩,为了让她高兴,我喝了水。冰凉、纯净、甜丝丝,在深绿色的叶子里呈现出漂亮的颜色"(《茫》:59)。这段话对于我们理解小说中的男女主人公的身份认同具有重要意义。安托瓦内特十分热爱这片她熟悉的土地,这位生于斯长于斯的女性与当地的自然环境融为一体,口渴时喝山水,而且喝水的盛具也是就地取材,用植物的叶子卷成一个杯子。具有讽刺意味的是,罗切斯特把他妻子极具本土特征的饮水行为看成是一个英国女孩的姿态。另外,他品尝山水只是为了让妻子高兴,但就食道体验而言,他也认为山水甘洌爽口。清凉甘甜的山水正是他纯洁善良的妻子的真实映照。

如果抛开种族和地域偏见,单从味蕾的真实感受而言,罗切斯特对当地食物持认可态度:"食物尽管加了非常多的调料,但比起我在牙买加吃的东西还要清淡些,也更加开胃。"(《茫》:69)尽管厨娘克里斯托芬称当地的咖啡为"牛血",讽刺英国人喝的咖啡是"马尿",罗切斯特并没有给予反击,而是在喝完一杯之后,自称"我又喝了一杯牛血。(我想是公牛的血。公牛。)"(《茫》:75)。他自己也称加勒比的咖啡为"公牛血",这是他尝试适应新环境的具体行动之一。出生于牙买加的英国文化研究学者斯图亚特·霍尔(Stuart Hall)曾把自己比作"英国茶里面的糖"①,在谈到大英帝国给殖民地带来巨大变革的同时,他也指出附属地子民的饮食生活对殖民者文化属性的影响。罗切斯特和妻子尽情品尝具有当地特色的美食,畅饮各类高档酒水:"我打开柜子,看着里面成排的酒瓶。这里有再放一百年也能把你放倒的朗姆酒,有白兰地,有红葡萄酒和白葡萄酒,我估计是从马提尼克岛的圣皮埃尔——西印度群岛的巴黎——走私进来的。"(《茫》:139)在所有名酒中,朗姆酒最受男女主人公的青睐,在小说中也占据较大的叙述篇幅,对读者理解饮酒者的人生经历和身份认同发挥了重要的作用。在蜜月期的欢愉时刻,罗切斯特夫妇共同"为幸福干杯",畅想未来的美好生活。

然而好景不长,新婚带来的快乐未能持续,代表着欢聚的朗姆酒变成消愁的途径。在罗切斯特心里,安宁平静的夜晚时光一去不复返,取而代之的是无休无止的夜籁,他只能"给自己倒一杯朗姆酒,一饮而尽。夜籁声立刻就消失了,变得遥远,可以忍受,甚至悦耳"(《茫》:121)。面对破裂的婚姻,罗切斯特只能在朗姆酒中获得安慰:"我决定喝朗姆酒。哦,它喝到嘴里倒是蛮清淡,我等了一会儿,等那股辣劲在胸口里爆炸开来,那股力量和暖意流遍全身。"(《茫》:139)尽管罗切斯特在婚姻不幸时通过自言自语或写信的方式来发泄对父亲和兄长的不满,但他并没有将矛头指向父权背后不合理的政治机器。他剖析自己身处困境是由于他年轻、自负、愚蠢、轻信,"但我现在不年轻了,我想着,停下脚步,喝酒。实际上,这种朗姆酒温和得就像母亲的乳汁或父亲的祝福一样"(《茫》:159)。对他而言,朗姆酒不仅可以消愁,还能给予他前行的力量,象征着家人的关爱,具有疗伤的效用。

罗切斯特并未选择在酒精麻醉的状态下恍惚度日,而是残忍地将自己的愤懑发泄到妻子身上,通过打压她这位庄园地产的旧主人来树立自己作为新主人的权威。安托瓦内特将从克里斯托芬那里讨来春药放入酒中,希望喝下春药后一夜激情的罗切斯特会永远爱她,但结果事与愿违。罗切斯特借着春药的后劲,故意在妻子知晓的情况下与黑人女仆阿梅丽疯狂做

---

① Stuart Hall. "Old and New Identities, Old and New Ethnicities". In: Anthony D. King. *Culture, Globalization and the World System*. Basingstoke: Macmillan, 1991, p. 48.

爱，致使安托瓦内特彻底精神崩溃。这个用心险恶的勾当是一番食与色的交融：

> 桌上有一个托盘，上面放着一壶水、一个杯子和几块褐色的炸鱼饼。我几乎把水喝得精光，因为我非常渴，但我没有吃东西。我坐在床上等，因为我知道她会来，我知道她会说："我为你感到难过。"
>
> 她光着脚悄无声息地来了。"我带东西给你吃。"她说。她带来冷鸡、面包、水果和一瓶酒，我没说话，先喝了一杯，接着又喝了一杯。她把食物切开，坐在我旁边，像喂小孩一样喂我吃。她的胳膊贴在我脑后，暖和和，但我碰到的胳膊外侧却是冷的，近乎冰凉。我盯着她天真茫然的可爱面孔，坐起来，把盘子推开。这时她说"我为你感到难过"。①

出于对安托瓦内特这个克里奥女人的憎恨，黑人女仆对她的女主人实施了致命的打击。阿梅丽不仅满足男主人的口腔之欲，还满足他的阴茎之欲。能吃喝、能繁殖，这是雄性体征的重要表现。在同时满足食欲和性欲的过程中，罗切斯特彻底击垮了他妻子这位旧地产拥有者，构筑了他自己在殖民地的强悍帝国使者形象。

罗切斯特与黑人女仆之间食与色的交媾玷污了安托瓦内特心目中伊甸园式的家园，她从此彻底无家可归。她对罗切斯特叫吼道："你对我干的坏事是：我爱这个地方，而你把它变成我恨的地方。我过去总认为，就算其他一切都从我的生活里消失，我至少还有这个地方，现在你把它也给毁了。它现在也成了让我痛苦的地方，和别的任何地方一样，其他任何事情同这里发生的事情相比都不算什么。现在我恨它，就像我恨你，我死之前会让你看到我有多恨你。"（《茫》：143）失去家园的安托瓦内特最终也一把火将罗切斯特在英国的家园化为灰烬。两个不公正体制的受害者未能互爱互助，而是其中一个对另一个施加恶行，深仇大恨最终导致两个人的悲剧。

---

① 琼·里斯：《茫茫藻海》，第134页。

四

阿莎·申（Asha Sen）在她 2013 年出版的著作《后殖民渴望》中多次使用"错置"（displacement）一词来形容克里斯托芬、安托瓦内特和罗切斯特这三位主要人物的生存状态，指出罗切斯特和安托瓦内特的悲剧源于他们无法超越自身有限的视角。[①] 克里斯托芬是来自马丁尼克岛的奥比人，她既不属于牙买加，也不属于多米尼加，在小说中是一个边缘人物；安托瓦内特是既无法和英国白人认同，也无法与加勒比黑人认同的克里奥人；罗切斯特是大英帝国白人男子中的弱势成员。他们"错置"或边缘的生存状态以及孜孜以求的身份认同外显于他们的饮食偏好和食物选择，"食物是社会阶级、族裔、宗教以及几乎所有其他社会体制化群体的标记"[②]。从克里斯托芬褒扬本土食物、贬损英国食物，到安托瓦内特徘徊于殖民地食物与宗主国食物之间，再到罗切斯特起初尝试接受殖民地食物，而后通过食与色的污秽之举来征服附属地的他者，所有这些人物的身份求索和恩怨情仇都与作为身体本能和文化载体的吃喝行为紧密交织在一起。透过琼·里斯的食物书写，读者可以充分领略小说中餐桌及厨房背后的大千世界和芸芸众生。

[①] Asha Sen. *Postcolonial Yearning: Reshaping Spiritual and Secular Discourses in Contemporary Literature*. New York: Palgrave Macmillan, 2013, pp. 44 – 46.

[②] Eugene Newton Anderson. *Everyone Eats: Understanding Food and Culture*. New York: New York University Press, 2005, p. 125.

食物、食人、性与权力关系

——安杰拉·卡特20世纪70年代小说研究[①]

武田田

食物与女性之间有种天然的密切关系。首先,女性是食物的提供者:对于每一个人类的婴儿而言,母亲的乳汁或由母亲加工的食物都是获得营养的第一来源。其次,女性是食物的加工者:在父权文化的语境中,处理和加工食物并将其变成一日三餐的任务是由女性担当的。最后,女性文化的传统在加工食物的过程中得以传承:在父权文化的语境中,厨房不仅是女性的领地,还是妇女们聚集在一起交流信息、分享情感的场所,更是年长女性向年轻女性传授烹饪技艺和其他家务本领以及道德规范的学校。因此,在女作家创作的作品中,食物的意象不但经常出现,而且往往具有复杂的内涵。英国当代著名女作家安杰拉·卡特(Angela Carter,1940—1992)创作的作品就一直十分关注食物与性和权力之间的关系。

安杰拉·卡特在其创作初期,就将食物定义为基本的物质资源,重点批判强权如何通过控制食物来达到控制失权者的目的。随着其在20世纪70年代创作方面的转型,卡特逐渐意识到食物与身体具有同等强烈的象征意义,对食物的利用如同对身体的利用,都能够反映强烈的权力关系。在这种认识的引导下,卡特在70年代的小说创作中将食用这一过程所反映的权力关系分为3种:一种体现了食用者对被食用者的剥夺与压迫,一种体现了食用者对被食用者的认同与继承,最后一种体现了食用者与被食用者之间的和解以及他们各自得到的解放。食物与身体一样,与女性性欲、女性的自我认同以及两性之间的权力关系等女性主义批评领域中的重要问题联系在一起,最终成为批判父权话语的一个有力意象。

[①] 此文原发表于《解放军外国语学院学报》2012年第2期,作者武田田,现为北京林业大学外语学院副教授。

与同时代的激进女性主义者不同，卡特并不认为男性的身体与女性的身体是势不两立的，前者必定要侵占和吞噬后者。在她看来，无论是男性的身体还是女性的身体，都有被利用的可能，都可以成为食物。在其70年代初期创作的小说中，这种观点致使她用双重标准来对待食物所代表的男性与女性，我们可以从中看出其思想上的矛盾和犹疑。随着其创作的成熟，卡特逐渐在小说中找到了专属于自己的理论话语，将食用的意义最终归结为两性的和解、爱和共同解放。由于其理论话语在这一时期建立，70年代成为卡特创作生涯中极为重要的转型时期。而在这个转型的过程中，食物的意象不但种类多样、层次丰富，而且表达出了深刻的内涵。本文将以卡特在这一时期最重要的3部作品——长篇小说《霍夫曼博士地狱般的欲望机器》（The Infernal Desire Machines of Dr. Hoffman，1972）和《新夏娃的激情》（The Passion of New Eve，1977）及短篇小说集《染血的房间与其他故事》（The Bloody Chamber and Other Stories，1979）为例，分析食物在其女性理论话语建构过程中的积极意义和重要作用。

一、食物象征着剥削与压迫

食用这一过程所反映的第一种权力关系为"食用象征着剥夺与压迫"。这种看待食用过程的思路实际上是卡特对自己20世纪60年代创作思路的延续，也是表达"客体被利用"这一含义的最初级形式。食物不再充当权力关系的中介物，而是作为失权者功能的表征。也就是说，失权者本身成为强权的食物，"食用"象征着失权者被剥夺和被压迫的过程。当这种权力关系被置于性别领域中予以审视时，食用就意味着父权暴君对女性在性方面的侵犯和掠夺。在曾引起极大争议的长篇小说《新夏娃的激情》第二章中，伊夫林与妓女蕾拉的同居生活就充斥着食与性互相映照、互为隐喻的意象和象征。例如，蕾拉在描述自己在妓院所从事的性表演时，将自己的角色介绍为"充当巧克力夹心饼干的夹心或者摩卡夹层蛋糕的内馅儿"①。而当伊夫林凝视蕾拉在镜中的性感影像时,他将她描述为"一块盛装打扮的肉";这种女性与食物的隐喻关系使得伊夫林如此痴迷,以至于他"总是想方设法在最后关头占有她"(《新》:30)。无论是在男性观众主导的公共场所还是在父权暴君统治的家庭领域,女性总被视作可以随意攫取和享用的消费品,与能够从熟食店和餐馆里购买的食物别无二致。如同不停地吃能够证明食用者的好胃口一样,不断地侵犯女性也能够证明男性的权力。更重要的是,伊夫林每日纵情享用的大餐都是由蕾拉靠卖淫赚钱购买的。从更深层次的意义上讲,伊夫林也的确在"吃"蕾拉。卡特似乎是在强调,在父权文化中,女性既充当食物,又充当食物的提供者,这两种身份的叠加加剧了女性失权的地位。父权对女性在性方面的掠夺一定伴随着经济方面的掠夺。

　　这种经济和性的双重掠夺在《新夏娃的激情》中零的王国那里趋向极致。作为父权王国里的失权者,零的妻子们不仅负责种植粮食和饲养牲畜,还要定期去城市里卖淫赚钱,以便零和他的宠物可以在食物匮乏的季节仍然营养充足。而零有异于伊夫林且更加可怖的特质在于,他不但掠夺女性的身体和劳动,而且还要剥夺女性在饮食和性交中可能产生的快感,即使她们在这一过程中处于被虐待的一方。例如,零拔去了每一个妻子的门牙,因此就算罕见地吃到一顿羊肉,她们也只能把肉炖成肉泥才能食用。当零享用着妻子们赚得的"上等红肉"时,这些女孩只能在超市的垃圾桶里翻找变质的食品以补充营养。(《新》:106)他每天与一位妻子发生性关系,过程充满暴力和侮辱,被夏娃称作"婚内的强奸"(《新》:110)。如果说蕾拉在被伊夫林虐待之余还曾享受过美食和性爱的快乐的话,那么零的妻子们所面对的只是无尽的痛苦和折磨。父权暴君对女性在经济和性方面的双重掠夺之外又添加了对女性心理的压迫。

　　从某种程度上说,该小说在此对家庭内部权力关系的描述是对卡特前一时期创作理念的继承和发展,区别在于《新夏娃的激情》强化了失权者本身成为食物这个理念。茱莉亚·西蒙(Julia Simon)十分明确地指出

---

① 安杰拉·卡特:《新夏娃的激情》,严韵译,南京大学出版社2009年版,第25页。后文出自同一著作的引文,将随文在括号内标出该著名称首字和引文出处页码,不再另行作注。

了父权对女性在经济、性和心理三个方面的掠夺①,但是,她的观点在这一时期已经显得有失片面。准确地说,胃口仍然是代表权力和性的意象,而是否具备食物的功能(是否具有可剥夺的价值)才决定个体是否会丧失权力。

二、食用象征着认同与继承

在对食物的功能和价值进行思考的过程中,卡特注意到食物还具有另一层有趣的象征意义:人类学研究发现,世界各地的原始部落普遍存在这样一种认识,即"吃动物或人的肉,除了可以获得该动物或人体质上的特性之外,还可以将其道德和智力上的特性据为己有"②。卡特据此进一步指出,沦为食物并不一定意味着个体权力的丧失,食用反而象征着食用者对被食用者的权威的继承以及对其身份的认同。将个体物化为食物的理念依然存在,但食用的目的已经发生了根本性的改变。这就形成了食用过程所反映的第二种权力关系:"食用象征着认同和继承。"

在长篇小说《霍夫曼博士地狱般的欲望机器》中,这一理论层面通过"食人"这一意象得到了淋漓尽致的表现。小说中有三处涉及食人的情节,都暗示着指向身份认同的意蕴。在第一处,由于精通英语,男主人公德西德里奥帮助河之族的土著人摆脱了商人的欺骗。这使他获得了极大的尊敬,同时也将他置于极大的危险之中:由于土著人无法通过学习掌握英语,他们决定根据一个古老的传说,将拥有这种语言技能的德西德里奥分而食之,从而"吸收他那具有魔力的品德"③。在此,食用者与被食用者之间没有任何压迫关系。相反,食用不仅代表知识和智慧的传承,甚至也代表不具有某种权威(如语言)的人对具有这种权威的人所产生的强烈的认同欲望。

---

① Julia Simon. *Rewriting the Body: Desire, Gender, and Power in Selected Novels by Angele Carter*. New York: Peter Lang, 2004, p. 43.
② 詹姆斯·弗雷泽:《金枝》,赵昍译,陕西师范大学出版社2010年版,第541页。
③ Angela Carter. *The Infernal Desire Machines of Dr. Hoffman*. New York: Penguin Group, 1994, p. 91.

"食人"因此具备了既对立又统一的双重象征意义,既意味着对对象的崇敬和模仿,又意味着对对象的消灭。这种双重的象征意义获得了评论家们的共识。例如,林登·皮奇(Linden Peach)援引鲍德里亚的话评价说,食人族所食之人一定拥有某种价值,"将某人吞下是表示尊敬的记号,被吞下的人常常是神圣的"①;茱莉亚·西蒙认为"合并的欲望表达着认同他者与毁灭他者的欲望"②。而丽贝卡·芒福德(Rebecca Munford)则将食人与乱伦联系起来,指出两者"都来自存在的欲望,想要将他者咽下、与他者融合,并将其变成自我的投射物"③。与此同时,这一过程又具有自恋性的特质。《霍夫曼博士地狱般的欲望机器》第二次涉及食人的情节时,虐待狂伯爵被自己做蛮族头领的兄弟(小说称其为伯爵的"黑暗分身")俘获并烹煮。伯爵的自我是缺失的,他只有在经历痛苦的时刻才能感觉到自身的存在。痛苦越大,他的自我认同感越强。因此,伯爵如想获得完满的自我认同,必定需要经历致死的痛苦。被食用者是食用者自我的投射和延伸,食用者在食用的过程中获得了自身的完满和快乐。当小说第三次涉及食人这个意象时,"食用代表对自我的完善"这一意义得到了进一步的升华:食用代表了对旧的个体的毁灭以及新的个体的重生。在人马部落的传说中,人马的先祖神骏被妻子新牡和妻子的情人黑弓手所杀。为了掩盖罪行,新牡与黑弓手将神骏的尸体烹食。吃完后不久,新牡怀孕生产,诞下神骏,重生的神骏拥有了比以前更为高超的智慧和更为强大的力量。食用甚至可以洗净所有的罪,使客体转化为主体,成为一个新人。

将小说涉及食人这一主题的三处情节做一梳理,就会得到以下规律:如果土著人食用德西德里奥仅是对食用者的完善,而蛮族头领食用伯爵是对食用者和食物双方的完善,那么新牡与黑弓手食用神骏实际上是对食物的完善。这种出人意料的规律说明:当"食人"的主题被一再深入挖掘

---

① Linden Peach. *Angela Carter*. New York: St. Martin's Press, 1998, p. 34.
② Julia Simon. *Rewriting the Body: Desire, Gender, and Power in Selected Novels by Angele Carter*, p. 43.
③ Rebecca Munford. *Revisiting Angela Carter: Texts, Contexts, Intertexts*. New York: Palgrave Macmillan, 2006, p. 189.

的时候，该主题蕴涵的许多含混而矛盾的特性就逐渐显现出来了。食人主题打破了食用者与食物之间惯常存在的黑白分明的二元对立关系：谁是主体？谁主宰谁？食用者永远是食用者吗？食用者也可以变成食物吗？以人可以作为食物这样的逻辑来考虑，这些问题的答案就不是永恒不变的，而会因为视角的不同产生极大的差异。对偏好含混与矛盾的卡特而言，除了创作风格和手法上的考虑外，选择在小说中不断表现食人主题是与该主题的这些特性分不开的。

尽管卡特在创作中倾向于强化叙事主题的含混性，但是，如果说这一时期的叙事中所有的含混和矛盾都是她自觉而有意地造成的，则是一种有失公允的评价。事实上，从食用的象征意义所蕴涵的第一个理论层面到第二个理论层面，作为食物的人这个意象的内涵产生了互相矛盾的双重标准：当作为食物的是女性时，该意象代表了权力的丧失；而当作为食物的是男性时，该意象则代表了对权威的继承、对身份的认同以及对自我的完善。这种意象内涵上的分歧暗示着卡特的矛盾心理：她一方面谴责父权对女性的压迫，另一方面又总是容易受到父权语境的影响，未能独辟蹊径地建立起属于自己的女性话语。

卡特在创作上的矛盾和犹疑历来广受女性主义评论家的诟病，包括保利娜·帕尔默（Paulina Palmer）、伊莱恩·乔丹（Elaine Jordan）、罗伯特·克拉克（Robert Clark）和萨利·罗宾逊（Sally Robinson）在内的众多评论家都批评卡特常以"男性代言人"的叙述身份出现，这种情况至少在20世纪60至70年代这段时间十分普遍。林登·皮奇则替卡特辩护，认为这种做法是卡特为了颠覆压迫性的父权而有意采取的一种特殊策略。[①] 公平地讲，尽管卡特多次在采访中直率地表明自己是一位女性主义者，但是她从来都不是一位激进的女性主义者。卡特将批判的矛头指向父权体制，但是她并未将女性视作这种压迫性制度所产生的唯一的受害者。她认为需要批判的是强权和推行强权的制度，而不是男性个体本身，因为男性也与女性一样深受父权体制之害。这种信念贯穿着卡特创作和批判的始终。

---

① Linden Peach. *Angela Carter*, p. 34.

诚如许多批评家所言，20世纪70年代以后的卡特逐渐开始尝试在作品中颠覆传统的父权话语、建立起自己的女性话语，但是她从未主张对传统两性关系的全盘破坏，而是认为对压迫性制度的颠覆最终应当带来的既有女性的解放也有男性的解放，两性最终应当达成和解。从卡特划时代的短篇小说集《染血的房间与其他故事》开始，独特的女性话语出现了，而小说中食物与性和权力之间的关系也逐渐呈现出"解放"与"和解"的主题。

三、食用象征着解放与和解

1979年，卡特出版了文学批评论著《虐待狂女人》(*The Sadeian Woman: An Exercise in Cultural History*)，并在其中用一个章节细致地讨论了"肉"这个主题。卡特认为，食肉者和肉彼此的地位永远是不平等的，他们之间存在着"无法弥合的误解的深渊"[1]。只要身为肉，就无法主宰自己的命运，只能顺从地听命于食肉者的安排。而且，由于肉常常来自食草动物，肉本身无法变成食肉者，也就失掉了反戈一击的能力。卡特颇有深意地说："这也就是为什么我们喜欢吃食草动物，因为无论情况如何，它们都吃不了我们。"(*Sadeian*: 139) 卡特的这番论断显然绝非"就吃论吃"，而是指向她一贯感兴趣的两性之间的权力关系。父权文化总是将女性置于无知而顺从的肉的位置，并假设女性没有能力反抗。单单从这一点上看，食物仍然是失权者功能的表征，似乎与第一理论层面中的观点没有什么区别。然而，如果说卡特之前只是指出了这种压迫性的权力关系的话，那么在此她已经开始寻找颠覆这种关系的方法。经历过第二理论层面中对食人主题的探索，卡特顺理成章地将视线聚焦于食用者与食物两者地位的互换及两者之间二元对立关系的破解。

在同年出版的《染血的房间与其他故事》中，精灵王、吸血鬼、狮

---

[1] Angela Carter. *The Sadeian Woman: An Exercise in Cultural History*. London: Virago, 2000, p. 138. 后文出自同一著作的引文，将随文在括号内标出该著名称首词和引文出处页码，不再另行作注。

子、老虎和狼等传统的食肉者接连在故事中出现，但是，他（它）们与他（它）们的食物之间的关系却发生了极大的变化。第一，肉进行了反抗，取代食肉者占据了两者之间较为重要的位置，甚至在很大程度上决定了食肉者能否存活下去。第二，对于食肉者与肉两者地位的此消彼长，爱情起到了重要的推动作用。因为爱情，食肉者或者被剥夺了霸权，或者丧失了魔力，皆从控制性的主导地位沦落成了"凡人"。但是，权力的削弱使他们最终获得了真正的自由和幸福，而这种自由和幸福在食肉者与肉的压迫性二元对立关系中是无法存在的。例如，在《狮先生的求婚》（*The Courtship of Mr. Lyon*）中，远走伦敦的美女过着锦衣玉食的生活，留在家中的野兽却因为思念而饿得奄奄一息。美女醒悟过来，回家拯救野兽并将他变成了一个真正的男人。被救活的野兽苏醒后的第一句话就是："我觉得我能试着来点儿早饭了，如果你愿意跟我一起吃的话。"① 如果两性关系是食肉者与肉的关系，那么男人和女人平等地坐在一起吃早饭的景象是无法想象的。食肉者交出了权力，收获的是平等的爱情。卡特在此的确颇具理想主义的情怀，但是如果认为她对父权制的颠覆仅限于此，则是过于低估了卡特的批判力度。

卡特在《虐待狂女人》中还指出："披着皮的肉体等于肉欲，脱下皮的肉体等于肉。"（*Sadeian*：138）卡特认为，在父权文化的语境中，是否对肉体进行修饰或伪装与两性关系的实质有着莫大的关系。在《染血的房间与其他故事》中，频繁出现的"穿衣"与"剥皮"这两个意象就被赋予了深层次的意义。在这些故事中，男性往往以衣冠楚楚的面目出现，披着衣服的男性肉体却饱含汹涌的欲望。在男性欲望面前，女性总是被迫脱下衣服，去掉一切肉体的修饰，变成男性的砧板上一块赤裸裸的肉。对于这种食肉者与肉之间的不平等关系，解决的方法有两种：第一，肉拿起刀奋力反抗，杀掉食肉者，获得解放；第二，肉与食肉者获得相同的地位，两者达成和解。卡特对第一种方法给予了充分的认可，《染血的房间与其他故事》中的短篇小说《染血的房间》《精灵王》和《狼人》均以

---

① Angela Carter. *Burning Your Boats：Stories*. London：Chatto & Windus Limited，1995，p. 153.

食肉者死亡、被囚禁和被压迫的女性重获自由而告终。然而，卡特真正感兴趣的还是第二种方法。如前所述，在卡特看来，男性也是父权体制的受害者。他们原本与女性一样都天然地拥有蓬勃生长的正常欲望，父权体制赖以建立的二元对立关系却将男性强硬地归于理性范畴，男性身体与情感、直觉和欲望相关联的部分因此被二元对立关系直接除去。正常的男性欲望在理性沉重的伪装之下遭到了扭曲，不得不以压迫女性和征服自然的暴力形式释放出来。在小说集中，无论狼人、老虎还是狮先生，男性人物在最初面对女性时总表现出暴戾、冷酷、狡猾或者残忍的特征。然而，当女性以真实而平等的爱情感召他们时，男性全都自愿而迅速地卸下了伪装，迫不及待地回归真实的自我。与此同时，女性也释放出被父权体制压抑已久的活泼澎湃的欲望和生命力。

在《老虎的新娘》（*The Tiger's Bride*）的结尾，老虎新郎伴随着深沉的低吟轻轻舔去新娘身上的人皮，露出里面光滑美丽的皮毛。在《狼孩爱丽丝》（*Wolf-Alice*）的结尾，爱丽丝舔舐着狼人伯爵的伤口，将他脸上的血污舔去，露出他男子汉的面孔。在《与狼为伴》（*The Company of Wolves*）的结尾，女孩大笑着爬上床，将狼的衣衫丢进火里，因为这样他就再也无法变成人形了。曾经被扭曲、被遮盖的男女两性的本真面貌在爱情的驱使下显露出来。男性再也无须伪装，因为女性不再视自己为需要保护的贞洁物，而是同样渴望欲望的满足的能动主体。食肉者与肉之间再也不存在压迫性的等级关系，男女两性站在了平等的位置上。二元对立关系中的男性话语被颠覆，卡特独特的女性话语建立了起来。

不可否认，这种女性话语在许多女性主义者看来过于温柔和理想化，但是相对于主张彻底毁坏传统的两性关系却不提供任何建构的话语而言，卡特提供的不失为一种更为乐观和积极的解决方案。在卡特看来，正常的两性关系不是谁吃掉谁或者谁被谁吃掉，而是男女两性在爱情的驱使下去掉一切伪装，互相吮吸、舔舐，灵肉合一。食用的意义最终归结为两性的相互理解、融合和爱。

结　语

综观卡特20世纪70年代的创作，食物始终与性和权力关系联系在一起。食物既可以充当压迫性权力关系的中介，亦可以充当权力和自我认同的表征，还可以象征权力关系的消解。食物既可以充当女性遭受父权暴君掠夺的证据，亦可以由被掠夺的女性或自我需要完善的男性来充当，还可以象征男女两性的解放与和解。当代文学批评家哈丽雅特·布洛杰特（Harriet Blodgett）在分析20世纪女作家作品当中的食物意象时总结道："女性在家庭领域内的经验刺激了她们的想象力，使得她们将食用的必需品转化为艺术。"① 而卡特则将它们转化为批判旧有体制和构建自身理论话语的利器。

---

① Harriet Blodgett. "Mimesis and Metaphor: Food Imagery in International Twentieth-century Women's Writing". *Language and Literature*, 2004, 40 (3), p. 291.

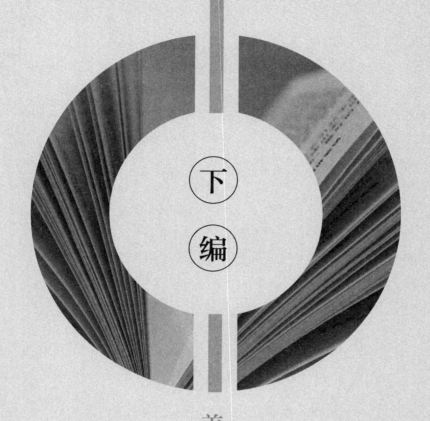

下编

美国文学中的饮食书写

《屠场》与美国纯净食品运动[①]

肖华峰

20世纪初,美国出现了一场旨在揭露社会阴暗、唤醒社会良知、推动社会改革的黑幕揭发运动。运动之发动者主要是新闻记者,但是其中也不乏一些小说家。他们以现实社会为参照系,用现实主义和自然主义手法创作,以小说的形式反映现实、揭露黑暗。厄普顿·辛克莱(Upton Sinclair, 1878—1968)的《屠场》(The Jungle)就是这样一部颇具现实性的黑幕揭发作品。

20世纪初,美国不少现实主义小说家受到自然主义尤其是达尔文进化论的影响,力图从遗传和环境的角度解释人类行为,并寻求解决社会问题的方法。其中不少作品流露出悲观失望和无所作为的情绪。《屠场》可算是其中之一。具体而言,《屠场》在相当程度上受到了托尔斯泰悲观主义和19世纪其他俄国作家文学创作风格及法国自然主义作家左拉的影响,反映了一种完全悲观、绝望的情绪,其主人公时刻被一种无法解除的悲剧性氛围笼罩。[②]

《屠场》以立陶宛农民朱尔吉斯充满悲剧的人生为主线,在美国屠宰行业为基点,反映20世纪初方方面面的美国风貌和社会问题。可以说,《屠场》实际上就是一幅20世纪初美国社会的万象图。

受美国工业公司和轮船公司一则招贴广告的诱惑,朱尔吉斯来到芝加哥,并在牲畜围场(stockyards)找到一份工作。在屠宰场,朱尔吉斯接触到了美国工业与政治生活中所包含的一切罪恶:要工作必须行贿;一间宿舍被出租给两拨人,"白天上班的晚上住、晚上上班的白天住";购买

[①] 此文原发表于《江西财经大学学报》2003年第1期,作者肖华峰,现为湖南师范大学"潇湘学者"特聘教授。

[②] Robert B. Downs. "The Afterword of the Jungle". In: Upton Sinclair. The Jungle. New York: The Heritage Press, 1965, p. 346.

房子时又因语言不通,被房地产商蒙骗;他与他的家人生活在道德败坏、肮脏的环境中,最后染上了恶疾;而他本人每天都被领班追来赶去超负荷地工作;他还发现他所在的公司安有秘密水管从市里偷水;他还看到邻居如何成为市政腐败的帮凶,而终究自食其果;他被讹诈必须高价购买掺假啤酒,因为"酒店老板同该区所有大政客'勾结'在一起";与别人一样,他也经历了被"开除"、罢工、上黑名单、被"密探"起诉;因银行倒闭,他一夜间变得一无所有;最后因忍无可忍"殴打"工头之时,他却发现法院与公司"沆瀣一气",不公正地判他入狱。朱尔吉斯所遇到的任何美国制度或个人几乎没有一个不欺骗他、剥削他、残酷地对待他。结果,朱尔吉斯及其同来的乡亲整个被压垮:老人被扔到垃圾堆里去找食物,妇女被逼为娼;朱尔吉斯的妻子因接生婆无知而死于难产;而其初生的婴儿最后又被淹死在屋后那臭气熏天的池塘里。作家在此所描绘的牲畜围场的污秽、恶臭及残酷等无不让读者感到恶心想吐。①

　　一斑窥全豹。作家以主人公为辐射源,从他身上,不但看到了下层人民低劣的、不安全的劳动条件和贫困潦倒的生活,而且还暴露了美国广泛存在的贪婪、尔虞我诈和腐败等社会现象。同时,小说还以主人公为典型,揭露外国移民的悲惨生活。他们背井离乡、满怀希望来到美国,谁知从一个旧陷阱掉到一个新陷阱。到了芝加哥,才是进入了一个充满血腥味的名副其实的"丛林"。在这里,达尔文的"适者生存"游戏规则表现得淋漓尽致。为了生存,工人们被迫在这片城市"丛林"里垂死挣扎、相互争斗。谁要是有所犹豫,就有朝不保夕、夜难归宿之虞。在德拉姆的加工厂,"同一档次的人被弄得争来斗去,而每人的账目又分开保管。若另一个人干得比他更好,那么他就有丢掉饭碗的危险。所以,在这里,从上到下都是一个沸腾的大油锅,充满嫉妒和仇恨"。当朱尔吉斯第一次受重伤卧床不起时,他的感觉就像"被缚的普罗米修斯"。一想到"他与他的亲人可能倒下、死于饥寒交迫……而在这座大城市里财富堆积如山,活生生的人仍然可能被那些犹如自然界野兽般的人追捕至死,就像洞穴时期的

---

① Mark Sullivan. *Our Times*(1900—1925): *American Finding Herself*. New York: Charles Scribner's Sons, 1927, p. 473.

人一样",他的内心就煎熬难忍。①

在这里,辛克莱就像后来斯坦贝克在《愤怒的葡萄》里塑造乔德一家一样,轮廓分明地说明在巨大的公司权力前农民式个人主义之无能为力。"朱尔吉斯本来是一个力大无比、意志顽强的人,但他在比他强大得多的制度面前仍然是无能为力",因为牛肉托拉斯不仅控制了他本人还操纵了法律。② 如今孤独与自我成了软弱和自我毁灭的同义语。

辛克莱在小说中对下层人民表示了深切的关心与同情,对社会不公正现象表示强烈不满和抗议,对 20 世纪初芝加哥那令人无法忍受的工作与生活条件进行了无情的揭露。然而,与其他大多数小说家不同,辛克莱表示抗议并没有牺牲小说的故事情节和逼真活现的人物,因为辛克莱是一位充满感情的自然主义小说家。

自然主义强调客观地描述生活,反映社会现象。美国文学创作中的自然主义倾向是在社会矛盾不断激化的情况下产生的。所以,美国的自然主义作家更加注重作品的社会功能。他们主张客观地揭露社会的种种弊端,从而帮助人们了解和认识社会,唤醒人们的社会良知,促使社会舆论对不公正的社会现象进行关注。辛克莱强调小说的社会性。他一直把小说作为批判资本主义和改造社会的工具。《屠场》一书即集中篇幅揭露了美国屠宰业极不卫生的现象和工人的悲惨命运,在美国朝野上下引起震动,从而促使《纯净食品及药物管理法》顺利出台。

《屠场》之所以能引起这么大的轰动,很大程度上是因为辛克莱言之有据。小说有三分之二的篇幅都是非常具体、生动的现实描述。辛克莱非常善于驾驭材料。他在研究与访谈过程中,搜集了大量材料,无论是一线生产的车间或工人的生活条件还是关于机器、交通运输、盈利、排污、卫生、监狱、医院、法庭、政治俱乐部等,几乎一座现代城市运转过程中所必需的方方面面的资料他都能掌握。他不但在小说中展现肉食品行业和钢铁行业如何运行,而且还展示权力机器如何运转,其中既有关于贪污受贿

---

① Morris Dickstein. "The Introduction of *The Jungle*". In: Upton Sinclair. *The Jungle*. New York: Bantam Books, 1981, p. x.

② David Mark Chalmers. *The Social and Political Ideas of the Muckrakers*. New York: Citadel Press, 1981, p. 91.

的情况，又有那些党魁、政客、合同商、罪犯、警察和地方官员是如何沆瀣一气的描述，整个就是一幅活灵活现的现代都市画面。这除了证明辛克莱的知识渊博外，还可说明他的创作严谨。他整整花了七个星期前往芝加哥实地考察，与工人们同吃同住，了解以上情况。他自己这样说道："我到那里，在人们中间整整住了七周。……我总是晚上坐在他们（指屠宰场的工人）家里，与他们促膝谈心。而到白天，他们又总是愿意放下手中的活，带我四处参观，不管我要到哪里，他们都愿带我去。（由此）我了解了他们生活的每一个细节……我不仅仅与工人及其家人交谈，同时还与老板、监工、巡夜人、酒店老板、警察、医生、律师、商人、政客、牧师及社会福利工作者等都有所接触。……《屠场》里的材料就像一部统计册一样拥有权威性。"[1]

在同行当中，值得辛克莱骄傲自豪的就是其创作材料之精确。在1962年出版的《自传》里他说道，（作品中的）史料不曾有人提过任何修改。由于辛克莱观察入微，这保证了小说的绝对客观描写。正因为绝对客观，主人公在这样一个混浊无序的社会里显得无能为力。

同样是描写20世纪初的芝加哥城市生活，辛克莱的《屠场》即显得比德莱塞的《嘉莉妹妹》更具宿命感。德莱塞站到了一定的高度来塑造小说主人公。虽然他们的计划经常夭折，但他们根本不是城市生活的受害者，反而城市帮助他们激发欲念、充实他们的大脑、满足他们的愿望。刚从乡下小镇来到芝加哥，一时又找不到工作，嘉莉穷得就像一只教堂老鼠。但是，她并不悲观。反而当她从人们身上和商店橱窗里看到那些漂亮衣服时，姑娘内心本能的但在家乡从未有过的那种求美之心油然而生。"一股嫉妒之焰在她心中燃烧。她隐隐约约地认识到这座城市所拥有的东西：财富、时装、安逸以及女人的每一件装饰品。她全身心地渴望装饰和美丽。"所以，在德莱塞的笔下，芝加哥让嘉莉妹妹充满幻想，塑造了她的现实观。然而，辛克莱笔下的人物就不曾有过这些愿望。他们生活节俭，从不敢有丝毫非分念头。性生活无法给他们以愉悦，而唯有酒能让他们暂时麻木，忘却一时痛苦。"密歇根湖离他们仅4～5英里，但对他们

---

[1] Arthur Weinberg, Lila Weinberg. *The Muckrakers*. New York: Citadel Press, 1970, p. 204.

来说就像太平洋一样遥远（从未去玩过），他们只有星期天休息，而等到那一天，人都疲倦得走不动。他们整天围着机器转，一辈子被那巨大的加工机器拴住。"整个身心都被机器摧残。他们生活在贫困的边缘，聚居在屠宰场，因语言和贫困而与社会其他阶层或团体格格不入，整个命运被工业巨头主宰。他们就像"陷阱里的老鼠""巨大的加工机器上的齿轮"，一切都是"命中注定"。①

在辛克莱笔下，悲剧不仅仅局限在人身上，他还通过拟人的手法生动描述动物的悲惨命运。人兽相比正是辛克莱在小说中经常使用的修辞手法，这更进一步衬托出屠场里的残酷：人操作机器屠宰动物，反过来，机器又扼杀人性，吞噬他们整个身心。结果，人兽相比其命运别无二致。

辛克莱写道："……如何相信地球上或地球之外有猪的天堂，使他们要遭如此报复和痛苦？每一只猪都是一独立个体。从颜色来看，白猪、黑猪、棕色猪、斑点猪一目了然。老猪、小猪、瘦猪、肥猪泾渭分明。并且，每一只猪都有他的个性，有他自己的意愿、自己的希望、自己的心思和念头；每一只猪都有他的尊严、信心十足、非常自重。（然而）就在他满怀信心地生活时，一个黑影开始笼罩他，可怖的'命运'正在等待他。黑影突然朝他猛扑过去，抓住他的大腿。它是那样的麻木无情以致他再叫再反抗它都无动于衷。它对他就是这般残酷，好像他的愿望、他的感情根本不存在似的。它割断他的喉咙，看着他慢慢死去。现在，人们是不是该相信猪根本没有上帝呢？若有猪的上帝，那么猪的个性就会得到尊重，猪的尖叫和愤怒就会得到理解。谁会去拥抱这头猪，抚摸他，夸奖他所做的一切，从而显示他牺牲的意义呢？"

对辛克莱来说，在这些猪的喉咙被割断的一刹那，他们的尖叫声犹如一部悲剧交响乐：

> 一声非常恐怖的尖叫之后……又是一声更大更揪心的尖叫，因为他（指猪）这一走就永远回不来了。他经过输送机，最后送入屠宰间。接着一头一头吊起来，直到两排猪同时输送。每头猪都是一只脚

---

① Morris Dickstein. "The Introduction of *The Jungle*", pp. xiv – xv.

被吊，另几只脚伴着尖叫声在空中蹬来蹬去，他们发出骇人听闻的叫声，使人担心这个房间是否受得了，担心墙壁是否会震塌或天花板是否会震掉下来。叫声高低不等，既有低沉浑厚的哼哼声又有愤怒的号响声。①

人们不禁要问，作者为何花这么大篇幅刻意在此渲染猪的叫声？难道乡下人杀猪与芝加哥屠宰场杀猪有什么不同？事实并非如此。辛克莱之所以这样做，除了是因为他惯用绝对客观的自然主义创作手法外，他有更深层的目的，那就是，他希望通过猪那刺耳的尖叫声来震撼人的灵魂，激起人们的同情心，"使人们每天早晨在早餐桌旁吃咸肉时第一感觉就是耳旁总是回荡那很不和谐的高音符"，让人真正体会屠场之残酷、"丛林"之野蛮、弱者命运之悲惨。美国人一直沾沾自喜于美国是一个大"熔炉"。但是，当时欧洲这些农民被诱骗到美国，因语言和贫穷而进入不了社会主流。他们并没有找到心中所向往的那充满希望的"机会之地"，反而像矿石或其他原材料那样被生搬硬套扔到美国那工业熔炉里去了。所以，用"丛林"来形容当时美国的工业生活一点也不夸张。不仅屠宰业如此，煤矿、钢铁厂及其他许多行业都是大小不一的"丛林"。

为此，对《屠场》的读者来说，他们就把握不住这部小说在多大程度上是为艺术而在多大程度上是为宣传。依笔者看来，这部小说的艺术性并不强，但所表现出来的思想却非常深刻，是一部优秀的自然主义作品。作者的主要目的是利用这部小说宣传他的政治主张。辛克莱是一位社会责任感非常强的人，是一位多产作家。至1968年11月25日去世时，他已写完的多部包括各种文体的著作、20部戏剧及许许多多的文章，内容涉及美国的各类社会问题。他时刻把他的作品用作改造社会的工具。1962年，他曾写道："你不必满足美国现状，你能改变它。"言及其作品时，他又说道："我在努力发现世上之正义并实践它，同时帮助别人实践它。"他不但这样说，而且这样做，为自己崇尚的改革事业躬行实践。他帮助人们建立工业民主联盟，为维护自由言论和矿工的权利而蹲监狱，他最辉煌

---

① Mark Sullivan. *Our Times* (1900—1925): *American Finding Herself*, p. 474.

的事迹是创办美国公民自由联盟加利福尼亚支盟,并几乎在1934年以"结束加利福尼亚的贫困"为纲领赢得该州州长职位。

从宣传改革来讲,辛克莱希望他的《屠场》能展现工人们的觉悟过程。而按他本人的判断,工人要真正改变自己的命运,就应该成为社会主义者,实现社会主义,因为他本人就是一位信仰社会主义的作家。在朱尔吉斯走投无路的情况下,他找到了社会主义。事情居然奇迹般地好转。他的生活开始感到充实,开始学文化,整天出入各种社会主义者的集会或演讲会,并阅读社会主义周刊《诉诸理性》。整个人似乎生活在另外一个世界。他开始感觉到"一旦事情变糟,他可以全身心地投入社会主义运动来寻找精神寄托。既然他已投入社会主义大潮里去,以前对他最重要的东西现在都显得无足轻重。其兴趣已经转入那充满思想的世界里去了"。

著名社会主义作家杰克·伦敦为这部小说的面世出过大力气,也为它一举成名而兴奋异常,认为它是一部"完全的无产阶级作品,是一部由一位无产阶级知识分子为无产阶级而创作的作品。同时也是由一家无产阶级出版社出版,其读者也将是无产阶级"。杰克·伦敦认为这部小说是在呼吁社会主义、抗议"工资奴隶制"。他写道:"同志们:……这么多年来我们期盼已久的书终于出来了,它将使无数的人了解社会主义,使成千上万的人改信我们的事业(指社会主义事业——引者注)。它披露了我们国家的真实情况:压迫与不公正的渊薮、痛苦的深渊、苦难的地狱、人间魔窟、充满野兽的丛林。……《汤姆叔叔的小屋》描述的是黑奴,那么,《屠场》很大程度上是揭露今天的白奴制。"[①]

作为社会主义者,杰克·伦敦上述的一通议论无非是想借助《屠场》来推波助澜,激发美国无产阶级的社会主义觉悟,故而他再三强调《屠场》是一部宣扬社会主义思想、代表无产阶级利益的小说。他最担心的是《屠场》很可能会遭遇到"资方的沉默抵制",以致该书最终引起不了人们的注意,没有读者,自然就产生不了宣传社会主义的舆论效应。因此,杰克·伦敦再次警告他的社会主义同胞:"请记住,这本书必定会遇到敌人。他所遭遇的厄运将是(敌人的)沉默。置之不理是资本家惯用

---

① Mark Sullivan. *Our Times* (1900—1925): *American Finding Herself*, pp. 471 – 472.

的伎俩。同志们，别忘了他们这一伎俩。这就是该书必须面对的最致命的危险。"①

事实上，《屠场》一发表就得到了广泛的舆论支持，弄得资本家们焦头烂额、不知所措。他们不仅不敢沉默，还得穷于应付。② 因为《屠场》不仅仅是一部宣扬社会主义的作品，更主要的是一部黑幕揭发作品。只有在这场轰轰烈烈的黑幕揭发运动中，《屠场》才能如此一举成名。更何况，食品行业的不卫生状况以及假药盛行现象早已为一些有识之士注意，他们一直在为纯净食品和清除假药而奔波呐喊。这也是《屠场》能迅速引起朝野上下注意的原因之一。

早在美西战争期间，美国肉食品商就出现过"用防腐剂保存猪肉"的丑闻，为此，当时农业部的哈维·威利博士向国会提交了一份《纯净食品法（草案）》。虽然有美国医学会和其他许多杂志的支持，并且先后两次在众议院通过，但最后总是被参议院否决。③ 对这一丑闻，西奥多·罗斯福总统本人深有感触。他在当时参议院为此而举行的调查听证会上作证说，当1898年他在古巴圣胡安山领兵作战时，与其叫他吃那些在政府合约下运来的罐装食品，他倒宁愿吃他那旧帽子。④ 可见当时食品之劣质程度。罗斯福如此切身体验，自然坚定了他上台后力促《纯净食品法》通过的决心。美国当时的食品尤其是肉食品之所以如此低劣又不卫生，其原因主要有以下两点。

（1）资本家之道德沦丧。对美国资本主义发展阶段来讲，19世纪末、20世纪初属于原始积累阶段。而对原始积累阶段的资本家来说，其最大特点就是为发财不择手段，不顾道德束缚、不顾社会后果，都抱着一种缺乏社会责任心的暴发户心态。这正是美国拜金主义盛行、社会达尔文主义存在的社会基础，也是当时假药、不卫生食品等各种伪劣产品流行的原因之一。此外，针对黑幕揭发者的揭露，资本家们进行了精心设计的反宣传

---

① Mark Sullivan. *Our Times* (1900—1925)：*American Finding Herself*, p. 472.
② Robert B. Downs. "The Afterword of *the Jungle*", p. 34.
③ George E. Mowry. *The Era of Theodore Roosevelt*. New York：Harper & Brothers, 1961, p. 20.
④ Louis Filler. *The Muckrakers*. California：Stanford University Press, 1993, p. 157.

以掩饰那些被暴露出来的问题。而发动这场纯净食品运动的这些杂志恰恰是刊登斯威夫特、阿默尔、摩利斯及其他肉类垄断公司广告的媒体。这些都是颇有权势、颇有影响的公司。他们甚至请人捉刀，替他们写一些歌功颂德、充满溢美之词的文章粉饰脸面、坑蒙消费者。全国罐头食品公司于成立时，即在《成功》杂志上发表了一篇由约翰·吉尔默·斯皮德写的文章，说肉类加工商们正在为消费者提供最好服务并将继续如此。曾经非常激进的出版商艾尔伯特·哈伯特就是一位专为大公司撰写颂文的三流文人。《屠场》发表后，他随即发表了一篇维护肉类加工商利益的文章，说《屠场》是在诽谤，歪曲诬蔑了事实报道的原则。对这样一根"救命稻草"，肉类加工商们合伙把它登在报纸上，印发100多万份，发行全国，并辅以大量广告。① 一开始，他们的宣传攻势非常猛，并"取得很大的成功以致只有少数人没有受到欺骗"。即使有人要到现场去参观，对肉类加工商来讲也是非常安全的，因为整个参观路线都是他们预先安排好了的。② 所以，对那些想揭露他们罪恶的黑幕揭发者来说，要真正了解他们的内幕还得费一番周折。当时身为芝加哥《美国人杂志》城市编辑的查尔斯·爱德华·拉萨尔本来有足够的机会了解肉类加工商们最恶劣的行径，但在那时只能凭道听途说，模模糊糊地知道他们的一点劣迹。整天劳作于实验室的威利博士就根本无法了解芝加哥的肉制品是在什么卫生条件下加工出来并推向市场的。③

（2）政府无法可依且姑息养奸，纵容资本家们为非作歹，以次充好，坑害消费者。当时官商勾结最显著的行为就是政府检查敷衍了事。当时社会大众模糊地认为政府检查是名正言顺的事情，而所谓"用防腐剂保存肉"事件并不具有代表性，只是由个别"无耻狡诈的"公司所干的坏事。实际上美国人根本不知道，美国肉制品仅仅是用于出口时才会被检查，而国内消费的肉根本没人管。即使威利博士所倡导的《纯净食品法（草案）》，也根本没提到政府对成品肉的检查。

---

① Mark Sullivan. *Our Times* (1900—1925)：*American Finding Herself*，p. 483.
② Louis Filler. *The Muckrakers*，pp. 157 – 158.
③ Louis Filler. *The Muckrakers*，p. 157.

《成功》杂志曾派默温亲自到芝加哥考察肉类加工情况。他由此写了一篇文章叙述肉类加工厂如何把死猪从围场里拖出来并把它们"熬成"油（出售）。他说，政府检查纯属子虚乌有的事情。所谓政府检查的表面工作，均已事先由肉类加工商们蓄意安排好了。这些"检查官"实际上都是一些政治爪牙，他们看到的只是活牲畜。他们并没有看到也不屑去看加工过程中的肉，在活牲畜成为成品肉之后，他们不会去检查。报纸杂志上的广告说这些托拉斯产品均已经接受"政府检查"纯属欺骗。①

在《屠场》中，辛克莱也反映了政府检查官玩忽职守、与奸商沆瀣一气的现象。"一位作为政府官员的猪肉检查员正与一位参观者兴高采烈地谈论食用带结核菌肉的危害性和致命性，但是十几只死猪从他身边过去，他根本就没有检查。""另一位检查员显得更细致更有良心。为防止那些'节俭的'加工商们利用坏猪肉，他建议给那些带结核菌的猪肉注入煤油。如此，这位官员很快被莫名其妙地撤职。"② 这说明加工商们拥有强大的政治后台，以致那些颇具良知的检查员被他们随时撤换。

在辛克莱之前，还有一位热心于芝加哥屠宰场的黑幕揭发者。他就是拉萨尔。拉萨尔曾经效力于赫斯特的一家报纸，但他并不了解工人们所认为的"劳工恐怖"，也不知晓消费者方面的"恐慌"。当时，拉萨尔最不愿做的事情就是黑幕揭发，他认为斯蒂芬斯、塔贝尔、菲利浦斯、赫斯特等会去做。③ 但是，有两件事使他唯独对牛肉托拉斯感兴趣。此后，他的态度发生逆转，并很快成长为一名坚定的信仰社会主义的黑幕揭发者，最后写出 150 多篇黑幕揭发文章以及许多相关的著作。④ 这两件事是：①他了解到芝加哥水源越来越少，最后发现居然是那些肉类加工商们一直在通过秘密管道偷用城里用水，这使他对那些肉类加工商颇有看法；②更让他气愤的是，有一次，他到州际商务委员会办事，正赶上该委员会在开会，并因此听到一些由那些遭受肉类加工商们虐待的农场主诉说的亲身经历，听后他非常气愤，以致决定亲自写文章揭露肉类加工商的卑鄙行为。他开

---

① Louis Filler. *The Muckrakers*, p. 161.
② Mark Sullivan. *Our Times* (1900—1925): *American Finding Herself*, pp. 476 – 477.
③ Louis Filler. *The Muckrakers*, p. 160.
④ David Mark Chalmers. *The Social and Political Ideas of the Muckrakers*, p. 97.

始在屠宰场和产品储存库之间来回奔跑,"仅仅 10 天就成了屠宰场一个人人怀疑的对象"①。他最早的系列黑幕揭发文章名为《世界最大的托拉斯》,就揭露了牛肉托拉斯如何利用回扣和垄断冷冻车厢来积累无穷的财富和权力。具体来说,该托拉斯最后拥有"工厂、商店、屠宰场、地产和房地产公司、仓库、政客、州议员及国会议员"。因为它控制了食品价格,"美国人每日三餐都感觉到它的权力"。拉萨尔认为,这个社会错就错在它信仰"适者生存",过分崇拜成功,以致"强者有权消灭弱者,对公司来说利润是最公正的"。②他认为,人民更多地参与政治生活,将会结束这种公司巨头统治的局面。

与大多数黑幕揭发者一样,拉萨尔的文章一发表即受到广泛注意。他也受到了邮件的恐吓,甚至有人想把他卷入私人丑闻当中。保守主义者肆意攻击他,肉类加工商们在西部报纸上购买大块版面反驳拉萨尔的指控。

拉萨尔的文章在当时产生了相当大的社会效应,迫使罗斯福总统委派詹姆斯·鲁道夫·加菲尔德(前任总统加菲尔德之子)前去芝加哥调查。但是,加菲尔德的调查报告整个都是在美化托拉斯,即便当时最保守的杂志也承认这份报告"令人失望"③。

拉萨尔的文章虽然没有对当时屠宰业的改革整顿起决定性的作用,但对后来辛克莱的成功起到了很好的铺垫作用,产生了相当大的舆论攻势。

1904 年 9 月,当屠宰场工人正在罢工之时,辛克莱为《诉诸理性》写了一篇稿子向罢工工人致辞,这一致辞在工人阶级当中被广泛传播。之后,当辛克莱在写一部有关屠宰场工人生活的小说时,《诉诸理性》赞助他 500 美元的生活费,要他亲自在那里住一段时间。辛克莱因此与工人共同生活了七个星期,之后他回到新泽西家乡,开始把他在那里的所见所闻撰写成册。从芝加哥回来后,辛克莱完全变了一个人,他内心感到疼痛且充满反叛,他满脑子都是屠宰场的臭气与可悲的插曲。这些场景与他所弘扬的社会主义乌托邦相比形成强烈反差。由此,他开始以他那诗人的激情

---

① Louis Filler. *The Muckrakers*, p. 160.
② David Mark Chalmers. *The Social and Political Ideas of the Muckrakers*, p. 97.
③ Louis Filler. *The Muckrakers*, p. 163.

和一位受伤害者的感情奋笔疾书。他要把那激动人心的故事告诉读者,结果便是《屠场》的出版。

《屠场》一发表,即在社会上引起了很大的震动。当然,在当时,"比《屠场》更伟大、思想更深刻的作品有的是,但没有任何作品像《屠场》那样抒情"。在这部小说里,辛克莱不但描述他在芝加哥之所见,而且把他痛苦的内心感受和生活经历都容纳进去。[①] 譬如,朱尔吉斯与乌娜不幸福、事实上一点都不自由的婚姻实际上就是作家本人当时痛苦婚姻的真实写照;而在书的末尾提出的规劝和政治主张,实际上辛克莱在向罢工工人的致辞中已经表达过:唯有社会主义才是工人改变命运的唯一出路。

正如此,这部小说很快引起了强烈反响。如报纸所言,"一天早晨辛克莱醒来,像拜伦一样,突然发现自己举世闻名"[②]。书一出来,大卫·格莱汉姆·菲利普斯即写信给作者说道:"我现在正在拜读《屠场》,我很难说它对我影响有多大。这是一部伟大的作品。我有一种感觉,有一天你会因那部书带来的成功与激动弄得眼花缭乱。这种力量是不可能感觉不到的。它是那样简洁明了而又真实、悲壮而富有人情味。"甚至当时英国著名作家、后来当上英国首相的温斯顿·丘吉尔在读完这部小说后也颇有感慨,他说道:"这本可怕的书……刺穿了最厚的头颅和最坚韧的心脏。"[③] 杰克·伦敦更是为这部书大肆喝彩,称它是"揭露工资奴隶制的《汤姆叔叔的小屋》"[④]。

对于这样一部畅销书,黑幕揭发者及广大人民自然是欢呼雀跃的,但肉类加工商们却视之为洪水猛兽。因为《屠场》的影响,联邦政府先后给最大的 17 家肉制品公司"找麻烦",指控他们非法垄断,甚至要诉诸法律判其(法人)入狱。为此,被弄得晕头转向的加工商们动用所能动用的一切力量,调动律师为自己辩护,雇佣媒体为自己制造舆论。其中最著名的加工商 J. 奥格登·阿默尔就在《星期六晚邮报》上发表了一系列辩护文章,"反驳拉萨尔、默温与辛克莱(对他们)的指控"。肉类加工

[①] David Mark Chalmers. *The Social and Political Ideas of the Muckrakers*, p. 91.
[②] Louis Filler. *The Muckrakers*, p. 162.
[③] Arthur Weinberg, Lila Weinberg. *The Muckrakers*, p. 206.
[④] Arthur Weinberg, Lila Weinberg. *The Muckrakers*, pp. 105 – 106.

商们甚至卑鄙无耻地想贿赂、拉拢辛克莱。在辛克莱写的另一本专门揭露新闻界腐败现象的《金元控制》(*The Brass Check*)一书里,他写道,一群资本家来找他,"建议我建立一个模范肉类加工厂。并答应若以我的名义成立的话,他们愿意送我3万美元的股份";他继续写道:"如果我接受了那笔贿赠并当上这家公司的老总,在报纸上大肆登广告的话,那么,我可能已经成为美国商会和全国市民联合会的主要演讲人,而且我的演讲将会刊印成册。……我的名字也将上名人册,满载赞美之辞。同时,我可能也在里弗赛德·德里弗拥有一幢或更多的别墅,想要多少美女就有多少美女,而且根本不会有人批评我,报纸上也不会影射说这是什么'爱巢'。"① 但是,辛克莱并没有接受资本家的贿赂。

虽然《屠场》使辛克莱名声大振,但是,由于他不太注重小说的艺术性而强调它的思想宣传,尤其是他一直热衷于黑幕揭发,故而"作为小说家,他在当时美国文学界几乎没有什么地位"②。那时的文学批评界仅把他说成是一个"专事煽情的人",以至于当时被誉为世界最伟大的批评家乔治·布兰代斯看到辛克莱作为最伟大的小说家之一在美国文学界居然没有地位甚感惊奇。1914年,他访问了美国,当在轮船上接受记者采访时,他再三提到美国有三位小说家的作品值得一读,辛克莱即是其中一位。但是,这句话一上报纸,却只提到弗兰克·诺里斯和杰克·伦敦,而辛克莱一字未提。③ 辛克莱的文学地位一直到"一战"后在以辛克莱·刘易斯、H. L. 门肯为主导的美国文学界才得到确认。

但是,不管怎么样,我们不能否认,在激起大企业集团恐慌和愤怒上,《屠场》事实上已经达到了文学运动的顶峰。同时,它还自下而上地逐渐引起了以罗斯福总统为首的改革政府的高度重视。

由于罗斯福本人在美西战争期间深受不卫生的肉食品之害,以军人的果断性格,他曾坚决要求解决不卫生食品的问题。但后来真正当上总统之后,他的态度趋于暧昧,因为美国总统尤其是共和党总统都是在大财团、

---

① Floyd Dell. *Upton Sinclair*, *A Study in Social Protest*. California:AMS Press,1927,pp. 114 – 115.

② Floyd Dell. *Upton Sinclair*, *A Study in Social Protest*, p. 113.

③ Floyd Dell. *Upton Sinclair*:*A Study in Social Protest*, pp. 113 – 114.

大资本家的支持下上台的，代表的自然是他们的利益。所以，罗斯福虽然意识到美国社会问题之严重，他也曾雄心勃勃想通过自己的"铁腕"来拨乱反正、纠正这些社会不公正现象，但面对现实，他也经常陷入一种两难境地：如果完全屈服于大资本家的利益，其改革宏图自然实现不了；而若完全按照中下层利益进行改革，自然会得罪资产阶级，其政权也就难以巩固。这样一来，在罗斯福执政期间，他的政治手腕玩得非常高超：对垄断组织他明恨暗保，对黑幕揭发者他明保暗恨。他善于利用黑幕揭发者所煽起的社会舆论来要挟垄断组织，为他温和的社会改革服务。

当拉萨尔和默温揭露芝加哥肉类加工状况以致社会舆论闹得沸沸扬扬之时，要求调查的压力自然落在罗斯福总统身上。其实，罗斯福对芝加哥的形势非常了解，但他不想自己亲身卷入这种事情里去。[1] 当时，罗斯福正好与库克县共和党党魁、牛肉托拉斯之拥护者威廉·洛里默关系非常好。由此，罗斯福委派其分管公司的特派员詹姆斯·鲁道夫·加菲尔德去调查。罗斯福看到加菲尔德那颂扬托拉斯、反驳拉萨尔的调查报告后，外加相信洛里默"芝加哥一切正常"的话，最后也就敷衍了事，做个顺水人情，把整个事情丢之脑后。他这样做，主要是因为当时的时机还未成熟，此时改革肯定会得罪肉类加工商。可见，罗斯福虽然对托拉斯的非法行为颇有微词，但总的来说，他是能关照则关照。

然而，在《屠场》的煽动下，"全国各地的信件犹如雪片似的飘进西奥多·罗斯福的办公室"，要求他立即采取行动。一开始，罗斯福仍然想模棱两可地应付一下。但是，当他自己把《屠场》读完后，他的态度就不一样了。"他对书中细节描写表现得像已经非常怀疑那'肉类加工托拉斯'的普通读者一样激动。"[2] 其态度开始坚决起来。在他的支持下，参议员贝斐里奇为《农业拨款条例》准备了一份修正案，要求实行真正能起到保护作用的肉食品检查，之后交由国会参众两院讨论。同时，罗斯福亲自召见辛克莱并接受辛克莱的建议，另派了一个调查委员会前去芝加哥进一步调查，调查委员中包括纽约两位社会工作者查尔斯·P. 尼尔和

---

[1] Louis Filler. *The Muckrakers*, p. 161.
[2] George E. Mowry. *The Era of Theodore Roosevelt*, p. 207.

J. B. 雷诺兹。

后来，该委员会提交的报告不仅确证了《屠场》所揭露的事实，而且还外加了调查者们自己亲眼所见及其体会。为激起人们的极端愤慨，该报告措辞非常激烈。罗斯福读后"勃然大怒"，但他并没有把这份报告公之于众。此时，他那高超而圆滑的政治手腕就表现出来了。因为他知道，这份报告远比《肉食品检查法》危险得多，里面所反映的事实足以使肉食品加工商们声名狼藉。这是他们无法面对的。他要把这份报告作为自己的政治筹码，迫使国会通过《肉食品检查法》。或许在这个时候，罗斯福认为纯净食品改革的时机到了。

《纯净食品及药物管理法》和《肉类检查法》终于在1906年6月30日获得国会通过，成为国家法律。从此，食品和药品必须配带商标，禁止贴假标记或掺假；所有肉类食品必须接受检查；可卡因供应商因此而被邮政局和农业部清除殆尽。同时，各州也纷纷制定相应法律支持联邦法律。一场旷日持久的纯净食品运动终于告一段落。

然而，这一结果令辛克莱啼笑皆非，"失望至极"。为什么呢？因为辛克莱作为一位信仰社会主义的作家，他发表这部小说的本意是希望全国上下关心并改善工人的生活条件和社会地位。最后，由于举国上下都在关心不卫生的食品，而屠场工人的绝望生活丝毫没有引起人们的注意，自然也没有得到什么改变。辛克莱说道："我原本想击打人们的心脏，没想到碰巧击中了他们的胃。""我对剥削问题之兴趣甚于对这些'可恶的肉'之兴趣。我痛苦地认识到我之出名并非因为人们关心工人，而只是因为他们不想吃那些带有结核菌的牛肉。"[①] 对普通美国人而言，《屠场》之影响更多的是在卫生方面而不是在精神或社会上。如此说来，纯净食品运动之发动者真正来讲是社会大众而非黑幕揭发者们，对黑幕揭发者们来说只是歪打正着。

由此，辛克莱认为这是"可悲性的"失败，内心感到非常痛苦。在《金元控制》一书中，他写道："回顾这三年我劳心又劳力所发起的这场运动，扪心自问，我不知道真正得到了什么。"他说，他使得肉食品加工

---

① David Mark Chalmers. *The Social and Political Ideas of the Muckrakers*, p. 91.

商们损失了数百万的消费者，使他们损失大量钱财，"把他们（指消费者——引者注）推向东普鲁士的容克们及那些在阿根廷投资办肉食品加工厂的巴黎银行家们"（据说这部小说使得美国肉食品消费量数十年都上不去）。他让一本通俗杂志（指《诉诸理性》，小说先在上面连载然后才在出版社出版——引者注）增加了十多万读者，可这家杂志却很快背叛它的黑幕揭发事业而成为大公司的应声虫。他让出版商们发了一笔横财，可他们却马上变得保守并用《屠场》所带来的利润出版一些与辛克莱的信仰相悖的书籍。但是，很明显，《纯净食品及药物管理法》和《肉类检查法》的通过是《屠场》直接催化的结果。从这点来看，《屠场》的历史地位不容忽视。正如作者自己在该书序言中所写："《屠场》类似于哈累特·比切·斯托的《汤姆叔叔的小屋》、查尔斯·狄更斯的《奥列弗·特维斯特》。他们都影响了社会立法并有助于改善下等人的状况。"[1] 况且，辛克莱在美国社会改革中的历史地位一直受到尊重。在他一生中，除先后因改革事务受到罗斯福叔侄召见外，1967年，当他89岁高龄时，还被林登·约翰逊总统亲自邀请到白宫去看他签署《卫生肉法》。作为一个文人，这是一种难得的厚待。所以有人认为，"与其说辛克莱是一个有创造性的作家和社会主义先锋，还不如说他是一位黑幕揭发者"[2]。

笔者认为，《屠场》绝妙地结合了文学与新闻的特点，它实际上是一部类似于报告文学的新闻体小说（journalistic novel）。

---

[1] Mark Sullivan. *Our Times* (1900—1925): *American Finding Herself*, p. 480.
[2] Morris Dickstein. "The Introduction of *The Jungle*", p. xvii.

食物与哥特化的身体：
《金色眼睛的映像》中主体性的构建①

谢崇林

《金色眼睛的映像》是美国南方女作家卡森·麦卡勒斯（Carson McCullers，1917—1967）继成名处女作《心是孤独的猎手》后的作品，于1940年在杂志《哈泼兹市集》分两期刊登。该书的故事脉络简洁，作者亦一言概括它为数年前南方某军营的一桩谋杀。由于小说着力刻画了边缘人物的"病态"，其中更不乏涉及同性恋、偷窥等题材的内容，一经推出即遭到评论界的批评。但田纳西·威廉姆斯（Tennessee Williams）曾在1950年发行版的序言中指出："《金色眼睛的映像》展示了麦卡勒斯尚未被发现的才华，那便是她对一种生气勃勃的抒情诗体的驾驭。"② 因此，视《金色眼睛的映像》为麦卡勒斯"边缘人物"创作系列中又一经典特例实不为过。

《金色眼睛的映像》的麦式哥特书写风格一直为人称道，由此所产生的"恐怖"更成为解读这部小说的重要方面。近年来，关于这个"恐怖"的源头，麦卡勒斯的研究者将阐释集中于主流意识对"边缘"个体的迫害，而将其与作者笔下的怪诞的身体相联系也成为现今研究方向的主流。莎拉·格利森-怀特（Sarah Gleeson-White）从性别身份这一主题入手，通过强调麦卡勒斯书中性别的不确定性，让读者重新审视关于"人"的界定，并认为作者对"性别畸形人物"的描写为其开启了无数的"可能

---

① 此文原发表于《西南农业大学学报》（社会科学版）2011年第12期，作者谢崇林，西南大学外国语学院硕士。
② Virginia Spencer Carr. *Understanding Carson McCullers*. Columbia：University of South Carolina Press，2005，p. 51.

性"。① 不难发现，身体在麦卡勒斯的创作中占有主要一席。但底波拉·勒普顿（Deborah Lupton）在其作品《食物、身体与自我》中提及："在社会学的范畴中，某个身体的进程，无论是疾病、性需求、某一情绪化的反应，或是对特定食物所产生的欲望，都已被否定为生理产物。"② 显然，社会因素才是食物与进食产生的原因，而身体作为其载体总是表征它的具体含义。在《金色眼睛的映像》中，作者不吝笔墨地描写食物，将人物的胃口拿来做文章，使食物与进食超越了单纯的生理需求，通过哥特化的身体表征人物的主体性构建，这对于解读麦卡勒斯的创作意图无疑又是一个突破口。

一、食欲旺盛的怪兽

上尉潘德腾的妻子利奥诺拉生得俊俏大方、健康结实，是位典型的南方淑女。但莎拉·格利森-怀特认为，在麦卡勒斯作品中，作者多用"悬置"和"前景化"使人物表演性别角色。③ 因而，利奥诺拉的"南方淑女"亦是一种伪装，旨在获得对性的主导，而她所采用的方式则是旺盛的食欲。然而，正如桑德拉·吉尔伯特（Sandra M. Gilbert）与苏珊·古巴（Susan Gubar）所指出的，此类伪装的策略早在19世纪便多见于女作家的笔下，并且这些女性也多通过暴食等恐惧症成功实现叛逃，④ 在这点上，麦卡勒斯沿袭了这个传统。利奥诺拉食欲旺盛，如果"碰巧在食物里发现一根卷曲的黑发，她只会平静地用餐巾擦掉，继续享受她的晚餐，眼睛都不会眨一下"⑤。而在与兰登家共进晚餐时，"苏西只给客人传

---

① Sarah Gleeson-White. *Strange Bodies*: *Gender and Identity in the Novels of Carson McCullers*. Tuscaloosa: The University of Alabama Press, 2003, p. 119.
② Deborah Lupton. *Food, the Body and the Self*. London: Sage Publications Ltd., 1996, p. 1.
③ Sarah Gleeson-White. *Strange Bodies*: *Gender and Identity in the Novels of Carson McCullers*, p. 68.
④ Sandra M. Gilbert, Susan Gubar. *The Madwoman in the Attic*: *The Woman Writer and the Nineteenth-century Literary Imagination*. 2nd ed. New Haven, London: Yale University Press, 2000, pp. 85–86.
⑤ 卡森·麦卡勒斯：《金色眼睛的映像》，陈黎译，上海三联书店2007年版，第14页。后文出自同一著作的引文，将随文在括号内标出该著名称首字和引出处页码，不再另行作注。

食物与哥特化的身体：《金色眼睛的映像》中主体性的构建

递了一次蔬菜就把碟子放在了少校和利奥诺拉中间",因为她知道"这两人都是饕餮之徒"(《金》:19)。利奥诺拉的食欲被放大,犹如饕餮食量惊人,即使在餐点中发现异物也泰然自若。但利奥诺拉的好胃口却并非只是生理需求的夸大,而是直接表征了她旺盛的性欲。莎拉·斯基茨(Sarah Sceats)认为:"将食物与进食等同于性这一传统由来已久,而它们对暗示肉欲与性交更是功不可没。"① 同时斯基茨还指出,安吉拉·卡特(Angela Carter)所论的"胃类色情文学"则直接将食欲置换成性欲——"吃就是性爱"②。因此,利奥诺拉贪婪的食欲象征着她充满性欲的身体。她"肩膀很平,锁骨的线条衬得清晰完美。饱满的乳房间能看见纤细的蓝色血管……抚摸她美妙的肉体就能感觉到体内鲜血缓慢地流淌"(《金》:15)。显然,作者将利奥诺拉刻画成了情欲旺盛的"蛇蝎美人",她丰腴的身体令上尉如坐针毡,"脸上带着吃惊的义愤"(《金》:15)。此时,利奥诺拉成了欲望的主体,正如露西·伊利格瑞(Luce Iigaray)认为女性的性"总且至少有两个"③。而且她认为性快感并非只能通过生殖器来获得:"女性的身体上遍布'性器官',她能在身上任何一处找到快感。"④ 由此不难发现,利奥诺拉将性欲与食欲整合为一个范畴,她既是饕餮也是丰腴的美人,性在她身上并非只作为男性欲望的客体出现,成就其"'肉身具化'阳具,提供它可以穿刺的场域"⑤,而是有着自我掌控的态势,美妙的肉体下显出活力,流动着新鲜的血液。

与利奥诺拉相仿,二等兵威廉姆斯也有一个好胃口,然而他的不择食却在麦卡勒斯的笔下成了其"野兽"性的佐证。在小说中,作者有意将二等兵构建成森林中的野兽。他嘴唇红润,眼神里透着动物般的无声无息;钟爱的休闲场所便是未被破坏的原始森林,那里唯一可伴的只有动物,而他亦能赤身慢跑,唇上流露出色情的微笑。并且,麦卡勒斯还将他

---

① Sarah Sceats. *Food, Consumption and the Body in Contemporary Women's Fiction*. Cambridge: Cambridge University Press, 2000, p. 23.
② Sarah Sceats. *Food, Consumption and the Body in Contemporary Women's Fiction*, p. 25.
③ Luce Irigaray. *This Sex Which is not One*. Ithaca: Cornell University Press, 1985, p. 28.
④ Luce Irigaray. *This Sex Which is not One*, p. 28.
⑤ 朱迪斯·巴特勒:《性别麻烦:女性主义与身份的颠覆》,宋素凤译,上海三联书店2009年版,第60页。

的"野兽"性具化成三个特征：首先是敏捷，士兵乍看笨拙，实则矫健；其次是暴力，5 年前他杀过一个黑人，回忆里至今仍是尸体和鲜血的味道；最后是"食人性"，在偷窥潘德腾一家晚宴时，看到"火腿切开了，他艰难地咽了一下口水"，但却目光阴沉深邃地"一直盯着上尉的妻子"（《金》：21）。

　　综上可见，作者笔下乍看温顺的士兵成了野兽，旺盛的食欲预示了他心中的渴望，只是与利奥诺拉不同，二等兵对食物的贪婪则主要集中在糖与牛奶。在《金色眼睛的映像》中，威廉姆斯对糖情有独钟。夜晚时，士兵的床边传来剥糖的窸窣声；在马厩里，"年轻的士兵从口袋里掏出一袋糖，很快他的双手就被唾液弄得又热又粘"（《金》：23）。可见，在平日的作息中，糖是威廉姆斯的唯一陪伴，在任何时间与地点，士兵总是拿出糖来舔舐一番，在他的掌心中也很快胶粘起来。而在士兵的前半生中，他只干过四件自己独立做主的事，其中一件便是在他 17 岁那年用犁地和摘棉花的钱买回一头奶牛。当时，士兵对出售牛奶并无兴趣，令他真正着魔的是牛奶本身。冬日的早晨，威廉姆斯挤过牛奶后"把手围成碗状，伸进泛着泡沫的奶桶，缓缓地喝着"（《金》：29）。从上述两种食物中不难看出，食物的稠腻才是威廉姆斯所追求的，而他这一做法也颇令人费解。但茱莉亚·克里斯蒂娃（Julia Kristeva）认为，人对自我之外的事物如食物、尸体以及女性身体所感的恐怖实际是一种抑弃的表现，意在标准秩序中获得自我身份的确认。因而，划分身体的界限并非一个定值，而抑弃本身是"我的保卫者，是我最初的文化形态"[①]。而人对某些食物中如牛奶浮层的抑弃，正反映了人对身体构建的某种尝试。[②] 因此，《金色眼睛的映像》中威廉姆斯对黏稠食物的偏好并非只是口食之快，实则是他有意模糊自我与他者的界限，重新构建主体性，而野兽般的身体则具化了这一构建。

　　野兽般的敏捷令士兵在夜晚来去自如于潘德腾家，性蒙昧亦被攻破。

[①] Julia Kristeva. *Powers of Horror: An Essay on Abjection*. New York: Columbia University Press, 1982, p. 2.

[②] Julia Kristeva. *Powers of Horror: An Essay on Abjection*, p. 3.

至少蹲坐床边看裸睡的利奥诺拉时他感到甜美与满足,而上文提及的"食人性"无疑是他内化利奥诺拉身体的过程。此时,糖与牛奶的"奇特"与野兽般的士兵相结合,令他对自身外的女性身体感到新奇,使被扭曲的性压抑得以解放,而这个"他者"的界限亦模糊起来。不难看出,士兵通过抑弃将自己构建成一个独立的个体,对身体的界限进行了重新划分。

二、厌食的鬼怪

较前两者不同,潘德腾和艾莉森拥有饥饿的身体。对他们而言,身体与意志相分离,因而,两者选择饥饿皆有其特殊意义。

上尉潘德腾有两个困扰:一是恋慕自己妻子的情人;二是如何实现从上尉到二等兵的"降级"。而他的这两大困扰则被作者具化成了他对士兵身体的迷恋。首先,作为"男性",他不得不规避同性恋这一话题;其次,上尉头衔使他必须恪守常规不得越级,但士兵的身体却凝结了希腊式的男性精粹,充满了自由与力量,令他赞叹不已。在这样的境况下,上尉选择饥饿有着弦外之音。上文论及晚宴时已提及利奥诺拉与兰登皆是饕餮之徒,而上尉同艾莉森几乎未进食。他只坐在桌边,"胳膊肘紧贴两侧",并多次"用手指轻弹水杯的边,聆听清脆的鸣响"(《金》:19—20)。之前上尉还是个美食家,"可如今他对食物完全失去了胃口"(《金》:133),准备了一会儿炸丸子后便怏怏地离开了厨房。不难发现,上尉对美食没了兴趣,进食只是保证生命体征的必要程序,他所专注的是克制食欲,而这无疑传递出他哥特式的自虐,意图则是"吃掉"士兵。这点在作者描写他驾驭"火鸟"一幕中表露无遗:

> 此时,马已经失控,上尉生还几率甚微,但正当他打算弃生时,却重见生机,这个世界如同万花筒……地面上有一朵半掩在树叶里的小花,精美绝伦,白得晃眼……这一切,对上尉来说,都只若人生中之初见。[1]

---

[1] 卡森·麦卡勒斯:《金色眼睛的映像》,第79页。

上尉如获新生，而他所企及的"天人合一"境界也唾手可得，但这个神秘的境界却只能在他与士兵身体合二为一的前提下才能实现。于是，当他瞥见士兵时，他的目光无法从他完美无缺的身上移开。显然，"死亡"是他实现"自我"的不二法，但"身体"却是通往"天人合一"的障碍。此处，平日里上尉有意而为的饥饿不仅是削弱肉身的工具，更蕴含了他对身体死亡的期待。长期的高强度劳作令上尉早衰，而对士兵的迷恋却犹如癌变，可上尉任由他的身体情况"恶化"，并以工作为由拒绝就医。似乎他在安心等待"死亡"，企图"内化"士兵实现"天人合一"。因此，当发现士兵蹲坐在利奥诺拉的床边时，他扣动了扳机。之后，"上尉颓废地靠在墙上，他身上古怪而粗糙的外衣令他看起来像是一个被赶出来的落魄修道士"（《金》：151）。在这里，"落魄修道士"被"赶"了出来，代表着上尉逃离了类似修道院的刻板军营语境，而他"颓废地靠在墙上"又预示着身体的最终消逝。但此时他的"死亡"却意义重大，格利森－怀特指出，他用枪射死士兵，模糊了自我与他者的界限，实现了与爱者的结合，这一场谋杀令他真正"吞噬"掉了士兵。[①] 上尉采用自虐将饥饿中蕴含的"死亡"转变为现实，铸就了他与士兵的"二者合一"，并越过军营里严苛的等级与性别制度，重新定义其"士兵"的身份。

与上尉相仿，身体对艾莉森而言也是个不小的障碍。艾莉森在《金色眼睛的映像》中是个独立、有学识、向往自由的女性。婚前她在一所寄宿学校教书，假期便独自乘车来到森林里，白天与狗和猫相伴，夜晚便朗读或唱歌。但这一切在她婚后却消失殆尽，她未能效仿利奥诺拉成为"热情的女主人"，于是被归入有违常理的"疯女人"，而她的"病态"在她丈夫兰登看来则是种女性疾病。婚姻前后的巨大落差使艾莉森对"幸福"犯了疑，疾病缠身，还患上了厌食症。但桑德拉·吉尔伯特与苏珊·古巴认为，从心理学的角度来说，厌食与想要获得某种身份意识等诸多因素有关。[②] 因此，艾莉森的厌食并非只是单纯性的由于病痛而导致的

[①] Sarah Gleeson-White. *Strange Bodies: Gender and Identity in the Novels of Carson McCullers*, p. 60.

[②] Sandra M. Gilbert, Susan Gubar. *The Madwoman in the Attic: The Woman Writer and the Nineteenth-century Literary Imagination*, p. 285.

食物与哥特化的身体：《金色眼睛的映像》中主体性的构建

食欲下降，而是麦卡勒斯在小说中刻意搭建出的另一幅主体性构建的场景。

小说开场后不久，当上尉在自家的宴会中看到艾莉森时，她与鬼怪无异，令他简直难以忍受。她脸色惨白，嘴唇龟裂，手瘦如同鸡爪，上面蓝色的血管清晰可见。丈夫兰登见她亦是不寒而栗，她整张脸瘦得只剩下鼻子，嘴角挂着病态的灰蓝色阴影。然而，艾莉森的"惨白""苍白""病态"却并非由病患所致，而多由厌食引起。晚宴时，"兰登太太几乎没有碰她的食物"（《金》：19），并且对利奥诺拉进食的提议也备感恶心；而她的菲仆阿列克托亦谙知此道，他为艾莉森准备的食物只是肉汤，"醉翁之意不在吃"（《金》：44）。此后，长期厌食的她真的变成了"鬼怪"。当她闯进上尉书房，打算揭露利奥诺拉偷情的事实时，上尉听到她"老木头一样的声音"，碰到"她外套下面脆弱易碎的胳膊肘，那种触觉让他深感厌恶"（《金》：120—122）。此时的艾莉森让周遭的人感到恐怖，上尉瞥见她时亦不禁惊诧她的瘦削，而丈夫兰登更是对她失去兴趣，只将其归入病人。但他们害怕的并非她干瘪"非人类"的身体，而是她女性特质的缺失。惨白的脸色、瘦弱的脸以及易碎的胳膊使艾莉森和利奥诺拉玫瑰般娇嫩的脸庞与丰满的身体形成巨大的反差。此时的艾莉森俨然已是"无性别"的鬼怪，但这对兰登来说无疑是个打击。

在巴特勒看来，拉康式的标准秩序中女性与男性虽分处"作为阳具"与"拥有阳具"，但由于它对女性的过分倚重，"……让人想起主人与奴隶之间无法平等互惠的黑格尔式结构；特别是，为了通过反映来建立它自己的身份，主人对奴隶有了原先没有预料到的依赖"[1]。因此，"如果撤销了这个权力，那么也将打破建立男性主体位置的基础的一些幻想"[2]。兰登少校为艾莉森建了病房，随时"关注"妻子。表面上他尽了责任，不失为一个好丈夫，妻子的饮食起居他亦放在心上，若她稍有不适，则立马急切地追问"真的不用吗，亲爱的？""你什么都不想吃吗？"（《金》：36）实则是艾莉森哥特化的身体令他对"不证之姿"产生了恐惧。劝她

---

[1] 朱迪斯·巴特勒：《性别麻烦：女性主义与身份的颠覆》，第60页。
[2] 朱迪斯·巴特勒：《性别麻烦：女性主义与身份的颠覆》，第61页。

进食，使她亦如利奥诺拉般达到男性所要求的丰满，是丈夫兰登亟待解决之事，但"鬼怪"般的艾莉森使男性主体的地位失去依傍，父系社会的"标准秩序"的合法性也由此受到冲击，她证明其"女性特质"——丰满的女性，不过是一个相对的戏码，是父系社会里被扭曲的价值，可她作为个体既闪烁着母性的光辉，主动同猫狗为伴，与自然共处，又能"大声朗读或唱歌给自己听"（《金》：95），完成可以言说的"我"。

　　对不少研究者而言，麦卡勒斯小说中的哥特成分有别于传统的哥特小说，并有一定的社会效应。例如，欧文·马林（Irving Malin）认为麦卡勒斯的新哥特小说中"秩序崩析瓦解……身份被模糊掉，而性别也是扭曲的"①，但同时更值得注意的是作者对于哥特的现时意义的思考。正如杰罗尔德·霍格尔（Jerrold E. Hogle）所说，哥特小说的现时意义在于"它使我们在各种虚构出的夸张的鬼怪的伪装下，认识到我们自己的本质……并在怪诞的摒弃的关照下定义自己……"②。因而，麦式的哥特不仅揭开了当下语境的面纱，且对其创作理念中，人所需的两大要素——食物与身体有着重大的启示。无论是食欲旺盛的怪兽，抑或是厌食的鬼怪，麦卡勒斯都通过食物表征身体，令其哥特化。因此，这一做法也使麦卡勒斯作品中的光怪陆离脱离了后现代主义中的无深度："这个世界本身就是荒诞的，因此用不着大费笔墨去进行表现。"③ 并在此条件下，让人物具化食物中暗含的各种可能性，从客体到主体的转变，重新构建主体性，实现了在当下冲突的语境中重拾"自我"这一命题，而这或许正是作者在哥特之外不断阐释其"现实意义"的创作理念的原因。

---

　　① Irving Malin. *New American Gothic*. Carbondale：Southern Illinois University Press，1962，p. 9.

　　② Jerrold E. Hogle. *The Cambridge Companion to Gothic Fiction*. Cambridge：Cambridge University Press，2002，p. 17.

　　③ 何开丽：《论西方后现代小说的观念模式与语言模式》，载《西南农业大学学报》（社会科学版）2007年第4期，第128—131页。

从厨房说起:《婚礼的成员》中的空间转换[①]

田 颖

《婚礼的成员》(*The Member of the Wedding*,1946)是美国南方女作家卡森·麦卡勒斯(Carson McCullers,1917—1967)的第三部小说。"厨房场景"是小说空间叙事的中心,以厨房为界的"内/外、微观/宏观世界之间的主题和结构关系"[②] 是评论的焦点。

高度聚焦的空间叙事让这部小说饱受非议,国内外的主流评论界认为它是一部典型的"内向性小说",[③] 而"厨房场景"似是"有力"佐证。在内/外、微观/宏观的二元世界中,"厨房是青春期少女的内在世界……而厨房之外是成人的外部世界"[④]。切斯特·艾辛杰(Chester E. Eisinger)指出,在以厨房为象征的"孩童的自我世界中,宏观世界并未参与其中"[⑤]。理查德·库克(Richard M. Cook)的评论更为尖锐,他认为《婚礼的成员》"没有延续她(麦卡勒斯)在第一部小说中对社会、种族、政

[①] 此文原发表于《国外文学》2018 年第 1 期,作者田颖,现为杭州师范大学外国语学院副教授。

[②] Judith Giblin James. *Wunderkind*: *The Reputation of Carson McCullers*, 1940—1990. Columbia: Camden House, 1995, p. 113.

[③] 比如,理查德·库克(Richard M. Cook)直言,《婚礼的成员》不过是一部"内向性小说"(an inward novel);肯尼思·查米里(Kenneth D. Chamlee)指出,麦卡勒斯小说中"内向性的人物们进一步证实了封闭的倾向";路易丝·威斯特林(Louise Westling)声称,"麦卡勒斯笔下的景观很狭隘……因为活动几乎总在有限的一个或至多几个内景中展开";国内学者金莉等认为,"空间的幽闭使麦卡勒斯笔下的女性都失去了移动性"。参见 Richad M. Cook. *Carson McCullers*. New York: Frederick Ungar Publishing, 1975, p. 80; Kenneth D. Chamlee. "On the Function of the Café Setting in the Development of Character". In: Harold Bloom. *Carson McCullers' The Member of the Wedding*. Philadelphia: Chelsea House Publishers, 2005, p. 85; Louise Westling. *Sacred Groves and Ravaged Gardens*: *The Fiction of Eudora Welty*, *Carson McCullers and Flannery O'Connor*. Athens: the University of Georgia Press, 1985, p. 6; 金莉等:《20 世纪美国女性小说研究》, 北京大学出版社 2010 年版, 第 161 页。

[④] Judith Giblin James. *Wunderkind*: *The Reputation of Carson McCullers*, 1940—1990, p. 116.

[⑤] Chester E. Eisinger. *Fiction of the Forties*. Chicago: University of Chicago Press, 1963, pp. 255 – 256.

治等重大问题的关注……不再描述公共领域的争斗"①，而是将"更加个人、私密的问题戏剧化"②。在大西洋彼岸，英国评论界的观点是，这部小说"缺乏情感以及对细微之处的品鉴，缺乏南方言语的节奏"③。不难看出，在美国本土及海外，众多的评论者们普遍认为：以厨房为中心场景的空间叙事让整部小说囿于私密空间和人物的内心世界，这样的"内封闭"特质让作品忽视了对公共空间和公众事件的关注。

细读文本，笔者发现，在这部小说中，麦卡勒斯从厨房说起，一度将笔触延伸到厨房之外的"蓝月亮"咖啡馆（以下简称"蓝月亮"），最后又重归厨房。小说空间叙事的焦点由内及外，再由外向内发生偏转，但"内向性小说"的标签却遮蔽了这一细节。从空间叙事焦点的转移来看，"内向性小说"一说令人存疑。

鉴于上述情形，本文试图解决的问题是：在"内向性小说"的标签之下，《婚礼的成员》是如何通过由内及外，再由外向内的空间转换，将私密与公众、个人体验与公共事件结合起来的？在空间叙事焦点的转移过程中，小说又是如何逐渐打破文本的封闭性来凸显作品的"现世性"，并对20世纪40年代整个美国社会的历史和文化进行反思的？

一、厨房之喻

既然"厨房场景"是引发非议的源头，那么厨房究竟有何寓意？

小说开篇交代了故事发生的地点、时间以及人物这三大要素，压抑、沉闷的气氛笼罩着厨房这个小小的空间："每到下午，世界就如同死去一般，一切停滞不动。到最后，这个夏季就像是一个绿色的讨厌的梦，或是玻璃下一座死寂而荒谬的丛林。"④ 在整部作品中，类似的描写反复出现：

---

① Richard M. Cook. *Carson McCullers*. New York：Frederick Ungar Publishing，1975，p. 80.
② Richard M. Cook. *Carson McCullers*，p. 80.
③ Virginia Spencer Carr. *The Lonely Hunter：A Biography of Carson McCullers*. Athens and London：The University of Georgia Press，2003，p. 266.
④ 卡森·麦卡勒斯：《婚礼的成员》，周玉军译，上海三联书店2005年版，第4页。后文出自同一著作的引文，将随文在括号内标出该著名称首字和引文出处页码，不再另行作注。

"这丑怪的厨房让人意气消沉"(《婚》:6);"厨房死气沉沉,怪异而阴郁"(《婚》:22);"寂静的小镇,寂静的厨房,只有钟声嘀嗒在响"(《婚》:88);"厨房的灰暗是一种没有生气的陈腐的灰暗,房间太呆板,太方整"(《婚》:89)。相关例证不一而足。

或许正因为如此,持"内向性小说"观的评论者们把"厨房场景"当作封闭的"禁锢之地"。① 然而,莱斯特·波拉科夫(Lester Polakov)提出了相左的观点。他认为,尽管故事的"大部分活动都在厨房中进行,整个布景流露的感觉不仅是厨房的封闭性,还有开放性"②。那么,厨房的开放性到底体现在何处呢?波拉科夫却语焉不详。

在"厨房场景"中,贝丽尼斯、弗兰淇、约翰·亨利是主要人物。肯尼思·查米里(Kenneth D. Chamlee)把这三人组合称为"厨房之家"。③ 他敏锐地洞见到"厨房场景"的社会属性,并指出"如果说咖啡馆在麦卡勒斯的小说里象征共同体的失败(the failure of community),那么厨房通常是体现社交温暖的核心所在"④。显然,作为一个典型的居家空间,厨房是家宅中必不可少的组成部分。在《空间的诗学》(*The Poetics of Space*)中,加斯东·巴什拉(Gaston Bachelard)写道:"家宅是我们在世界中的一角。我们常说,它是我们最初的宇宙……它包含了宇宙这个词的全部意义。"⑤ 小说中家宅一隅的厨房正是这个"最初的宇宙",而"宇宙"一词本身就具有包罗万象的开放意义。

---

① 比如,罗伯特·菲利普斯(Robert S. Phillips)认为,"对弗兰淇而言,亚当斯家中的厨房是一个幽闭、恐惧之地……厨房是弗兰淇的私密地狱";弗吉尼亚·斯潘塞·卡尔(Virginia Spencer Carr)把厨房与麦卡勒斯作品中常见的咖啡馆进行了类比,她认为二者具有相似的空间内涵,"在《伤心咖啡馆之歌》中,爱密利亚小姐所在的小镇沉闷乏味,灵魂在腐烂,同样在弗兰淇的厨房小天地里,她的灵魂也在夏季的三伏天里腐烂";朱迪斯·吉布林·詹姆斯(Judith Giblin James)则将小说中的厨房比作"令人窒息的子宫"。参见 Robert S. Phillips. "On the Gothic Elements". *Carson McCullers' The Member of the Wedding*, p. 69; Virginia Spencer Carr. "On the Biographical and Literary Contexts". *Carson McCullers' The Member of the Wedding*, p. 92; Judith Giblin James. *Wunderkind: The Reputation of Carson McCullers*, 1940—1990, p. 107.

② Virginia Spencer Carr. *The Lonely Hunter: A Biography of Carson McCullers*, p. 335.

③ Kenneth D. Chamlee. "On the Function of the Café Setting in the Development of Character", p. 86.

④ Kenneth D. Chamlee. "On the Function of the Café Setting in the Development of Character", p. 88.

⑤ 加斯东·巴什拉:《空间的诗学》,张逸婧译,上海译文出版社 2013 年版,第 3 页。

在小说《婚礼的成员》中，厨房集多种功能于一体。除了烹饪场所之外，它还兼作餐厅、客厅之用。在故事开头，厨房内的陈设一览无遗："墙壁上约翰·亨利的胳膊够得着的地方，都被他涂满了稀奇古怪的儿童画，这给厨房蒙上一种异样的色彩，就像疯人院里的房间。"（《婚》：6）此处的"疯人院"是一个内涵丰富的隐喻。在《疯癫与文明》（*Madness and Civilization*，1960）一书中，米歇尔·福柯（Michel Foucault）从谱系学的角度剖析了隔离疯人的大禁闭制度。他认为，大禁闭"划出一道界限，安放下一块基石。它选择了唯一的方案：放逐。在古典社会的具体空间里保留了一个中立区，一个中止了现实城市生活的空白地"①。换言之，作为禁闭场所的疯人院在远离主流社会的同时，也脱离了日常生活的常规，它是被放逐到现实社会之外的边缘世界。

在"厨房之家"，三位成员是被放逐到美国南方主流社会之外的"他者"：6岁的小男孩约翰·亨利不谙世事，看起来"又丑又孤单"（《婚》：44）；弗兰淇性格孤僻，她"已经离群很久。她不属于任何一个团体，在这世上无所归附"（《婚》：3）；厨娘贝丽尼斯因其黑人身份而不被南方白人主流社会接纳，她不由感叹："我们生来就各有各命，谁都不知道为什么。但每个人都被限定了。"（《婚》：121）一言以蔽之，这三个人物都无法在各自的社交圈中找到归属感，孤独让他们不约而同地躲进厨房，远离了残酷的现实世界。他们围坐在厨房的餐桌边，一起玩桥牌，亲密无间，无话不谈："他们三个在厨房桌子边，评判造物主及其成就。有时他们的声音彼此交错，三个世界便缠绕在一起。"（《婚》：99）

此时此刻，"厨房之家"的三位成员自由自在，无拘无束。在厨房这个小天地里，他们天马行空地建构起各自的乌托邦王国：对约翰·亨利来说，"他的世界是美味和怪物的混合体，丝毫没有大局观：暴长的手臂，可以从这儿伸到加利福尼亚；巧克力的地面；柠檬水的雨；额外一只千里眼；折叠式尾巴，累的时候放下来支撑身体坐着；结糖果的花"（《婚》：98）。黑人厨娘贝丽尼斯则渴望一个消除了种族隔离的理想国，"它完满

---

① 米歇尔·福柯：《疯癫与文明：理性时代的疯癫史》，刘北成、杨远婴译，生活·读书·新知三联书店2012年版，第63页。

一体，公正而又理性。首先，那儿没有肤色的差异，人类全体长着浅褐色皮肤，蓝眼黑发。没有黑人，也没有让黑人自觉卑贱，为此抱恨一生的白人。不存在什么有色人种，只有男人、女人和孩子，像地球上一个亲亲热热的大家庭"（《婚》：98）。弗兰淇的世界更是荒诞不经，"她还重新安排了四季，将夏季整个儿删除，添加了更多的雪"（《婚》：99）。

在嬉笑怒骂中，疯人院般的厨房消除了三个人物之间原本存在的年龄、阶级、种族的差别，它是一个欢乐之所——贝丽尼斯、弗兰淇、约翰·亨利暂时从等级制度森严的南方社会现实中摆脱出来，他们跨越了各种屏障，建构了一个相对平等、自由的空间。由此，一个"乌托邦"王国在厨房诞生了。

福柯认为，乌托邦不是封闭的，而是开放的——"它（乌托邦）从身体中逃离"①，并且"它们把身体置入另一个空间。它们把身体引入一个不直接地在世界上发生的地方"②。换言之，带有理想国色彩的乌托邦不再囿于几何空间的物理存在，它是真实世界之外的别处空间。在小说中，这个被无限想象力、疯人院氛围、家宅气息浸润的"厨房场景"远远超越了几何学上的空间意义，它绝非封闭的"禁锢之地"，而是开放的广袤空间。

具体到小说文本中，"雪"的意象是其开放性的表征，它在"厨房场景"中频频出现。12岁少女弗兰淇一直待在家乡炎热的南方小镇，没有见过雪。显然，"雪"是她对从未涉足过的北方的具象化。与其说弗兰淇对雪无比痴迷，毋宁说她对南方之外的世界心驰神往。对于这一点，哈罗德·布鲁姆（Harold Bloom）一语中的："这些（有关雪的）想象与弗兰淇想要离开（南方小镇），并投身于另一个大千世界的愿望密切相关"③，而"雪的意象……对弗兰淇而言，象征着她目前所无法享受的自由度"④。以下这段文字细细读来，值得玩味：

---

① 米歇尔·福柯：《乌托邦身体》，尉光吉译，见汪民安编《声名狼藉者的生活：福柯文选 I》，北京大学出版社 2016 年版，第 189 页。
② 米歇尔·福柯：《乌托邦身体》，第 193 页。
③ Harold Bloom. "Summary and Analysis", p. 27.
④ Harold Bloom. "Summary and Analysis", pp. 32 – 33.

> 在弗兰淇面前有两样东西——一只淡紫色的贝壳，和一只里面有雪花的玻璃球，摇一摇能摇出一场暴风雪……把玻璃球举到眯缝的眼前，白雪飞舞，天地茫茫一片。她想到了阿拉斯加，她登上一座寒冷的白色山岗，俯瞰远处冰雪覆盖的荒原。她看到太阳在冰面上映照出七彩虹光，听到梦幻般的声音，看到如梦的景物。无处不是清凉、洁白、轻柔的雪。①

此处，厨房餐桌上的雪花玻璃球是催化剂，它激发了弗兰淇对北方的异域想象。透过这个玻璃球，弗兰淇看到的是比现实中的小厨房大得多的世界，与北方有关的冰雪、阿拉斯加州、山岗、荒原、七彩虹光等各种景观统统浓缩在这个小玻璃球里。原本毫不起眼的玻璃球顿时充满了神奇的梦幻色彩，这与博尔赫斯（Jorge Luis Borges）笔下的"阿莱夫"颇有几分神似。

在博尔赫斯的短篇小说《阿莱夫》（Aleph，1945）中，"阿莱夫"是隐藏在餐厅地下室里的神秘空间："阿莱夫的直径大约为两三厘米，但宇宙空间都包罗其中，体积没有按比例缩小。"② 在这个闪烁的小圆球"阿莱夫"中，世界万物都被囊括其中：海洋、黎明、黄昏、人群、金字塔、迷宫、房屋、葡萄、白雪、烟叶、金属矿脉、蒸汽、沙漠、女人的身体……③诚然，小圆球"阿莱夫"比麦卡勒斯笔下的雪花玻璃球具有更大的包容性，但两者有明显的共通之处：体积微小的球体之内蕴藏着无限广袤的想象空间。

爱德华·苏贾（Edward W. Soja）把阿莱夫式的空间称之为"第三空间"（Thirdspace）。依他所见，神秘的阿莱夫打破了二元空间论（物质性的第一空间与精神性的第二空间）。这个魔幻小球另辟蹊径，抵达之所便是第三空间：它是"所有场所都在其中的空间，从每个角度都可以看到这个空间，每个角度立场分明；但它又是一个秘密、被假想的事物，充满

---

① 卡森·麦卡勒斯：《婚礼的成员》，第11—12页。
② 豪·路·博尔赫斯：《阿莱夫》，王永年译，浙江文艺出版社2008年版，第146页。
③ 豪·路·博尔赫斯：《阿莱夫》，第146—147页。

了幻象和暗示"①。第三空间最大的启示在于：苏贾"从根本上打破空间知识旧的樊篱，增强他所要说的第三空间的彻底开放性……它是一个'无以想象的宇宙'"②。

在小说《婚礼的成员》中，摆放在厨房餐桌上的雪花玻璃球亦是一个"阿莱夫"式的第三空间。小玻璃球隐匿着弗兰淇的大梦想，而"留在厨房里的弗兰淇不过是落在桌边的一具老旧躯壳"（《婚》：30），她的思绪早已跟随哥哥和他的新娘飞到了遥远的北方。在她的遐想中，局促的小厨房变成了一个被无限放大的雪花玻璃球，种种幻象在家宅一隅的这个小空间里逐一闪现。苏贾认为，《阿莱夫》"是一次愉快冒险的邀请，亦是一个谦逊而警世的故事，一则关于空间与时间的无限复杂性的寓言"③。对于身困厨房的弗兰淇而言，她对北方的异域想象又何尝不是如此？在雪花玻璃球的激发下，小厨房将大千世界纳入其中，原本封闭、逼仄的家宅一隅转眼变成了开放、敞阔的空间场所。此时此刻，厨房是联结内部世界与外部世界、南方与北方、过去与未来的纽带。因而，它成了一个中间地段（the middle space），是一个难以言说的、无穷广袤的"第三空间"。这恰好与巴什拉的"家宅即宇宙"的说法相契合。

弗雷德里克·卡尔（Frederick R. Karl）认为，文学作品中"形容分裂的关键意象或场景就是隧道（穴、洞、窟、迷宫）"④，这些空间意象往往具有双重的悖论意义，因此"要看到这些自相矛盾的因素如何聚合、不可调和的因素在哪里得到临时的统一"⑤。小说中的"厨房场景"是"隧道（穴、洞、窟、迷宫）"等空间意象的变体，美国社会的众生之相——黑与白、老与少、男与女、南与北等多种矛盾要素汇聚于此，厨房具有了双重的悖论意义：它既困顿了弗兰淇的肉身，又激发了她的想象

---

① Edward W. Soja. *Thirdspace*: *Journeys to Los Angeles and Other Real-and-Imagined Places*. Massachusetts: Blackwell Publishers, 1996, p. 56.

② 陆扬：《空间理论和文学空间》，载《外国文学研究》2004 年第 4 期，第 34 页。

③ Edward W. Soja. *Thirdspace*: *Journeys to Los Angeles and Other Real-and-Imagined Places*, p. 56.

④ 弗雷德里克·卡尔：《现代与现代主义：艺术家的主权 1885—1925》，陈永国、傅景川译，中国人民大学出版社 2004 年版，第 328 页。

⑤ 弗雷德里克·卡尔：《现代与现代主义：艺术家的主权 1885—1925》，第 328 页。

力；它既是疯人院，又是欢乐之所；它既是理想的乌托邦，又是神秘的第三空间。在这一系列的悖论中，一种奇妙的"化学反应"由此产生：各种矛盾的混合体让原本单调乏味的"厨房场景"散发出不同的棱面光芒，果壳般的小空间里隐藏着一个神秘的大宇宙。

如此说来，以厨房的封闭性作为"向内性小说"之佐证的说法便失去了立足之本。"厨房场景"并非如艾辛杰所言那般缺乏宏观世界的参与，而是将广袤的"宇宙"融入其中，具有无限的开放性。麦卡勒斯从厨房说起，以"厨房"为眼，为读者提供了一个透视生活的广阔视角。这与威廉·布莱克（William Blake）的诗句有异曲同工之妙，真可谓"一粒沙中见世界，一朵花中窥天堂"①。

二、"蓝月亮"之争

继上文分析后，厨房悖论式的隐喻功能一目了然。随着故事情节的发展，麦卡勒斯将空间叙事的焦点逐渐从厨房之内转移到厨房之外。弗兰淇带着对大千世界的憧憬，终于鼓足勇气，走出了厨房，而"蓝月亮"是她在厨房之外遭遇的第一个场景。

出人意料的是，"蓝月亮"在评论界引发了轩然大波，它甚至被认为是整部小说的"败笔"。更为讽刺的是，当同名剧本在百老汇上演时，"蓝月亮"场景被制作团队全部删除。② 根据传记作家弗吉尼亚·斯潘塞·卡尔（Virginia Spencer Carr）的记载，不少评论者们对"蓝月亮"场景提出了质疑。亨利·默多克（Henry Murdock）发表了如下评论："它（'蓝月亮'）太冗长，它的外观策略太笨拙。它有令人印象深刻、氛围十足的布景，但它们都缺乏灵活性"③；哈罗德·克拉尔曼（Harold Clurman）认为，"它（'蓝月亮'）是阻止整部戏剧顺利进展的唯一因素，它

---

① William Blake. "Auguries of Innocence". In: W. B. Yeats. *William Blake: Collected Poems*. London and New York: Routledge, 2002, p. 88.

② Virginia Spencer Carr. *The Lonely Hunter: A Biography of Carson McCullers*, pp. 339–340.

③ Virginia Spencer Carr. *The Lonely Hunter: A Biography of Carson McCullers*, p. 340.

破坏了心境,并不是戏剧有机整体的一部分"①;乔舒亚·洛根(Joshua Logan)也直言自己对它的厌恶,"我不喜欢弗兰淇在旅馆里与年轻士兵暧昧的那一幕……这一场景本身不如房间之内与小男孩和老黑人女仆待在一起的那些场景感人"②。

不难看出,引发"蓝月亮"之争的原因大致可以归纳为以下两点:一是从整体的空间结构看,"蓝月亮"似乎游离了作品的中心场景"厨房";二是此场景涉及敏感的"性"话题。但在笔者看来,仅凭这两点,评论者们便口诛笔伐,如此做法实在武断。在小说文本中,"蓝月亮"反复出现,它是除了厨房之外另一重要的空间场所,具有不可替代的特殊功能。

首先,从小说的历史语境来说,"蓝月亮"不可或缺。在谈及"蓝月亮"之争时,朱迪斯·吉布林·詹姆斯(Judith Giblin James)一针见血地指出了当时学界的诟病:"20世纪40、50年代以及60年代初的评论家们几乎都避而不谈的问题正是那些震撼,它们预言并伴随了翻天覆地的社会巨变。"③ 小说的故事发生在1944年8月,此时的美国早已卷入第二次世界大战的浪潮中。④ "在这部小说中,第二次世界大战是一个不可否认的存在"⑤,"蓝月亮"也没能摆脱这场战争的阴影。

"蓝月亮"第一次出现在小说的第二部分,叙事时间推进到了弗兰淇哥哥婚礼的前一天。在这个周六的清晨,弗兰淇在"蓝月亮"邂逅了一位即将奔赴战场的士兵,两人相约当晚再次见面。晚上,弗兰淇只身赴约,却在"蓝月亮"险遭不测。红发士兵几杯酒下肚之后,主动邀请弗兰淇去"蓝月亮"楼上的小旅馆房间坐坐。在凌乱、肮脏的房间里,处处散发着诡异的气息,在一片寂静中,危险一触即发:

---

① Virginia Spencer Carr. *The Lonely Hunter: A Biography of Carson McCullers*, p. 340.
② Virginia Spencer Carr. *The Lonely Hunter: A Biography of Carson McCullers*, p. 331.
③ Judith Giblin James. *Wunderkind: The Reputation of Carson McCullers*, 1940—1990, p. 107.
④ 1941年12月7日,日军突袭珍珠港,日美太平洋战争爆发。次日,美国总统罗斯福在国会发表演说,对日宣战,这标志着美国正式加入了第二次世界大战。参见李公昭:《美国战争小说史论》,北京大学出版社2012年版,第274—275页。
⑤ Harold Bloom. "Summary and Analysis", p. 26.

接下来的一分钟，就像发生在博览会的疯子展厅（Crazy-House），或者是米勒奇维尔真正的疯人院里。弗·洁丝敏①已经向门口走去，因为她再也受不了那寂静。就在她经过士兵身边时，他攥住了她的裙子，将吓得发软的她拉着一起倒在床上。接着发生的事疯狂（crazy）到了极点。她感觉到他的双臂箍着自己，闻到了他衬衫上的汗酸气。他并不粗暴，但这比粗暴更疯狂（crazier）——有一刻她惊得失去了行动的能力。②

特别值得留意的是，在上述段落的英文原文中，麦卡勒斯连续3次使用了"crazy"一词。③ 福柯认为，人类所表现出的疯狂（疯癫）并不是自然的病态形式，而是具有明显的社会属性。它与历史、文明息息相关，因此"在荒蛮状态不可能发现疯癫。疯癫只能存在于社会之中"④。那么，在"蓝月亮"的性侵事件中，红头发士兵为何不顾伦理道德的规训，让自己陷入非理性的疯狂之中呢？

若要剖析士兵疯狂举动背后的动因，我们不得不考察这部小说的历史语境。麦凯·詹金斯（Mckay Jenkins）指出："刚步入20世纪40年代，当然让南方神话岌岌可危的不仅仅是经济和种族危机。第二次世界大战的爆发是带来焦虑的另一个重要原因，这也在南方的文学作品中有所体现。"⑤ 在小说中，第二次世界大战引发的焦虑正笼罩着厨房之外的"蓝月亮"：

顾客，大部分是士兵……这儿有时候会突然发生骚乱。有一天下午较晚的时候，她（弗兰淇）经过蓝月亮，听到粗野的吼叫，还有

---

① 弗·洁丝敏（F. Jasmine）是弗兰淇（Frankie）为自己取的新名字，更名意味着她试图彻底告别自己的过去。
② 卡森·麦卡勒斯：《婚礼的成员》，第139页。
③ Carson McCullers. *The Member of the Wedding*. Boston and New York：Houghton Mifflin Company, 1946，p. 136.
④ 米歇尔·福柯：《疯癫与文明：理性时代的疯癫史》，第276页。
⑤ McKay Jenkins. *The South in Black and White：Race, Sex and Literature in the* 1940s. Chapel Hill and London：The University of North Carolina Press, 1999，p. 28.

类似酒瓶飞出的声音。她驻足不前,这时一个警察推推搡搡地押着一个人走了出来,那人一副狼狈相,双腿晃荡,鬼哭狼嚎,撕烂的衬衣上沾了血迹,脏兮兮的眼泪从脸上往下淌……不久囚车呼啸而来,可怜的犯人被扔进囚笼送往监狱。①

"蓝月亮"里充斥着廉价又粗俗的欢乐,稍纵即逝的欢愉背后隐藏着士兵们难以遏制的焦躁不安。红发士兵便是其中一员,他来自阿肯色州,趁着三天假期,他"随便逛逛……出来放松一下"(《婚》:71),但假期过后,恐怕连他自己都不知道"作为一个士兵,他将会被派往世界上的哪个国家"(《婚》:71)。

无独有偶,早在 1941 年,麦卡勒斯发表了一篇题为《我们打着横幅——我们也是和平主义者》(*We Carried Our Banners—We Were Pacifists, Too*, 1941)的短文。在此文中,她也刻画了一个第二天将奔赴"二战"前线的士兵形象麦克(Mac)。她写道:当战争爆发时,"我们都专注于因分离和巨变而引发的内心纠结"②,因此"我们不得不面对一场道德危机,但我们对此却并未准备充分"③。在人物塑造上,士兵麦克与无名红发士兵构成了一定的互文性。由此,我们可以推断,在面临战争时红发士兵陷入了同样的恐慌之中。

正如麦卡勒斯所言,"战争是邪恶的"④,它是死亡与灾难的缔造者。残酷的战争给人们带来了莫大的精神创伤,"战斗麻痹与战争疯狂是惨烈战斗的副产品,是部分作战官兵在经历了断肢残臂、尸横遍野、血流成河的惨烈战争后产生的心理变态"⑤。在小说《婚礼的成员》中,对红发士兵而言,未来充满各种变数,死亡随时可能来临。带着对未知命运的焦虑和对死亡的恐惧,红发士兵内心深处最原始的欲望被激发出来,及时行乐

---

① 卡森·麦卡勒斯:《婚礼的成员》,第 59 页。
② Carson McCullers. "We Carried Our Banners—We Were Pacifists, Too". In: Margarita G. Smith. *The Mortgaged Heart*. Boston and New York: Houghton Mifflin Company, 2005, p. 221.
③ Carson McCullers. "We Carried Our Banners—We Were Pacifists, Too", p. 224.
④ Carson McCullers. "We Carried Our Banners—We Were Pacifists, Too", p. 222.
⑤ 李公昭:《美国战争小说史论》,第 291 页。

的冲动蒙蔽了心智。一方面，他对周遭的一切显得麻痹大意，反应迟钝。当弗兰淇和他聊天时，"士兵好像没有听进去"（《婚》：74），他甚至未察觉到弗兰淇还没达到法定的饮酒年龄（18 岁）。另一方面，在焦虑、恐惧、欲望等复杂心理的驱使下，红发士兵渐渐失去了理智，他不可避免地遭遇到"一场道德危机"，于是便有了之后的疯狂行为。

"蓝月亮"的暧昧氛围是这场"道德危机"的诱因。从某种程度上说，红发士兵把他与弗兰淇的不期而遇当作一次释放压力、缓解焦虑的契机，而"蓝月亮"这个名字也暗示了这一点。根据《新牛津英语词典》（The New Oxford Dictionary of English）的解释，"blue moon"一词有"千载难逢"之意，"因为蓝月亮的现象从未发生过"①。对于即将上前线的红发士兵来说，今日不知明日事，来"蓝月亮"寻欢作乐是一个千载难逢的机会，这或许是他此生最后一次恣意放纵。在战争的阴霾下，红发士兵的怪诞举止看似有悖常理，但若从当时的历史语境来考量的话，这种非理性的疯狂倒也在情理之中。

约翰·里蒙（John Limon）认为，战争主题对美国小说家们极其重要，因为"美国是'一个战争造就的国家'……对一个美国小说家来说，回避战争显然就是回避了美国"②。麦卡勒斯向来关注战争对美国社会的影响，她在文学创作中时常涉及这一主题。③ 作为与战争直接相关的空间场所，"蓝月亮"正是厨房之外大千世界的缩影，"二战"期间整个美国社会的历史彰显其中。

从成长小说的角度来看，"蓝月亮"是重要的节点。在弗兰淇的成长历程中，"蓝月亮"是"通过仪式"（rite of passage）中的阈限阶段。"通过仪式"的概念由阿诺尔德·范热内普（Arnold van Gennep）提出，它指

---

① Judy Pearsall. *The New Oxford Dictionary of English*. Oxford and New York: Oxford University Press, 1998, p. 193.

② John Limon. *Writing after War: American War Fiction from Realism to Postmodernism*. New York and Oxford: Oxford University Press, 1994, p. 7.

③ "二战"期间，麦卡勒斯写了大量反映整个美国及南方社会现状的文章。参见 Carson McCullers. "The War Years", pp. 207 – 229; Josyane Savigneau. "A War Wife". In: Joan E. Howard. *Carson McCullers: A Life*. Boston and New York: Houghton Mifflin Company, 2001, pp. 99 – 148.

的是当人的生活状况、社会地位和年龄发生改变时所举行的仪式。按照时间先后次序，范热内普将"通过仪式"分为以下三个阶段：前阈限仪式（preliminal rites）、阈限仪式（liminal rites）和后阈限仪式（postliminal rites），这三个仪式阶段的特点依次为分离（separation）、过渡（transition）和融合（incorporation）。①

依据范热内普的分段，弗兰淇的"前阈限仪式"显然是在厨房完成的——厨房沉闷压抑的氛围让她迫不及待地想要"从先前的世界中分离出来"②。于是，她迈出厨房，满怀期待地踏进了"蓝月亮"。在面对厨房之外的世界时，她为何偏偏选择了"蓝月亮"而非别处呢？以下文字给出了答案：

> 蓝月亮在前街的尽头，老弗兰淇常常在路边扒着纱门，压扁了手掌和鼻子朝里观望……老弗兰淇对蓝月亮熟知底细，尽管从来没进去过。并没有明文规定禁止她踏入，纱门上也没有锁或铁链。但她不须言传便知道那儿是孩子的禁区。蓝月亮是度假士兵和没人管的成年人的地盘。③

无疑，一旦弗兰淇踏进了"孩子的禁区"——"蓝月亮"，她便抵达了"成年人的地盘"，因此"蓝月亮"是她成长历程中的节点。从她迈出厨房的那一刻起，"蓝月亮"便是通往成人世界的一道"门槛"（threshold）。若她跨过了这道门槛，便完成了从少女（adolescent）向成人（adult）的"过渡"阶段，即"阈限仪式"。在英文中，"阈限"（liminality）一词来自拉丁文"limen"，它有"门槛"之意，而"阈限的实体是既不在此亦不在彼"④的门槛般的过渡状态。

从空间意义上说，它和厨房一样，也是一个模糊不清的中间地带，一

---

① Arnold van Gennep. *The Rites of Passage*. London and New York: Routledge, 1960, pp. 10–11.
② Arnold van Gennep. *The Rites of Passage*, p. 21.
③ 卡森·麦卡勒斯：《婚礼的成员》，第 59 页。
④ Victor Turner. *The Ritual Process: Structure and Anti-Structure*. Ithaca and New York: Cornell University Press, 1969, p. 95.

切都似是而非，摇摆不定。因此，"门槛仪式（the rites of the threshold）不是'交融'礼仪（'union' ceremonies），确切地说，而是准备交融的仪式"①。据此看来，尽管弗兰淇踏进了"蓝月亮"，但这并不意味着她做好了融入成人世界的准备。随后，在"蓝月亮"的性侵事件中，弗兰淇全力反抗，最后跌跌撞撞地逃了出来。逃离意味着"过渡"失败，最终弗兰淇没能跨过"蓝月亮"这道门槛，她退出了"成年人的地盘"，重回到个人世界。她在成长道路上的"阈限仪式"也随之匆匆结束，这为小说的结局埋下了伏笔。

综上所述，"蓝月亮"具有无法替代的空间叙事功能。对红发士兵和弗兰淇来说，"蓝月亮"具有双重含义。一方面，它影射了第二次世界大战对美国民众造成的巨大冲击，红发士兵不过是其中的一个缩影。爱德华·萨义德（Edward W. Said）认为，任何文学文本都不是自足的、封闭的，而是产生于特定的情景之中的，因而文本"也总是羁绊于境况、时间、空间和社会之中——简言之，它们是在世的，因而是现世性的"②。在小说《婚礼的成员》中，"蓝月亮"不仅是作者对战争的控诉，亦是作品对"二战"期间美国社会的现实关照，这正是这部作品的"现世性"意义。由此，小说《婚礼的成员》打破了文本的封闭性，具有了沉重的历史感。

另一方面，"蓝月亮"是主人公弗兰淇成长历程中的阈限阶段。在范热内普的"通过仪式"理论的基础上，维克多·特纳（Victor Turner）从社会、文化的角度进一步强调了阈限阶段的重要性。特纳指出："在部落社会里，介于既定文化和社会之间'非此亦非彼'的一系列过渡特征自身已变为一种制度化的状态。"③ 换言之，阈限状态是过渡到制度化、固定化状态的必经阶段。在"通过仪式"的三个阶段中，阈限阶段最不稳定，它具有动态的特质。因此，在"蓝月亮"场景中，弗兰淇始终踌躇不定，不知何去何从："她对自己说要行动起来，抬起脚离开这里，但还

---

① Arnold van Gennep. *The Rites of Passage*, pp. 20 – 21.
② 爱德华·萨义德：《世界·文本·批评家》，李自修译，生活·读书·新知三联书店2009年版，第56页。
③ Victor Turner. *The Ritual Process: Structure and Anti-Structure*, p. 107.

是站在原地"(《婚》：156)，最后她陷入了"在各种被否决的可能性纠结成的一团乱麻之中"(《婚》：156)。此刻，身处阈限阶段的弗兰淇正站在成长道路上的"门槛"处，到底是选择退回到天真的孩童世界，还是迈入复杂的成人社会？这对12岁的她来说是一道人生难题。在面对重大抉择时，她举棋不定，彷徨迷茫，而这一切均源自她对未来的恐惧。在这个意义上说，象征阈限阶段的"蓝月亮"是整个故事的高潮所在。

有鉴于此，库克对这部小说的责难之词着实偏颇。难怪，当麦卡勒斯得知同名剧本中的"蓝月亮"场景被删时，她极其愤怒，并公开宣称："如今将它删掉，这似乎是最大的背叛。"① 总之，"蓝月亮"并非败笔，而是巧思。从厨房到"蓝月亮"，麦卡勒斯通过空间转换，将私密与公众、个人体验与公共事件结合起来，从而打破了文本的封闭性，让这部小说具有了更为开放的"现世性"意义。

结　　语

我们不妨回到本文开篇对"内向性小说"一说的质疑。

在小说接近尾声时，成长受挫的弗兰淇不得不重返厨房。不过，"这已不是夏季的那间厨房，那个夏天似乎已成遥远的过去……厨房已改头换面"(《婚》：160)，一切已面目全非，此厨房非彼厨房。综观整部小说，麦卡勒斯从厨房说起，继而聚焦于厨房之外的"蓝月亮"，最后又重归厨房。在"厨房—蓝月亮—厨房"的空间叙事模式中，空间转换绝非"起点即终点"的简单循环，其中暗藏玄机。在焦点转移（由内及外，再由外向内）的过程中，"厨房场景"与"蓝月亮"这两个原本隔离、独立的场所变得浑然一体，形成了一个有机的空间整体。

行文至此，我们可以揭掉"内向性小说"的标签。在这一标签之下，小说《婚礼的成员》讲述的不仅是青春期少女的成长故事，更是在私密与公众、个人与世界之间的纷繁关系中探寻自我的艰难历程。

---

① Virginia Spencer Carr. *The Lonely Hunter*：*A Biography of Carson McCullers*，p. 340.

船长的餐桌与"亚瑟王的圆桌"：
《愚人船》中的政治美食学[①]

肖明文

　　《愚人船》是凯瑟琳·安·波特创作的唯一一部长篇小说，这部作品的篇幅很长，包含丰富的人物刻画、细节描写和场景叙述。其中最重要的场景是以船长餐桌为中心的餐厅，它暗含了自上而下的等级秩序，所有头等舱乘客在此汇合，他们之间的冲突在这里集中爆发。这部小说的一个重要主题是无处不在的压迫，它表现在种族、性别和阶层等社会维度之上，反映在文本中俯拾皆是的饮食语言、食物意象和进餐场景之中。"真理号"航船清楚地传达了它所代表的世界的压迫本质，不同层级的饮食空间和食物种类充分体现了这个微缩世界的等级秩序。在航船上，每一餐都是在规定的时间提供，通常伴有铃声提示，座位的安排透出清晰地位意识。面对强制的紧密关系以及世俗联系的缺乏，这些隔离群体的社会生活通常是闲聊的、庸俗的，甚至是粗野的。[②] 在进餐行为中，阶层身份得到协商，等级关系得以确立。坐下来享用正餐的场合直观地绘制出社会模式的秩序化，它或是处于威胁之下，或是作为自我定义和国家身份的表述。通过描绘"愚人船"上的吃喝场景，波特旨在呈现宴会所蕴含的本能欲望和国家意志的隐喻，进而揭示遮蔽这些欲望和意志的文明饰面。

一、"亚瑟王的圆桌"之戏仿

　　"真理号"航船就像一个微型王国，船长蒂勒仿佛是拥有绝对权威的

---

　　① 此文原发表于《国外文学》2019年第3期，作者肖明文，现为中山大学外国语学院副教授。
　　② Lisa Roney. "Katherine Anne Porter's *Ship of Fools*: An Interrogation of Eugenics". *Papers on Language and Literature*, 2009, 45 (1), p. 89.

国王。波特写道,"真理号"像是一个老伙计,蒂勒是一个"海上的老把式"①,这艘船"是他的真实世界,其中包含着不容置疑的权威、界限分明的等级和仔细地分成的级别特权"(《愚》:580)。权力的施展贯穿于社会体制的方方面面,"食物作为一种文化符号,衍变为一种文化性的权力策略,全面渗透到人们的日常生活之中,铺展成一张毛细血管似的微观权力网"②。在小说中,蒂勒船长至高无上的权威最直观地体现在餐桌上:"餐厅拾掇得干净而闪闪发亮。桌上都摆着鲜花,还适当地陈列着一些干净的白餐巾和餐具……船长没有出场,但是舒曼医生站在他的餐桌旁迎接船长的客人,而且向他们解释,船长的习惯是,在航行的事关重大的最初时刻是在驾驶台上进晚餐的。客人们都点点头,表示完全同意,并且感谢船长的这项把他们安全地送到海上去的繁重的工作。"(《愚》:54)与统舱用餐区的脏乱差的状况形成鲜明的对比,头等舱的餐厅环境舒适优雅,其中专门为蒂勒设立的船长餐桌代表着权力的核心区,餐厅里的等级序列以此为轴,像同心圆一样向外围扩展。船长的延时出场,既是对个人权威的展示,也是对自我品德的标榜。

波特对"真理号"上的船长餐桌的描述,意在召唤读者联想起亚瑟王及其圆桌。中世纪传奇故事的作者们往往把亚瑟王的圆桌,以及其他模仿它的世俗餐桌,视为"最后的晚餐"的继承者。③ 亚瑟王和圆桌骑士们享用的晚宴被浪漫化和理想化,"完美的筵席(the ideal feast)是社会的典范(为社会树立了典范),在慷慨的上帝面前,不同阶层顺从、和谐地聚集在一起。它呼应了无比慷慨的上帝恩赐给虔诚者的天堂秩序。耶稣曾向他的门徒们许诺,他们将在天堂中和他一起进餐"④。拜恩(Aisling

---

① 凯瑟琳·安·波特:《愚人船》,鹿金译,上海译文出版社出版2000年,第645页。后文出自同一著作的引文,将随文标出该著名称首字和引文出处页码,不再另注。

② 刘彬:《食人、食物:析〈天堂〉中的权力策略与反抗》,载《外国文学研究》2014年第1期,第81页。

③ Joanna R. Bellis. "The Dregs of Trembling, the Draught of Salvation: The Dual Symbolism of the Cup in Medieval Literature". *Journal of Medieval History*, 2011, 37(1), pp. 47–61.

④ Lars Kjær, Anthony J. Watson. "Feasts and Gifts: Sharing Food in the Middle Ages". *Journal of Medieval History*, 2011, 37(1), p. 2. 引文的最后一句话源自圣经:"叫你们在我国里,坐在我的席上吃喝。并且坐在宝座上,审判以色列十二个支派。"[《圣经·路加福音》(和合本)22章30节]

Byrne)进一步指出:"仪式为宫廷社会提供了一种途径,从而有可能将现实塑造成几乎完美的形式。正如所有的世俗完美一样,完美的筵席是规训、禁欲和不断内省的产物。它要求宫廷社区平衡炫耀与谦逊、消费与克制、骄傲与低调、权威与服侍之间的关系。"① 在整个中世纪期间,筵席似乎总是处在权威、等级、共餐、虔诚施舍和世俗奢华等概念之间的交叉处。尽管在理想的状态下,这些价值应该共存和相互加强,但事实上,最后它们之间只可能是不完美的相互妥协。共同进餐似乎消除了差异,进餐者可以分享各自的地位,但席位安排以及上菜模式的差异却强化了等级。在小说中,船长首次现身于餐桌前的场景便清晰地展现了蕴含其中的等级秩序:"进午餐的时候,船长坐在餐桌一头的主位上。"(《愚》:143)船长是这个微型宇宙的首领,因而他的席位是餐桌的主位。

然而,随着故事情节的推进,船长的真实形象逐步浮现,他完全不是亚瑟般的理想国王,而是一个虚伪的独裁者。波特通过全知视角的叙述充分展示了蒂勒自吹自擂的面孔:"'我在航行途中并不经常这么早就出现在餐桌旁,'船长说,好像他在念一篇演讲稿,'因为我所有的精力和注意力都一定要奉献给我的船上的事务……我通常不得不时时地剥夺自己跟你们愉快地同桌进餐的乐趣。不过,这是为了维护你们的安全和舒适,我才剥夺自己的乐趣的'。他告诉他们,使他们永远欠他这份情。"(《愚》:144)蒂勒就像是被叙述者操控的一个木偶人,他竭力将自己塑造成一个完美领袖的形象,但叙述者随即把他拉下神坛,变成一个十足的小丑:"他伸伸脖子,下巴从一面转到另一面,直到他的下巴颏儿上一嘟噜一嘟噜的肥肉都摆舒服;他一个个盯着他周围的客人们看,好像在期待他们的感谢似的……'我可以肯定,你们现在舒服得多了;我们不怎么挤了,而且不再有不和谐的因素……我已经把那个伪装身份混在这儿的人打发掉了;我们坐在一起的都是身份正当的人。'"(《愚》:336—337)原本在船长餐桌就餐的德国人弗赖塔格先生被驱离,理由是他娶了一位犹太女子为妻。船上的德国人几乎都是反犹主义者,他们的首领"蒂勒船长堪称是

---

① Aisling Byrne. "Arthur's Refusal to Eat: Ritual and Control in the Romance Feast". *Journal of Medieval History*, 2011, 37 (1), p.67.

执行纳粹主义基本信条的典范"①。蒂勒的种族主义行径成为他公开炫耀的资本，并冠以为公众谋福利的高尚动机。船长自吹自擂，餐桌上的人随声附和，此番场景俨然是一幅揭露宫廷君臣丑态的漫画。

波特在小说中多次刻画了船长餐桌上的食客群像，其中下面这处描写尤其生动细腻、入木三分：

> 他（蒂勒船长）闭上眼睛，张开嘴，把盛满豌豆和面包皮的浓汤的大调羹转头深深地送进他的嘴，上下唇夹紧调羹，然后把空调羹抽出来，咀嚼一下，咽下去，马上开始重复他的表演。其他的人也都把身子探出在他们的汤盆上；只有舒曼医生除外，他用一个杯子喝清汤。这段时间静悄悄，只有咕嘟咕嘟和稀里呼噜的吃喝声，人人费劲地在喝汤，身子一动也不动，只有脑袋在不规则地低下和抬起。这桌人封闭得严严实实，抵制一切不受欢迎的人，不管是敌人还是志同道合的人。人人脸上显出酒醉饭饱、心满意足的笑意，还混合着得意非凡的神情：归根结底，只有他们自己这些人了，一个别人也没有；他们是强有力的人、有特权的人、十足地道的人。他们不再觉得肚子饿得慌了，开始互相眉开眼笑，态度优美，脸上表情夸张，好像在演戏似的；他们正在举行一个小小的宴会庆祝他们重新发现的亲人关系，他们特殊亲密的、血缘的和意见一致的联系。他们认为，在那些外国人的注视下——事实上，一个也没有，甚至那些西班牙人也不在注意他们——他们建立了一个优秀的人用怎样的行为相待的范例。②

这段文字从三个层面揭示了船长餐桌上的进餐者的集体丑态：第一，船长以及头等舱的绝大多数乘客都是吃相难看的饕餮之徒；第二，他们刻意想要通过仪式化的共同进餐方式构筑一个排他性的特权团体；第三，他们的"表演"其实是没有观众的孤芳自赏行为。自古以来，筵席是一个

---

① Darlene Harbour Unrue. "Katherine Anne Porter's *Ship of Fools*: Failed Novel, Classic Satire, or Private Joke?" In: Thomas Austenfeld. *Katherine Anne Porter's Ship of Fools: New Interpretations and Transatlantic Contexts*. Denton, T. X.: University of North Texas Press, 2015, p. 217.

② 凯瑟琳·安·波特：《愚人船》，第339—340页。

测试场地:"面对世俗世界提供的最奢华的美味佳肴,真正虔诚的人和真正的贵族,和亚瑟王一样,必须学会克制自己。在筵席上大吃大喝通常被认为是下层阶级的行为,它暴露出低贱的出身。"① 可以断言,蒂勒船长丝毫不像亚瑟王,其他的食客也不像圆桌骑士。

但有一个人例外,波特赋予了他诸多优点。舒曼医生与完美的基督徒骑士珀西瓦尔(Perceval)相似:珀西瓦尔为了找到圣杯,随时愿意放弃圆桌中的享乐世界,舒曼医生在用餐时表现得克制优雅,与其他食客形成鲜明的对比。舒曼医生是小说中为数不多的得到正面描述的人物,"波特小姐显然将他刻画成小说中的智者",甚至可以说,他是"在'真理号'世界中代表最高智慧的人"②。舒曼医生是小说中第一个在出场时便有名有姓的人物,在此之前,波特都是使用描述性的语句来形容各个人物,没有道出他们的姓名。在航行结束时,舒曼医生被周围人群的罪恶刺痛,如果说他尚未完全放弃对人性的信念的话,他似乎也已经失去了对原有信念的强有力支撑。

二、肥胖、贪吃和动物性

舒曼医生的德国同胞们的罪恶主要体现于他们共有的沙文主义和种族主义立场。波特将他们表现出来的夸张的秩序感、优越感与肥胖、贪吃、酗酒等负面形象紧密结合在一起。小说中不计其数的程式化的句子揭示,德国人的典型标签是大量地、不断地进食,旅客和船务人员中的肥胖者总是在大吃大喝,"贪吃与德国人的国民性格之间的联系几乎不可能打破"③。同在头等舱的美国人特雷德韦尔太太总结出一个"糟透了的事实:最有教养的德国人吃起东西来狼吞虎咽,已经变得司空见惯了。多少世纪以来,旅行者们都注意到和提起这件事情:她自己就没有认识过一个不是

---

① Lars Kjær, Anthony J. Watson. "Feasts and Gifts: Sharing Food in the Middle Ages", p. 3.

② William L. Nance. *Katherine Anne Porter and the Art of Rejection*. Chapel Hill: University of North Carolina Press, 1964, p. 200.

③ Waldemar Zacharasiewicz. *Images of Germany in American Literature*. Iowa City: University of Iowa Press, 2007, p. 135.

饕餮之徒的德国人"(《愚》：192)。在"真理号"航船上，特雷德韦尔太太终于遇到一个例外。通过描写用餐行为，波特凸显了舒曼医生与他的德国同胞们之间的鲜明反差："他们畅开好得惊人的胃口，迫不及待地大嚼那些大块的德国菜……时不时地停下来擦擦他们塞满了食物的嘴，默不作声地互相点点头。舒曼医生带着节制饮食之人的克制态度吃着，那样的人几乎不记得上一回肚子真正饿过是什么时候。客人们一边吃喝，一边钦佩地向他瞟上一眼。这是他们可以看到的最高层次的、教养优秀的德国人，他的富于人情味的职业尊严更为他增添了光彩。"(《愚》：55—56)舒曼医生在用餐礼仪方面的与众不同，呼应了他在道德和信仰层面的卓尔不群。

  波特对于贪吃与节制的看法可以追溯到基督教开始兴起的时代。在古代西方世界，贪吃者被认为会不可避免地威胁到社会的稳定和福祉。贪吃的行为总是受到谴责，因为它破坏了节制和理性的社会价值，甚至颠覆了关于人的定义。贪吃被视为不道德的行为，它常与非理性、疾病、死亡和动物性联系在一起；节制则正好相反，它意味着理性、健康和人性。① 波特对肥胖贪吃的德国人予以尖酸的讽刺，其中对胡腾夫妇的嘲讽最为刺骨。早在航程开启前，胡腾夫妇在墨西哥港口的吃喝场景便已经给读者留下深刻印象：他们身材肥胖，他们的狗也肥胖圆滚；他们吃个不停，狗也吃个不停。这样的刻画意在暗示，胡腾夫妇和狗一样，耽于身体需求的满足。与胡腾夫妇形成强烈对照的是广场上饥肠辘辘的乞丐，他们的生活状况连富人的狗都不如。波特描绘的富人的麻木不仁，类似于狄更斯所批判的"波德斯纳普做派"（Podsnappy）。在《我们共同的朋友》中，有钱人波德斯纳普饱餐之后，站在炉前地毯上，听说刚有五六个人饿死街头，他的第一反应是"我不相信"。对于穷人饿死之类的事情，他惯常的回答是："我不想知道，也不愿谈，更不会承认！"波德斯纳普代表了一种时代态度，狄更斯称之为"波德斯纳普做派"。这种日渐成风的冷漠态度令

---

① Susan E. Hill. *The Meaning of Gluttony and the Fat Body in the Ancient World*. Santa Barbara: Praeger, 2011, pp. 10–17.

狄更斯义愤填膺，他对此进行了猛烈的批判。① 波特通过颠倒人与狗之间的关系来取得反讽效果：胡腾夫妇对他们的狗比对其他人表现出更多的人性；富人的狗被当成人而穷人却被当成狗来对待。航行之初，胡腾夫妇的狗（取名为贝贝，即婴儿、宝贝之意）因晕船而进食不正常，胡腾太太为了照顾它而不去吃晚餐。胡腾教授假惺惺地提出由他来守护贝贝，妻子去用餐。胡腾教授自欺欺人地说，少吃一顿饭是小事一桩，还冠冕堂皇地提供了关于人可以多长时间不进食的可靠依据："一个人只少吃一餐，是不会挨饿的；他只是觉得肚子里有一点儿空，那倒并不总是最大的不幸。事实上，人可能四十天不进食品；我们现在已经用科学证实了《圣经》中的话。"②（《愚》：49）在给自己树立了一个崇高形象之后，胡腾教授立刻转变话锋，提出进食晚餐的两个选项，它们的交集是他将不会错过这顿晚餐，只是进食不同层级的晚餐而已。对于胡腾教授而言，每一顿饭都不可缺少。他最后成功说服妻子跟他一起前往餐厅共进晚餐，把狗留在房间。透过这个细节刻画，胡腾教授贪吃和虚伪的个性暴露无遗。

　　肥胖的事务长是小说中的另一个饕餮之徒，他的形象看上去最为怪诞："事务长靠在他深陷的椅子里，在吃一大块他从餐桌上带出来的香酥糕，他临走的时候，虽然自知不对，却捞了第三块。他是个大胖子，而且总是越来越胖；饥饿却白天黑夜地折磨着他的五脏六腑。他看到里贝尔先生从外面盯着看的时候，做了个动作把糕藏在纸底下，接着想出一个更好的办法，把整块糕塞进嘴去……他冒火地说，一边吹掉香酥糕屑，给那口糕噎住了……他感到营养不足，为他的糕惋惜。"（《愚》：342—343）在早期的神学著作中，贪吃不但是一宗罪恶，而且是最大的罪恶之一，与堕落和道德败坏联系在一起，成为一种导致其他罪恶的罪。圣奥古斯丁提出，贪吃导致谄媚。③ 事务长正是一位阿谀谄媚者，他竭力奉承船长，为的是能够获得邀请，坐到丰盛美味的餐桌旁。波特暗示，事务长不是生理上的营养不足，他饥肠辘辘的状态影射了他精神上的营养不良。

---

① 乔修峰：《狄更斯写吃喝的伦理诉求》，载《山东外语教学》2009 年第 5 期，第 83 页。
② 此处暗指拉撒路在坟墓中被埋了 4 天之后复活，典出《圣经·新约·约翰福音》第 11 章，但是胡腾教授有意地或无知地把 4 天更改成了 40 天。
③ 弗朗辛·珀丝：《贪吃》，李玉瑶译，生活·读书·新知三联书店 2007 年版，第 28 页。

船长的餐桌与"亚瑟王的圆桌":《愚人船》中的政治美食学

小说中的肥胖者总是被类比为动物,意在凸显他们巨大的食欲。史宾斯(Jon Spence)指出:"凯瑟琳·安·波特借用传统的讽刺方式,找出她的人物身上最令人厌恶的特征,将它们与动物联系在一起。她通过使用动物意象来思考近似于中世纪等级化的世界秩序观,在这种观念中,人失去恩宠的状态表现在他身上散发出的低级生命形式的特点。"① 动物形象影射了人性的扭曲,它将人降低到动物的层级。小说中多次用猪的形象来形容贪吃的德国人。例如,里贝尔先生"是个矮矮的胖男人,粉红色皮肤,长着个猪鼻子"(《愚》:15);"这个肥猪似的事务长"(《愚》:490);弗赖塔格当着特雷德韦尔太太的面大骂船长:"他不但是头猪,而且是头最恶劣的猪,沾沾自喜的猪,他培养和喜爱他自己的猪秽性格;他吹嘘他的猪猡性格,他大吃大喝,狼吞虎咽,像一头猪;他简直已经变成了一头猪,他要是四只脚爬的话,看起来要好得多,而且会更舒服。"(《愚》:350—351)中世纪的神学家通常认为,猪是代表着贪吃之罪的动物,当一个人为贪吃所役,举止行事与猪一模一样,人类的天性和道德责任便会丧失。②

小说中暴饮暴食的德国人形象化再现了七宗罪之一的贪吃。在中世纪的道德剧中,刻画这种人物形象是为了宣扬道德训条。波特在她的漫画式人物塑造中吸收了中世纪的象征主义手法,将贪吃和肥胖用作她的讽刺性漫画形象的典型特征。这种文学手法招致不少批评,有人指责她"再现而不是展现德国人……他们是想象的人物和类型,而不是活生生的人"③。甚至有论者认为,波特不但放任她对德国人的仇恨,而且显露出她厌恶人类的立场,因为她总是"有意引导读者对那些傲慢、种族主义、粗俗或耽酒狂的(dipsomaniac)人物产生憎恶情绪"④。事实上,波特的确对德国人充满强烈的情绪化偏见。她曾坦言,在刻画德国人的形象时,"我不

---

① Jon Spence. "Looking-Glass Reflections: Satirical Elements in *Ship of Fools*". *Sewanee Review*, 1974, 82 (2), p.316.
② 弗朗辛·珀丝:《贪吃》,第36页。
③ Myron M. Liberman. *Katherine Anne Porter's Fiction*. Detroit: Wayne State University Press, 1971, p.36.
④ Zacharasiewicz. *Images of Germany in American Literature*, p.133.

能假装客观"①。受此主观意识的引导,波特在小说中塑造的这些类型化的德国男性人物往往令人憎恶,不仅因为他们的贪吃特性,更因为他们的男权主义和种族主义做派。

三、餐桌上的国家身份与强权政治

饮食不仅是个人身份的基础,也是集体身份和他者性的基础。人们标记一个民族或群体往往是通过它吃的是什么或想象它吃什么,尽管这种做法有时暗含讽刺或厌恶。例如,对法国人来说,意大利人是"通心粉",英国人是"烤牛肉",比利时人是"炸薯条食客";英国人称法国人为"青蛙";美国人称德国人为"泡菜"(Kraut)。② 在《牛排与薯条》一文中,罗兰·巴特重点讨论了食物与国家身份之间的关系。他指出,牛排是法国人餐桌上最重要的菜肴,"出现在所有的餐饮场所:在便宜的餐馆,它是扁平状,边上呈金黄色,像鞋底;在酒馆,它肥厚多汁;在高档餐厅,它呈立体状,内核松软,外部轻微有些烧焦"③。牛排在法国是民族化的食物,是国家的隐喻。牛排作为国家的象征符号是经由几代人建构而成的,尤其是在法国历史上的艰难时期。在战争年代,法国牛排"变成爱国主义价值观的标志,帮助法国人在战争中崛起,它甚至内化为法国士兵的肉体,此不可分割的财产如果落到敌人那里就等同于叛国罪"④。"二战"期间,可口可乐对美国士兵来说也大体如此,它成为美利坚价值观

---

① Joan Givner. *Katherine Anne Porter: A Life*. New York: Simon and Schuster, 1982, p. 351. 波特并不只是在她唯一的长篇小说中对德国人加以负面描绘;关于她在短篇小说《假日》和中篇小说《斜塔》中对德国形象的刻画,参见 Diana Hinze. "Texas and Berlin: Images of Germany in Katherine Anne Porter's Prose". *Southern Literary Journal*, 1991, 24 (1), pp. 77 – 87。另外,也并不是只有波特一人在文学作品中经常穿插有关德国人贪吃的贬损评论,为数不少的德国以外的作家将这个恶习作为德国人的标签。参见 Thomas Carl Austenfeld. *American Women Writers and the Nazis: Ethics and Politics in Boyle, Porter, Stafford, and Hellman*. Charlottesville: University Press of Virginia, 2001, p. 36。

② Claude Fischler. "Food, Self and Identity". *Social Science Information*, 1988, 27 (2), p. 280.

③ Roland Barthes. "Steak and Chips". In: Annette Lavers. *Mythologies*. London: Paladin, 1972, p. 62.

④ Roland Barthes. "Steak and Chips", p. 62.

的象征。

《愚人船》中的"真理号"是一艘德国轮船，全体船员以及头等舱的大多数乘客都是德国人。船上的德国人对祖国充满情绪化的骄傲，他们强烈的爱国主义外显于他们共同建构和维护德国饮食优越性的行动之中。里贝尔先生是一个极端的民族主义者，他对德国酒和德国菜推崇备至。在航船出发后的第一次正式餐宴上，里贝尔先生便提议，"请允许他请客，向全桌人士敬酒，作为一个良好的开头。其他的人无不万分乐意接受。酒端上来了，是尼尔斯泰因真正的名牌多姆塔尔半干白葡萄酒，在墨西哥很难找到，找到了价钱也很贵，他们全都对它很想念，很喜欢，德国的美妙、优良、正宗的白葡萄酒，跟鲜花一样清香。他们闻着手中的冰凉的高脚玻璃杯，他们的眼睛湿润了，他们互相满脸笑意地看着"（《愚》：55）。人类通过味觉、口感等生理反应实践着社会意义上的文化认同。正如菲尔德豪斯（Paul Fieldhouse）所言，"共同的饮食习惯构成一种归属感，它们确认和维护文化身份"①。餐宴并不仅仅是享受美食和愉快交谈，它定义着食客们组成的世界，包括他们的社会身份、地位和特权。

食物和宴会是集体归属感的核心组成部分。无论是在餐厅还是在酒吧，船上的德国人都一致选择德国酿造的酒，并且不遗余力地在其他国家的旅客面前加以吹捧。船长派人送给女伯爵（西班牙人）两瓶冰镇的、有气泡的白葡萄酒，并附上一封献殷勤的短信："亲爱的夫人：我们不再用'香槟酒'这个词儿，说真的，也不再喝那种徒有虚名的酒。所以我乐于奉告，这份薄礼不是法国货，而只是出产于一个品种纯正的德国葡萄园的上好的绍姆魏因酒，送酒的人真挚地希望它在黄昏时可以带给你愉快的精神和生活的乐趣。"（《愚》：322）无独有偶，事务长也在特雷德韦尔太太（美国人）面前夸赞绍姆魏因酒："我们德国人……在那次战争以后不再容许用香槟这个词儿来称呼我们德国的冒气泡的酒——我们不希望这

---

① Paul Fieldhouse. *Food and Nutrition: Customs and Culture*. London: Chapman & Hall, 1995, p. 76.

么做。① 不过，要是你允许我向你提供一瓶我们的上好的绍姆魏因酒的话，我会高兴的。我自己把这种酒跟质量最好的香当或者克利科做过多年比较，没法分出有什么区别。"(《愚》：575)事务长竭力在美国女士面前吹捧德国的美酒，参照物是法国的两款世界名酒：香当（Moet Chandon）是法国埃佩尔内地区酿造的一种著名香槟酒，克利科（Veuve Clicquot）是法国波尔多地区酿造的一种有泡沫的葡萄酒。

"真理号"航船上的德国人执意贬低法国葡萄酒而抬高本国葡萄酒的行为，潜藏着深层次的"集体无意识"，需要放置在当时的历史背景中加以考察。在西方甚至在全世界，葡萄酒长期以来被视为法国的国家符号之一。法国人自豪地认为，葡萄酒是法国献给世界的礼物，他们竭力将葡萄酒融入于法国人的自我形象之中。不过，法国人把葡萄酒"注入"法兰西民族身份也经历了一个长期的"协商"（negotiating）过程。② 柯林·盖（Kolleen M. Guy）在《香槟变成法国酒之时：葡萄酒与国家身份塑造》一书中追溯了从1850年到1914年间，葡萄酒是如何由区域性饮品发展成为"国家珍宝"的。③ 罗兰·巴特也曾声称："法兰西民族将葡萄酒视作它自己的财产，就像它的360种奶酪和它的文化一样。葡萄酒是一种具有图腾意义的饮品。"④

将葡萄酒与国家身份关联起来，这种做法并不是法国独有。匈牙利人将本国最著名的葡萄酒托卡伊（Tokaji）写入国歌，充分彰显了葡萄酒在

---

① 事实上，并不是德国人主观上不希望使用"香槟"这个词，而是在法律上他们不被允许使用这个词。有关国际法律，例如1891年签订的《马德里协定》、"一战"后签订的《凡尔赛条约》，对"香槟"的标注作出了严格的规定，明确阐述了它只适用于以下情形：在法国的香槟地区，选用特定的葡萄品种，依照特定的酿造工艺生产而成的气泡酒。小说中还有一个波特有意安排的细节，弗赖塔格的妻子名叫玛丽·尚帕（Mary Champagne），她的姓与香槟酒是同一个单词。她是犹太人，随处受到德国人的排斥，就像香槟酒被德国人排斥一样。

② Kolleen M. Guy. "Wine, Work, and Wealth: Class Relations and Modernization in the Champagne Wine Industry, 1870—1914". *Business and Economic History*, 1997, 26 (2), p. 303.

③ Kolleen M. Guy. *When Champagne Became French: Wine and the Making of National Identity*. Baltimore: Johns Hopkins University Press, 2003, pp. 1-9.

④ Roland Barthes. "Wine and Milk". In: Annette Lavers. *Mythologies*. London: Paladin, 1972, p. 58.

民族和国家层面的重要意义。① 1930 年，德国制定了一部全国性的法律来保护葡萄酒的品质。这部法律禁止将德国和外国的葡萄酒混合在一起，严禁混用不同种类的葡萄作为酿酒原料，对加糖法（chaptalization）加以严格管制（在此之前，大多数酿酒者惯用加糖法，以提高酒精度和延长发酵期）。② 值得特别注意的是，匈牙利和德国在"二战"时期同属于轴心国阵营，这两个国家（尤其是德国）在 20 世纪 30 年代大力发展葡萄酒产业，除了经济和市场因素之外，政治和军事因素甚至占据更加重要的位置。

弗格森在《烹饪国家主义》（*Culinary Nationalism*）一文中，以法国为例阐述了食谱如何彰显和表达国家身份。在西方，法国烹饪享有盛誉，堪称美食的典范，成为法国文化、传统、历史和国家身份的代名词。法国是名副其实的"美食王国"，法国人成功地将"法国的食物"（food in France）改造成"法国食物"（French food），通过"润物细无声"的方式，将食物转化为国家身份的表达和强化。③ 弗格森阐述的"烹饪国家主义"与另一个概念具有相通之处。"饮食国家主义"（gastronationalism）一词是米歇拉·德苏西（Michaela DeSoucey）创造的，意指作为政治建构的食物被用于标记民族文化身份。食物不仅包含特定的原材料和菜肴、烹饪和食用方法，还包括相关的规约、习俗和价值观。民族食物被视为民族遗产和文化的一部分，必须得到国家的保护，从而免于遭受其他民族的质疑和挑战。根据德苏西的定义，饮食国家主义是"表达主张的形式和集体身份的事业，它反映和呼应了本土饮食文化升华为民族主义大业的政治影响。它预设对一个国家的饮食习俗进行（象征的或其他形式的）攻击意味着对其遗产和文化的攻击，而不仅仅是攻击具体食物本身"④。

西方"美食教父"布里亚－萨瓦兰曾断言："吃饱喝足之后，人更容

---

① Steve Charters. *Wine and Society: The Social and Cultural Context of a Drink*. Oxford: Elsevier, 2006, p. 64.
② Steve Charters. *Wine and Society: The Social and Cultural Context of a Drink*, p. 40.
③ Priscilla Parkhurst Ferguson. "Culinary Nationalism". *Gastronomica*, 2010, 10 (1), pp. 102 – 109.
④ Michaela DeSoucey. "Gastronationalism: Food Traditions and Authenticity Politics in the European Union". *American Sociological Review*, 2010, 75 (3), p. 433.

易产生同感,接受影响,这便是政治美食学(Political Gastronomy)的起源。饭菜已变成了治国的手段,许多国家的命运就是在宴会上决定的。"①在"真理号"航船上,以船长和事务长为代表的德国人极力吹捧本国的绍姆魏因酒,贬抑法国的香当和克利科等知名品牌的葡萄酒。这种集体努力一方面旨在通过食物来构建德国的国家身份,另一方面通过拒斥法国葡萄酒来攻击法国文化。他们的言语行动反映了德国人谋求饮食霸权的企图,映射出20世纪30年代德国在军事、政治和文化上称霸全球的野心。

结 语

食物,既是日常生活的,也是政治文化的。摆放在餐桌上的不仅是单纯的滋养物质,更是复杂的社会意义。食物可以看作是文本,包含多种多样的隐喻,充满象征或标志性的寓意。进而言之,食物和文学都是"国家寓言"的重要组成部分。正如弗格森所言,"我们如何对待、思考和使用食物,从本质上揭示出我们是谁,即作为个体和群体的身份属性"②。"二战"前夕,德意志民族主义者竭力将饮食习俗与国家身份糅合在一起,企图通过饮食话语建构起一个"想象共同体"。这套彰显德意志特性的"饮食符号体系"强调对德国传统的绝对忠诚,内化在德国人的饮食语言和行动之中,成为力量强大的"集体无意识"。《愚人船》所刻画的"真理号"航船是一个微型世界,以船长蒂勒为首的德国人在饮食实践上映射了当时德国的意识形态导向。他们自我想象为亚瑟王和圆桌骑士,实则是一群肥胖纵欲的饕餮。波特通过戏仿亚瑟王及其圆桌骑士的传奇故事,生动刻画了德国种族主义者的吃喝丑态,深刻揭露了"德意志帝国"的饮食国家主义和强权政治。

---

① 布里亚-萨瓦兰:《厨房里的哲学家》,敦一夫、付丽娜译,百花文艺出版社2005年版,第35页。

② Priscilla Parkhurst Ferguson. *Accounting for Taste: The Triumph of French Cuisine*. Chicago: The University of Chicago Press, 2006, p. 16.

"胃口的政治"：美国华裔与非裔文学的
互文性阅读[①]

陆 薇

凡是读过当代美国华裔文学和非裔文学的人大多都会有这样的记忆，那就是几乎每部作品中都对"吃"这样一个日常生活中最简单的行为有过或详或略但却都意味深长的描述。这些描述之所以意味深长，是因为它们早就超出了事物的表层意义，带给读者的是意识形态领域中"胃口的政治"。[②] 而胃口在这里是一种受文化约束、表达社会关系的代码，它既象征着主体（人）与客体（食物）之间的关系，又是"自我"与"世界"间的桥梁。本文试图以几部美国华裔文学作品和非裔女作家托妮·莫里森的几部小说为文本，通过探讨其中"吃"作为种族、性别与文化的代码在相对单一、独立的两种少数民族文学中的互文性（intertextuality），说明"吃"所反映的是西方新的文化殖民、霸权主义对美国少数族裔最深层的心理侵略，并指出"吃"也同样传达了少数民族反殖民与反侵略的文化主张。这里涉及的作品包括黄玉雪（Jade Snow Wong）的自传体小说《华女阿五》（*Fifth Chinese Daughter*）、谭恩美的《喜福会》、赵建秀（Frank Chin）的剧本《龙年》（*The Year of the Dragon*）和托妮·莫里森（Toni Morrison）的《最蓝的眼睛》《秀拉》与《所罗门之歌》三部小说。

美国非裔文学与华裔文学一样，都是在 20 世纪 60 年代民权运动、妇

[①] 此文原发表于《国外文学》2001 年第 3 期，作者陆薇，现为北京语言大学外国语学部教授。

[②] Emma Parker. "'Apple Pie' Ideology and the Politics of Appetite in the Novels of Toni Morrison". *Contemporary Literature*, 1998, 39 (4), p.614.

女解放运动和学生运动等推动下蓬勃发展起来的。① 在最近的几十年里，两种文学都以各自特有的发展轨迹取得了骄人的成绩——莫里森成为第一位获得诺贝尔文学奖的黑人女作家，而汤亭亭、谭恩美、赵建秀等华裔作家也在各自的创作领域获得了各种荣誉。② 但是，作为少数民族，华裔与非裔同处边缘地位，同在政治、经济、种族等各方面受到歧视与排斥，又都游移于两种文化和背景之中，艰难地寻求着属于他们自己的独特文化身份。因此，在美国主流社会中，他们都深感压抑，而这压抑则常常表现为强烈的饥饿（渴）感。它既反映在物质的层面，而又更多地反映在感情与精神的层面，成为少数民族文学作品中的一个共同的主题。在以上作品中，我们几乎可以寻找到同样的轨迹——两种文学中都有从被神化了的主流社会价值所主宰到自我贬低、自我抹杀，再到最终被吞噬的悲剧过程。对同化、得到主流承认的渴望使得他们用比白人更苛刻的标准来约束自己，这种殖民主义内置（internalization）倾向在两种美国少数民族文学中有着很强的互文性，成为后殖民批评的一项重要内容。与此同时，在这些作品中，我们也看到了以"吃"为代表的少数民族的一种另类生活方式和由此带来的希望：一些作家通过模仿、戏拟白人对本民族脸谱化的曲解来解构它的危害性，唤起人们对民族文化传统清醒、理智的认识，并呼唤人性的回归。在这一点上，两种文学更是异曲同工，它们互为注释，互为印证。在这里，本文旨在通过对以上文本的阅读，解读其中"吃"与所吃食物的隐喻，揭示美国少数民族在"胃口的政治"上表现出来的一些共同的问题，即"吃"与种族、"吃"与性别、"吃"与文化之间的关系，并指出两个不同族裔的作家们殊途同归地用"吃"的隐喻解构、颠覆主流话语的策略。

首先，让我们以托妮·莫里森的小说为例。在她的小说中，许多被压迫、被剥削的黑人形象是以饥饿（渴）为特征的。莫里森曾明确说过：

---

① Sau-ling Cynthia Wong. *Reading Asian American Literature*: *From Necessity to Extravagance*. Princeton, N. J.: Princeton University Press, 1993, p. 3.

② S. E. Solberg. "Asian American Literature". In: George J. Leonard. *The Asian Pacific American Heritage*: *A Companion to Literature and Arts*. New York and London: Garland Publishing, Inc., 1999, p. 413.

"我认为黑人作家所面对的是一种永远无法消除的饥饿与不安。"① 因此,在她的很多部小说中饥饿都是明显的主题。例如她的早期作品《最蓝的眼睛》是一部反映占主导地位的白人中产阶级的审美标准与价值观念在黑人女性身份确定上带来毁灭性伤害的小说,而这个主题最直接地反映在身份的确定取决于"吃什么"这一点上。小说的女主人公黑人姑娘佩科拉从小就被灌输了一种观念,即因为她穷、她丑、她是黑人,所以她就一钱不值。为了让别人接受自己,也为了让自己接受自己,她一生的渴望就是有朝一日变成白人。她每夜向上帝祈祷,想拥有一双"最蓝色的眼睛",认为那样她就会变得美丽、幸福。在不知不觉之中,她迷恋上了一只上面印有白人童星秀兰·邓波儿照片的杯子,同时也迷恋上了杯子里的牛奶。她疯狂地崇拜由邓波儿代表的金发碧眼的白人审美理想,她那强烈的自卑体现在她无尽的饥渴与空虚感上。为了找到生活的意义,充实自己,她贪婪地吸吮着白人的价值观念——由于对印有秀兰·邓波儿照片的杯子的迷恋,她一杯接一杯地狂饮杯中的牛奶;又由于羡慕糖纸上漂亮的白人小女孩的形象,她大把大把地吃下"玛丽·珍妮"糖果。她天真地以为吃下、喝下这些食物,她就可以变成这些食物所代表、宣扬的那种人。事实上,她在这样做的同时,吞下的是"白人即正确"(White is right)的错误观念,而正是这个错误观念最终使她走向了疯狂。用香港学者叶维廉的话说,这是"无形的殖民文化",是"合理化了的癫狂"。② 而当杂货店的老板拒绝卖糖给佩科拉时,他也不仅仅是拒绝提供服务,而是从根本上否认她的这种消费权利,甚至否认她的生存权利。由此"吃"的深层意义就显得非常突出了,它远不仅是维持生命的行为,而更是决定一个人身份,甚至是决定一个种族身份的方式了。

同样,在美国华裔作家谭恩美的小说《喜福会》中,由华人女性的双重边缘地位所带来的自我怀疑、自我贬低、自我毁灭的倾向也在很大程度上反映在"吃"与食物的意象上。这与非裔文学形成了很强的对应性。

---

① Toni Morrison. "An Interview with Toni Morrison". *Contemporary Literature*, 1983, 24 (4), p. 429.

② 叶维廉:《殖民主义·文化工业与消费欲望》,见张京媛主编《后殖民理论与文化批评》,北京大学出版社1999年版,第368、387页。

例如，当莉娜渴望得到她的白人男友哈罗德的爱情时，她"每听到'别的女人'这些字眼时都从胃里泛起一阵阵恐惧，因为她可以想象出成千上百个爱他的女人都渴望着给他买早饭、中饭、晚饭，目的就是要感受他呼在她们身上的气息"①。为了与这些源于自卑而产生的"假想敌"抗衡，莉娜从与男友约会的第一天起就坚持与他各付各的账单，甚至还付掉全部费用，尽管有时她点的只是一个沙拉。② 在提供了创意、鼓励丈夫组建了自己的公司并且生意不断兴旺发达之后，她忍受了许许多多的不公正待遇：全公司除她之外人人都提职加薪，共同创业之后丈夫当经理她当助手，丈夫拿7倍于她的薪水而家用还是他俩各付一半。然而，她痛苦地发现物质、金钱甚至人格上的忍让都没有给她带来爱情与幸福。这种用购买食物来换取爱情的做法在本质上与佩科拉用喝牛奶与吃糖果的方式企图得到别人承认的做法没有任何区别。为男人（白人）买饭、做饭在这里已经成为少数族裔女性获取白人男性爱情的手段。然而，这只是这些女性心理上的幻觉，她们只是不愿承认这样的现实：没有真正平等的爱情是可以用物质或讨好的姿态买来的。一味地认同主流文化、不惜牺牲自己与民族的利益的做法不仅无法拯救少数民族的命运，相反还会给她们带来更大的伤害。莉娜与哈罗德婚姻的失败就是最好的证明。

　　仔细阅读美国少数民族的文学作品，我们会发现食物与性还有着更为密切的关系：女性不仅渴望通过满足男性的胃口来换取他们的爱情，有时她们就连自身也成了父权、夫权社会中男性的"食物"。正如人把征服猎物、获取食物当作征服世界的象征一样，男人把猎获女人视为成功的标志，认为征服了女人就能成为真正的男人。尤其是对无法改变外界的歧视、压迫与排斥的弱势民族的男性而言，把自己的女人当作替罪羊来牺牲，这恐怕是他们宣泄和取得心理平衡的最好方法了。莫里森的小说《秀拉》中的女主人公秀拉与奈尔年轻时就注意到，男人——无论是黑人还是白人——都是把她们当作可吃的食物来看待的。当她们走进冰激凌店

---

① Amy Tan. *Joy Luck Club*. New York: Ivy Books, 1989, p. 169.

② Amy Tan. *Joy Luck Club*, p. 168.

时，男人边看她们边想着的是"猪肉"。① 她们被吞没在男人贪婪、饥饿的目光里。女性之间的友谊让奈尔感到"清新、柔和、鲜润"②，而男性——她的丈夫则让她感到像"一团糨糊"，失去了健康、自信和活力。婚后的奈尔把自己的身份建立在了丈夫身上，但当丈夫移情别恋、离她而去时，莫里森这样描述了她的感受："这是一种爱，它就像一块在锅里烤得太久的糖饼，被火烤干了水分，剩下的只有一丝味道和一片再也铲不起来的硬壳儿。"③ 把信心与生活建立在男性身上的女性命运都是一样的，这就犹如失去了自身文化传统、把自己的身份建立在主流话语所设定的价值观上的少数民族，其结果只能是自我毁灭。

毋庸置疑，美国的少数民族与白人一样，心中的梦想都是要在这片新大陆上取得成功，实现其"美国梦"。但是，要实现这个梦想，少数民族付出的努力要比白人多得多。为了在主流社会争得一片立足之地，建立自己既不是美国人又不是华人或非洲人，而是在这种特定环境下不同于任何一方的、独特的亚裔或非裔美国人的身份，他们既把本民族的传统文化当成卸之不去的包袱，急于与之决裂，又渴望从中挑选其有民族特色、不同于西方文化的东西来吸引主流社会的目光，赢得重视，从而为自己的身份增加砝码。这种矛盾心态也不无例外地表现在"吃"上。黄玉雪的自传体小说《华女阿五》便是这样的一例。

《华女阿五》第一次出版于1945年，它描写的是20世纪二三十年代华人在美国西海岸谋生的奋斗历程，也几乎是第一次旅游手册般地正面向西方读者介绍了旧金山华埠的生活场景，较全面、客观地展现了中华文化（如书中详细介绍了华人过春节、过中秋节、婚丧嫁娶及移坟等习俗，特别是对中餐的原料、制作过程和食用方法等方方面面都做了详尽的介绍）。此书为正面树立华人形象、沟通东西方文化起到了积极作用（此书出版后，美国政府为了表彰作者的贡献，曾邀请她访问亚洲各国，以增进相互的了解）。但是，即使在这么一部广告般的、旨在为美国主流社会唱

---

① Toni Morrison. *Sula*. New York: Knopf, 1993, p. 56.
② Toni Morrison. *Sula*, p. 98.
③ Toni Morrison. *Sula*, p. 165.

赞歌的作品中，我们还是能够从"吃"的代码中嗅到文化霸权与侵略的味道。在该书第十八章"学无止境"中，玉雪为了挣学费住在系主任家里帮工做家务。这样，她就有了与白人同学聚会和宴请主流社会音乐家的机会。利用这些机会她大展中餐厨艺，并以这两次东方美食展览博得了同学们和所有客人的一致好评。作者不惜花费大量篇幅详尽地描写了中国饮食的各个层面，东方色彩和异国情调十足。这为她这个在贵族私立女子学院罕见的靠助学金和打工上学的亚裔穷学生增添了信心（靠"吃"得来的信心！）。她因此在学业上取得了突飞猛进的进步，感到"第一次扮演了女主人的重要角色"。然而，这成功的范例中明显地掺杂着巴结、讨好的味道。特别是当我们回头重读这一章开头的一段时，这一点就更加耐人寻味了："住在这座房子里的有一对名叫普普里和帕帕里的西班牙长耳狗，一只叫贝西的黑猫，还有玉雪。他们同住在这里，共同享受着系主任的仁慈与呵护。"① 在这里，玉雪这个交不起学费的穷亚裔学生只不过是被收留的宠物之一，她的地位与猫和狗没什么两样。她得到学校经济上的帮助只是因为一位白人教授"对东方人有着毕生的兴趣"②。这个少数民族力争上游并最终获得成功的故事被一些以赵建秀（Frank Chin）为首的美国华裔作家、评论家指责为"为迎合白人口味而出卖本民族文化"，这种指责从某种程度上看是不无道理的。

被称为"70年代美国华裔文学运动的教父"和"唐人街牛仔"的赵建秀曾给这种文化出卖做过一个形象的比喻，他把这称之为"色情饮食"（food pornography）行为。③ 从经济的角度讲，这指的是利用本民族在饮食方式上与西方的不同，即所谓的"异国情调"来吸引游客或食客，在西方人面前讨一份生计的做法；从文化的层面上来说，是自我印证业已存在的文化差异，夸大其"他者性"，用以在白人统治的社会体系之内争得一块立足之地。这种与主流的不融合被奇特地接受，并得到了鼓励，因为

---

① Jade Snow Wong. *Fifth Chinese Daughter*. Seattle and London：University of Washington Press，1997，p. 156.
② Jade Snow Wong. *Fifth Chinese Daughter*，p. 147.
③ Sau-ling Cynthia Wong. *Reading Asian American Literature*：*From Necessity to Extravagance*，p. 55.

正如著名美国亚裔问题学者王秀玲（Sau-ling Cynthia Wong）曾尖锐地指出："这是有意识的不同化，是极有选择性和阶段性的，目的是讨好主流，并非威胁主流……是去除了有害成分、政治色彩，纯粹为娱乐消遣而提供的货色。"① 在没有任何威胁的前提下，"色情饮食"反而强化了主流对少数民族脸谱化的认识，使他们觉得东方文化越是异样、野蛮，就越具冒险性和挑战性，他们也就越可以高枕无忧地陶醉于自己的文化优越感中。而面对这种心态，华裔的反应犹如走钢丝一般，在新奇与乏味、安全与风险之间艰难行进，其难度不亚于在白人社会中取得并保持合法身份所付出的巨大努力。当我们阅读赵建秀的《龙年》——这部在纽约百老汇上演的为数不多但非常轰动的华裔剧作时，我们就不难发现，以下的段落几乎是信手拈来的例子：唐人街华人导游正在对白人游客做一次中国"食文化"的介绍。作者那有意的戏拟与反讽的语气充分传递了他对此类行为无情的揭露与批判：

想知道在唐人街的什么地方吃一顿吗？让我来告诉你吧。
……

我这就告诉你们。唐人街有99家餐馆和杂碎店。我每家都吃过。我可以告诉你们，那都是真的，你们听到的那一切……
广东的甜酸汤能直下你的阴囊，
北京的烤鸭能让你做出三维的梦，
上海的肉丁菜不但能解酒，还能把你的智商提高6个点！
还有那无所不能的花生油炸的东西，
它能调动起你的每根神经，
从中枢神经到每个指尖……在唐人街你花两块五毛钱就什么都能吃到。②

---

① Sau-ling Cynthia Wong. *Reading Asian American Literature: From Necessity to Extravagance*, p. 69.
② Frank Chin. *"The Chickencoop Chinaman" and "The Year of the Dragon": Two Plays*. Seattle: University of Washington Press, 1981, p. 77.

在如此引导之下，游客（读者、观众）的反应就自然而然地沿着四个步骤走下去：刺激—探险—征服—满足。这样一来，唐人街之行就成了一次小型的东方之行，而在大多数没到过中国的游客的想象中，中国无非也就是一个更大的唐人街而已。西方游客的猎奇心由此得到了充分的满足。然而，读者（观众）在被搬上舞台、夸大了的表演中所品味到的却是作家所揭露的掩藏在所谓的"食文化"背后的文化霸权与侵略。这样，"胃口政治"的反侵略意图也就在剧作家的戏拟之中得到了实现。

无独有偶，非裔作家也有用"吃"的行为解构西方文化霸权与侵略的做法。《所罗门之歌》中的姑母派拉特（英文为 Pilate，意为领航员）就为她的黑人同胞树立了一个不同于主流的另类生活模式。同样，她也用"吃"的不同方式颠覆着强加于少数民族并贬低、抹杀着他们的白人价值标准：

> 她（派拉特）和女儿们像孩子一样吃饭。她们吃一切自己喜爱的东西，没有哪顿饭是预先安排好、设计好、端到桌面上来的，也没有人端坐在桌前吃饭。派拉特把面包烤好，人们什么时候想吃什么时候就抹上黄油吃。或许还有些葡萄，酿酒剩下的葡萄，有时候一连几天还会有桃子。如果有人买了一加仑牛奶，她们就喝光为止；要是另一个人买了西红柿或玉米棒子，她们也会吃完为止。她们是有什么就吃什么，想吃什么就吃什么。①

这种无拘无束的饮食方式和以天然食品抵制商品社会出产的加工食品的例子，体现了莫里森笔下的黑人拒绝吞咽白人社会规则的决心，也是有意识地颠覆现存的游戏法则的表现。这无声的反抗反映了她们自我意识的觉醒。它超越了民族意识，是商品与物质社会中可贵的人性的复苏。不仅老一代如此，就连米尔克曼（英文为 Milkman，意为牛奶人）——一个原本对种族问题感到厌倦的年轻人，也在追逐金钱、追逐美国梦的过程中经历了身份的变化。在南方，当他失去了所有社会赋予他的价值（他丢失

---

① Toni Morrison. *Song of Solomon*. New York：Knopf, 1993, p. 29.

"胃口的政治"：美国华裔与非裔文学的互文性阅读

了包括皮箱、西服、手表、皮鞋等一切）之后，他渐渐与黑人、与他们所代表的民族文化和价值观念有了真正的接触。在与他们的和谐关系找到了新的自我之后，他才发现他不应该像以前那样把自己的传统文化像丢"一块没了味道的口香糖一样"① 丢掉。通过回归大自然、回归民族文化的价值观念，他的身份经历了一次被彻底解构和重构的过程。当他走出森林时，他变成了一个具有生命活力、充满希望的新人。

综合以上的探讨，我们似乎可以得出这样一个结论：从"吃"与食物的意象在美国当代华裔与非裔文学的互文性阅读中，我们可以沿着它们各自的不同发展轨迹寻找到一条共同的主线，那就是这两种少数民族文学都借用了同样的意象来表达他们所受的最深层的文化侵略，这是一种隐蔽极深、含而不露的"胃口的政治"。它说明少数民族如果一味地认同主流文化、一味地依赖西方文化配给的文化快餐，那么他们最终只能走向营养不良，渐渐失去生命力。要想健康地发展，还须依靠民族文化丰富的养分，以及对两者关系清醒的认识。在这里，笔者想借用两个常用的比喻——"熔炉"和"火锅"来结束本文。美国经常被人比喻为一个大熔炉，在熔炉中，每个人首先要将原来的自己熔化掉，与其他成分熔合在一起，形成一个新的主体。这个主体没有了先前的独特性，取而代之的是各种元素的结合，是熔合了的人。而在中国人常吃的火锅中，每种原料被放入锅中时都无须丧失原本的自我，它们虽失去了一些原有的味道，但经过和锅中各种其他原料和调料的结合之后，其味道只会变得更加鲜美。文化身份亦是如此。在两种文化撞击的过程中，我们无法期待完全的熔合，而且即便存在这种熔合，它对文化多元化的发展也并无益处。在这里我们应该提倡的是火锅的精神，在保留自己传统文化精华的同时，汲取他民族优秀的文化，加以借鉴、互补，这样才能建立处于主流社会的少数民族明确、自信的身份而永不迷失自我。

---

① Toni Morrison. *Song of Solomon*, pp. 276–277.

论《最蓝的眼睛》佩科拉疯癫之路的食物话语①

刘芹利

人类通过进食满足自身生理需求并维持生存，然而饮食与进食的主要意义却不仅存在于简单的生理层面，更在于其象征领域上的特殊含义。美国人类学家卡罗尔·M. 科尼汉（Carole M. Counihan）在1999年就提出，"食物的食用规则是人类构建现实的重要方式。他们是对社会所关注之物的一种讽喻，亦是人们规范自己身边的物质、社会及象征世界的一种方式"②。人们在特定的场合选择不同的食物，这种特定的饮食行为表达了人们纷繁复杂的思想，例如欲望、仪式、性别、阶级、种族、政治与权力等。文学作品是社会的缩影与再现，因此文学作品中食物意象的运用比比皆是，尤其是女性因为生理、社会与历史等原因在家庭内务方面举足轻重，饮食在女性作家作品中更具有特殊的象征含义。正如美国学者哈瑞特·布罗杰特（Harriet Blodgett）所说，"在原型意识的加强下，女性的家庭经历激发了她们的灵感，将饮食这一基本需求转化成一种艺术形式"③。食物叙事不仅是女性文学中一种特殊的艺术形式，也是"女性表达其生活中遭遇到的种种问题的基本方式"④。许多女性文本如玛格丽特·米切尔的《飘》（1936）、汤亭亭的《女勇士》（1976）、托妮·莫里森的《最蓝的眼睛》（1970）、爱丽丝·沃克的《紫色》（1982）、路易斯·厄德里克的《爱药》（1984）等都曾运用女性熟悉的食物意象来表达

---

① 此文原发表于《四川师范大学学报》（社会科学版）2016年第1期，作者刘芹利，现为四川大学外国语学院副教授。

② Carole M. Counihan. *The Anthropology of Food and Body: Gender, Meaning and Power*. New York: Routledge, 1999, p. 113.

③ Harriet Blodgett. "Mimesis and Metaphor: Food Imagery in International Twentieth-century Women's Writing". *Language and Literature*, 2004, 40 (3), p. 87.

④ K. Chernin. *The Hungry Self: Women, Eating, and Identity*. New York: Times Books, 1985, p. 11.

小说人物在遭遇到爱情、家庭、族裔群体、文化乃至社会问题时那些微妙细腻与潜意识的情感，言说其中的欲望与权力关系。

在这些女性作家中，美国非裔作家托妮·莫里森在表现非裔种族与性别问题、欲望与权力关系时将食物意象尤其运用得淋漓尽致。她的第一部小说《最蓝的眼睛》，随后的《柏油娃》（1981）和《宠儿》（1987）均涉及各种各样的食物意象。近 20 年来，国外对于美国少数族裔文学中的食物研究逐渐形成气候，尤其是跨文化领域中食物的象征意义受到许多西方和中国学者的关注。对于托妮·莫里森的小说，国外的研究学者主要从政治、族裔以及文化等方面对食物意象进行了较为系统的探讨。其中，英国学者爱玛·派克（Emma Parker）分析了《最蓝的眼睛》与《宠儿》中的黑人的饥饿、糖的意义与胃口的政治[1]；美国学者安德鲁·温拿斯（Andrew Warnes）讨论了《柏油娃》涉及的主要食物的象征意义，剖析其中反映的不同族裔的二元对立、欧洲中心主义与种族主义[2]；美国学者艾莉森·卡鲁斯（Allison Carruth）从环境正义的角度论述了小说《柏油娃》中涉及饥饿与饮食的文化意义[3]；美国学者塞西莉·希尔（Cecily E. Hill）让读者从《柏油娃》中主要的三顿饭认识不同阶级、族裔文化以及各种人物之间的微妙关系。[4] 与国外颇具气候的食物意象研究相比，国内学界从食物角度对莫里森小说所进行的研究却屈指可数，近 10 年主要有陆薇、王晋平、李霞等学者发表了相关文章。[5] 这些文章虽然论证角度不同，但都从微观的食物角度分析讨论《最蓝的眼睛》里白人文化价值观

---

[1] Emma Parker. "'Apple Pie' Ideology and the Politics of Appetite in the Novel of Toni Morrison". *Contemporary Literature*, 1998, 39（4）. 后文出自同一著作的引文，将随文在括号内标出该著首词和引文出处页码，不再另行作注。

[2] Andrew Warnes. *Hunger Overcome: Food and Resistance in Twentieth Century African-American Literature*. Athens and London: The University of Georgia Press, 2004, pp. 123 – 164.

[3] Allison Carruth. "'The Chocolate Eater': Food Traffic and Environmental Justice in Toni Morrison's *Tar Baby*". *Modern Fiction Studies*, 2009, 55（3）.

[4] Cecily E. Hill. "Three Meals: Eating Culture in Toni Morrison's *Tar Baby*". *The Midwest Quarterly*, 2012, 53（3）, pp. 283 – 298.

[5] 参见陆薇：《"胃口的政治"：美国华裔与非裔文学的互文性阅读》，载《国外文学》2001 年第 3 期；王晋平：《心狱中的藩篱——〈最蓝的眼睛〉中的象征意象》，载《外国文学研究》2000 年第 3 期；李霞：《论〈最蓝的眼睛〉中的食物意象》，载《理论月刊》2010 年第 12 期。

对于非裔的腐蚀与伤害。综合国内外研究现状，这些对莫里森小说中的食物意象研究既有宏观也有微观的研究，但这些研究较少集中分析《最蓝的眼睛》的主人翁黑人女孩佩科拉疯癫过程中食物意象的作用与特殊含义。相较于莫里森的其他几部小说，《最蓝的眼睛》尽管发表得较早，但是其中丰富繁多的食物意象给读者留下了深刻的印象。尤其是随着小说故事情节的推进，可怜可悲的佩科拉因为外貌丑陋不为主流社会所接受，逐渐由"胃口"的奴隶，慢慢陷入周围朋友与亲人用"饥饿"与"欲望"编织的网，直至最后在疯癫中认为自己获得了一双最美的蓝色眼睛。鉴于佩科拉这一疯癫过程中出现了既丰富又颇有深意的食物意象，基于以往国内外对于莫里森作品中食物意象的分析，本文结合福柯的权力话语理论，集中分析主人翁非裔女孩佩科拉疯癫过程中的一系列食物意象如何反映内在欲望与权力的话语，揭示非裔女性在主体权利缺失的恶劣生存环境中，欲望逐步将主体异化并推向癫狂的这一过程。

一、佩科拉无边的"胃口"：迷人的牛奶与甜食

根据福柯的权力理论，"话语始终是与权力以及权力运作交织在一起的，社会性的和政治性的权力总是通过话语去运作"①。福柯认为话语是权力关系的网络，"话语"与权力是密不可分的，权力无时无刻不在影响与控制"话语"的产生与运动。对于福柯的话语理论，女性主义学者米切尔·巴瑞特认为："这意味着各种话语都处在某种权力关系中，权力是话语在争夺控制主体过程的动力体，也是这个过程的总和。"② 从这个意义上讲，"话语"与权力是密不可分的，权力无时无刻不在影响与控制"话语"的产生与运动。运用福柯的权力话语理论分析《最蓝的眼睛》中非裔女孩佩科拉的生活状况与遭遇中涉及的各种食物意象，可以更加清晰地揭示权力是如何弥漫在食物话语中，一步步驾驭黑人小女孩的欲望，牵

---

① 辛斌：《福柯的权力论与批评性语篇分析》，载《外语学刊》2006年第2期，第9页。
② B. Michele. *The Politics of Truth: From Marx to Foucault*. Stanford: Stanford University Press, 1991, p. 136.

引她不断内化种族主义霸权话语，使其成为"胃口"的奴隶。

美国非裔的历史交织着种族主义与性别歧视，几百年来他们由于历史、政治、经济等多方面的原因饱受白人的奴役、压迫与歧视。非裔长期以来被经济的匮乏与生理的饥饿所困扰，例如莫里森在一次访谈录中就曾提到，"我认为黑人作家拥有一种无休无止的饥饿与忧患气质"①。莫里森在《最蓝的眼睛》中通过各种各样的食物意象揭示了非裔群体，尤其是非裔女性生理与心理的饥饿。在小说"秋天"这章里，作者谈到了作为边缘阶层的黑人对于物质与财富的强烈欲望："意识到有被赶出门的现象存在，使我们产生了一种对财富和拥有的渴望。"② 因为缺乏稳定的物质保障，为了能衣食无忧地度过寒冷的冬天，黑人"就像受惊绝望的鸟儿……对他们好不容易挣得的一份家产尽心尽力地守护；整个夏天都忙碌着在吊柜和货架上堆满自己腌制的食品"(*Bluest*: 18)。非裔经济上的劣势地位决定了他们政治上权力的缺失与倍受歧视，最终映射到内心。对此冯品佳认为，"在白人霸权社会，黑人觉得自己是下等人。当黑人内化了这种自卑时，物质方面的极度匮乏导致了心灵的极度扭曲"③。

佩科拉生活在物质匮乏、政治上遭受歧视与压迫的黑人家庭，无论白人还是黑人都认为她很丑陋，纷纷排斥与打击她。她生活困顿，地位低下，缺乏作为一个独立主体应有的基本权利，更缺乏父母的关爱与最基本的社会认同。因此，佩科拉渴望拥有一双最蓝的眼睛，这样就能赢得父母的喜爱以及社会的接受。随着遭受的打击与歧视日益增多，她渴望得到社会认同与关爱的欲望日益强烈，这种"饥饿感"渐渐束缚并扭曲她的心灵。小说中莫里森运用了如糖果、浆果馅饼、牛奶、冰激凌、萝卜、面包和黄油等食物意象，表达佩科拉由于种族主义内化以及主体权力缺失导致的无边欲望与"胃口"。在这种欲望的驱使下，她沉醉于一切有可能让自

---

① Toni Morrison, Nellie Mckay. "An Interview with Toni Morrison". *Contemporary Literature*, 1983, 24 (4), p. 429.
② Toni Morrison. *The Bluest Eye*. New York: Vintage Books, 1970, p. 18. 后文出自同一著作的引文，将随文在括号内标出该著首词和引文出处页码，不再另行作注。
③ Feng Pingjia. *The Female Bildungsroman by Toni Morrison and Maxine Hong Kingston*. New York: Peter Lang, 1997, p. 59.

己变得美丽的方法,哪怕是用食物填满空虚的"胃口",迷惑并麻痹自己。主体权力的愈加缺失,欲望则越强烈,随之产生的自我憎恨就越具摧毁性,从而加速了种族主义霸权话语的内化,由此加剧了主体的异化。

  隐藏在佩科拉无边欲望与"胃口"背后的法则正是福柯的"权力话语"。在福柯的权力理论中,抽象的话语建构、支配、控制言说主体,而主体通过这样的言语实践时时体现着他者话语与权力体系。① "权力"支配着佩科拉与其他人物的关系,牵引着她的"胃口"与欲望,让她对牛奶与甜食有着不同寻常的迷恋,心甘情愿沦为权力的傀儡。小说中佩科拉迷恋洁白香甜的牛奶,连带着印有白人女童星的牛奶杯子也成了她膜拜的对象。"牛奶盛在蓝白色的印有雪莉·坦布尔头像的杯子里。她喝牛奶喝了很长时间,看着雪莉·坦布尔带有酒窝的头像时充满爱慕之情……(她)喜欢印有雪莉·坦布尔头像的杯子,一有机会就用它喝牛奶,好摆弄和欣赏雪莉的甜脸蛋。"(*Bluest*:22)印有美国20世纪30年代著名童星秀兰·邓波儿(Shirley Temple,即引文中的"雪莉·坦布尔")的杯子对于佩科拉来说具有特殊的魅力。首先,这个白人童星代表的是一种主流意识形态方面的审美观,这种意识形态的影响正如希腊神话中的塞壬女妖一般用妙曼的身姿与歌声向佩科拉哼唱"喝下去吧,你会变得和我一样美丽"。其次,蓝白色杯子里盛满的牛奶,洁白、甜蜜与芳香,增强了主流意识形态的魔力,迷惑着小女孩,让她贪婪地侵占全家人的牛奶,不惜迷失自我也要投身于这美妙的白色漩涡。佩科拉寄宿在黑人麦克迪尔家里的时候,能在一天内喝完3夸脱(约2.84升)牛奶。这种对牛奶超乎寻常的狂热在派克看来是具有毁灭性的:"这种亲密关系的危险在于她对杯子的热爱促使她贪婪地喝光了全家喝的牛奶,这种狂热最终以佩科拉精神错乱得以告终。"("*Apple*":614)因为佩科拉对幸福与关爱的渴望,使其无论是对实体的牛奶杯和牛奶,还是对其中代表的意识形态与权力话语都极度迷恋,乃至具备了贪婪的"胃口"。贪婪的"胃口"无节制地吞噬食物时,这个群体中的其他成员也被剥夺了享受食物与获得营养的权力,同

---

① Michel Foucault. "The Subject and Power". In: H. L. Dreyfus, P. Rabinow. *Beyond Structuralism and Hermeneutics*. 2nd ed. Chicago: University of Chicago Press, 1982, p. 220.

时"胃口"的主体也被吞下的白人美学与意识形态逐渐反噬。

佩科拉除了对牛奶的狂热外，对甜食也有着不同寻常的迷恋。在17世纪与18世纪的美国南方蔗糖种植园，制糖业的飞速发展与黑人奴隶制度密不可分。制糖业的发展史既是帝国主义与殖民主义的扩张史，也是黑人奴隶的压迫史。糖作为不能饱腹的食品，给白人种植园奴隶主带来了巨大的财富与权力，给黑人留下了被奴役压迫的伤痛。结合黑人奴隶制的历史，派克认为，由于糖是奴隶主种植园的主要产品之一，在莫里森的作品中，糖与甜品具有特殊含义，他们往往象征着种族与性别力量（"*Apple*"：608）。佩科拉去糖果店买糖的经历从另一个侧面反映了黑人言语上的无能感与所遭受的屈辱。当佩科拉走进糖果店时，她默默忍受着白人店主歧视的折磨，用比叹息声高不了多少的微弱声音说道："那个。"黑黑的小手指着商品橱柜里的玛丽·珍糖果。"每张浅黄色的糖纸上都印有一个头像，玛丽·珍的头像……一双蓝眼睛从一个清洁舒适的世界里向外看着他……佩科拉认为那双眼睛实在是太漂亮了。她吃了一块糖，真甜。吃了糖块就好像吃了那两只眼睛，吃了玛丽·珍，爱上了玛丽·珍，也变成了玛丽·珍。"（*Bluest*：43）糖纸上的白人女孩与甜蜜的糖果虽不能填饱胃口，却能暂时麻痹饥饿的心灵。尽管"人们的身份由所食之物来限定"①，佩科拉由于内化了种族主义话语，在强烈欲望的驱使下逆转了这一模式，并试图用食物改变其身份。她将她的身体乃至心灵当作祭品，诚惶诚恐中步入了"种族主义"的"圣殿"，吃下甜蜜的糖果，虔诚地期望与"圣殿"中的白人女孩融为一体。对于糖的象征意义，派克指出，"莫里森小说中那些特别热爱糖的主人翁们总是拒绝认同非裔文化价值观而拥护主流意识形态价值观"（"*Apple*"：620）。例如，《最蓝的眼睛》中的佩科拉的妈妈波林与《宠儿》中的黑人女性赛斯和她的孩子宠儿，对糖都有着异乎寻常的钟爱。这种欲望进而转化为其所尊崇的意识形态与价值观。糖的意象一旦与白人美学和意识形态相结合，即转换成了一种佩科拉梦寐以求的权力话语。

佩科拉渴望着牛奶、奶糖、冰激凌、煎饼及一切甜蜜美好的食物。当

---

① V. Lindlahr. *You Are What You Eat*. New York：National Nutrition Society，1942.

她越迷恋玛丽·珍糖果时,就越坚信作为黑人的丑陋与低劣;越渴望白人的优越权力,则越愿意内化种族歧视与权力话语并不惜献身于白人主流意识形态的漩涡。佩科拉因为主体权力的缺失所以内心饥饿,因为无比渴望这种代表权力话语的食物,所以愈加胃口贪婪,导致主体的异化直至最后疯癫。权力永远是意识形态幕后的那根指挥棒,而她心甘情愿地充当权力的傀儡、胃口的奴隶,直至主体被完全摧毁。

二、"奶油水果派"的特权与优越感

如果说佩科拉心甘情愿充当胃口的奴隶,在权力的漩涡越陷越深,那么她的同学莫丽恩、佩科拉父母与皂头牧师无疑是她走向癫狂之路的重要推手。他们一个接一个嘲笑、歧视与伤害佩科拉,使她陷入日益膨胀的饥饿与欲望交织的网,无法自拔直至精神最终崩溃,在疯癫状态下认为自己获得了最蓝的眼睛。借用福柯的观点,权力是一种相互交错、关系复杂的网络,"权力以网络的形式运行在这个网上,个人不仅流动着,而且他们总是既处于服从的地位又同时运行权力"[1]。福柯认为权力产生的同时支配话语的实践,话语实践的同时即建构主体,又强化与重申了包含权力法则的话语规则。[2] 佩科拉疯癫之路的主要推手们也处于这样的一张大网中,话语实践的同时也操纵着权力法则。他们一方面自觉自愿地内化与复制种族主义的霸权话语,另一方面又将这种霸权体系不断碾压在佩科拉身上,加速了其主体的彻底崩溃与异化。

首先,莫丽恩的故事里丰富的食物意象从另一个侧面反映了非裔群体对权力的渴望与种族主义内化的自我摧毁性。莫丽恩是个家境富裕、外形甜美的黑白混血儿,深受佩科拉学校师生的喜爱与崇拜。她的优越感与受欢迎的程度充分体现在她吃的食物中:

在餐厅里吃中饭时,她从来不用寻找同桌伙伴——她选中的餐桌

---

[1] Michel Foucault. *Power/Knowledge*. Brighton:The Harvester Press,1980,p. 98.
[2] 米歇尔·福柯:《必须保卫社会》,钱瀚译,上海人民出版社1999年版,第28页。

大家都会蜂拥而至。她打开丰盛的午餐盒,有切成四块的鸡蛋色拉三明治,带粉色奶油的纸杯蛋糕,切成条状的芹菜和胡萝卜,还有深红色的苹果。让我们只带果酱面包的人感到无地自容。她甚至还喜欢喝牛奶。①

与黑人小女孩克劳迪娅单调的果酱面包相比,莫丽恩精致的午餐是这些穷人家的非裔孩子们经济上无法承受与期望的。莫丽恩精致的食物加上甜美的外形仿佛被包装成了代表白人欲望、权力及意识形态的"奶油水果派"(黑人小姐妹弗丽达和克劳迪娅因为莫丽恩深受大家喜爱而满怀嫉妒,为了寻求心理平衡,她们给莫丽恩取了这一绰号)。这种甜腻的奶油水果派似的人物倾倒与征服了大多数的黑人孩子和老师们。

正是这样一个偶像似的人物为了玩弄与享受自己的权威,从黑人男孩手上救出受欺负的佩科拉,然后向佩科拉伸出虚伪的"友谊之手",用一个冰激凌收买了她,结果又无情地打击与侮辱了她:

> 佩科拉拿着两勺橘子菠萝味的,莫丽恩拿着黑草莓味的……"你们也应该来点儿,"她说,"他们有各种口味的。别吃蛋卷的尖儿。"她告诫佩科拉。她卷起舌尖,沿着蛋卷的四周舔了一圈,吃进一口紫色的冰激凌,让我看得好眼馋。我们正等着交通灯变灯。莫丽恩不停地用舌头舔着蛋卷四周的冰激凌。她不像我那样用牙咬着吃。她的舌头围着蛋卷转。佩科拉已经吃完了;很显然,莫丽恩不愿将她的东西一下子吃光用尽。②

小说中涉及莫丽恩的食物描写非常细致,甜腻的冰激凌瞬间融化于口腔,给人的满足感尽管那么短暂,但此时却成了这个黑人偶像般的女孩彰显特权的工具。她在打着圈儿舔舐冰激凌的同时,不但享受了比佩科拉优越的特权,而且还操纵这种特权从心理上折磨着无法享受这种甜品的佩科

---

① Toni Morrison. *The Bluest Eye*, p. 53.
② Toni Morrison. *The Bluest Eye*, p. 59.

拉。不难看出，食物在文本中被赋予了特殊的象征意义，已成为莫丽恩彰显特权与优越感的权力工具。尽管同样是黑人，莫丽恩明显代表内化的种族主义和殖民主义的特权话语，并且不惜伤害着自己的族裔来维护这种特权话语。在佩科拉与莫里恩发生争执后，莫里恩对着佩科拉骂道："我就是可爱！你们就是难看！又黑又丑。我就是可爱！"（*Bluest*：59）短暂而虚伪的友谊无疑是场滑稽的闹剧，这场闹剧最终以两个人的针锋相对、相互咒骂与仇恨收尾。莫丽恩的话语让脆弱的佩科拉再次从内心强化了"黑人又黑又丑，一无是处"的种族主义和权力美学观念。

三、"烫人"的水果馅饼与"毒药般"的"爱"

最终将佩科拉推向欲望无穷深渊的却是她的父母。从某种程度上讲，佩科拉的父母成了白人权力与意识形态的帮凶，从精神与肉体上摧毁了自己的女儿。佩科拉的母亲波林有着极强的自鄙情结，终日生活在绝望中，她认为她的女儿乃至家庭每个成员都丑陋不堪，于是一度沉溺于好莱坞电影的梦幻世界聊以自慰。波林坐在电影院里，一边看着电影里的幸福丽人与完美生活，一边咀嚼着甜蜜的糖果，只有在这一刻她才能暂时逃离困顿潦倒的生活，为自己寻到一片安宁愉悦的避风港。最终浪漫完美的爱情故事麻痹了她的心灵，甜蜜的糖果腐蚀了她的牙齿。自此之后，她的生活变得越来越糟。在这里，电影与糖果成了那种如同塞壬女妖般既有吸引力又具破坏性的象征。好莱坞式的梦幻电影与甜蜜的糖果麻痹着她的心灵与胃口，使她对拥有无限权力的白人世界愈加痴迷。她对自己的家庭与孩子漠不关心，全身心投入到帮佣的白人家庭，因为这里没有黑人的贫穷与丑陋，只有那种让她着迷的幸福生活、完美世界与权力体系。由此她越来越迷失自我，与家人越来越生疏。当她安排佩科拉去白人家帮忙洗衣服的时候，她与女儿之间的矛盾不断激化。比如，当佩科拉从白人家的后门进去时没有看到波林，却看到厨房里放着一盘馅饼。这盘馅饼是波林为这家白人小女孩准备的甜点。匆忙中佩科拉不小心打翻了紫黑色的甜馅饼，被滚烫的糖浆烫伤。这时她没能得到母亲应有的关爱，相反遭到了母亲的一顿毒打与咒骂。波林的话在佩科拉幼小的心里"比冒着热气的馅饼还要烫人"（*Bluest*：86），佩科拉害怕地往后退缩着。然而波林继续骂道："把衣服拿上，赶紧滚出去，我也好把这一地的东西清扫干净。"（*Bluest*：87）她的咒骂在佩科拉眼中好似"烂浆果一样"朝她袭来。母爱本应该如刚烤好的浆果馅饼般甜蜜温暖，在佩科拉的故事里却变质成了有毒的烂水果。波林只关心白人女孩能否吃到她做的馅饼、白人家的地板干净与否，而自己应有的母爱乃至女儿的尊严却被她无情地践踏在地上。馅饼这种甜食对于穷困的黑人来说无疑是一种奢侈品，而这种奢侈品是在温饱线上挣扎的黑人无法企望得到的。一盘打翻在地的馅饼让波林无情地践踏女儿的自尊，加剧了佩科拉的自我憎恨，并加速了种族主义话语的内化。这样的黑人母亲被种族主义话语阉割了母亲的功能，并自觉自愿地保卫为白人家庭烤制的冒着热气的甜馅饼，捍卫象征凌驾黑人之上的白人价值观与权力体系。

佩科拉的生活中从来没有温情的爱存在过，父母的爱从来都不曾存在，因此她内心对爱的渴望愈加强烈。也正因为这样一个黑人女孩极度缺乏爱与被爱的权力，缺乏表达自我与得到认可的权力，所以，她对权力的渴求愈加强烈，最终沦为父亲兽欲的牺牲品。从小说中可以看出，佩科拉父亲也许曾经试着去爱自己的女儿，然而种族主义霸权话语已然内化，父亲的主体由于遭受白人的歧视与凌辱早已异化，这种霸权话语不仅阉割了佩科拉母亲母爱的功能，同时也阉割了其父亲的父爱功能，使正常的父女关系扭曲变态成乱伦。正如小说描述的，他对佩科拉的抚摸是致命的，他的爱就像毒药一样让佩科拉原已痛苦的生活更为窒息。父亲乱伦的爱让佩科拉怀上了孩子，受到世人的谴责与唾弃。

绝望无助中，她来到了黑人社区皂头牧师的家里，然而骗子牧师的"帮助"却成为压垮佩科拉的最后一根稻草。皂头牧师打着上帝的旗号实施着心理医生的功能，这赋予了这个混血黑人男性双重的话语权威。这种话语权威复制了父权制和主流社会的权力体系和审美标准，促使牧师从内心深处理解佩科拉想要一双蓝色眼睛从而获得美丽与认同这一愿望。然而，虚伪的假牧师却诱骗佩科拉用毒药毒死他厌恶已久的一条老狗，并告诉佩科拉，"把这吃的给睡在阳台上的那条狗。一定要让它吃了。要特别注意它的表现。如果没有异常，你就知道上帝拒绝了你的请求。如果狗的举止反常,你的请求在一天之后就能满足"(*Bluest*:138)。虽然感到恶心与恐惧,毫不知情的佩科拉最终用沾了毒药的腐肉毒死了皂头牧师讨厌的老狗。皂头牧师诱骗佩科拉用"吃的"毒死老狗的同时,佩科拉饱受摧残的"自我"因为长久受困于欲望与权力交织的网,极度扭曲与异化,慢慢"麻痹致死"。于是癫狂中的佩科拉终于相信自己得到了一双最美的蓝眼睛。

结　语

托妮·莫里森借女主人公佩科拉的疯癫,揭示了非裔女性疯癫是父权文化与霸权文化双重压迫的产物,也反映了非裔女性长期缺失关爱与认同、遭受多方面歧视、主体异化、身心极度扭曲并且缺失话语权的生存现状。如果以福柯的观点来看疯癫,"虽然(疯癫)是无意义的混乱,但是当我们考察它时,它所显示的是完全有序的分类……遵循某种明显逻辑而表达出来的语言"①。疯癫表现出来的非理性话语是对权威的抗争,从某种意义上讲最直接反映了事物的本质。正如同小说最后一章佩科拉在疯癫后和她臆想中的朋友有大段意识流般的对话,这也是她长久失声后第一次清楚地言说自我并表达了对权威的抗争:她认识到自己缺少朋友而且很孤独,她不愿再与莫丽恩做朋友,她意识到大家对她存有偏见等。非理性的话语借由疯癫的佩科拉之口实际表达的却是显而易见的真理,也反映了种族歧视下黑人女性糟糕的生存状况以及痛苦感悟。因此,福柯才会认为疯癫往往会比"理性更接近信服与真理,比理性更接近理性"②。

回顾佩科拉疯癫之路所涉及的食物意象,从她最初对牛奶、糖果有着不同寻常的渴望,慢慢发展沦为"胃口"的奴隶,再到她身边的朋友、亲人用饥饿与欲望交织的权力之网一步步将其囚禁直至堕入疯癫的深渊,佩科拉一直是一位可悲的牺牲者或者说是白人价值观与权力体系的受害

---

① 米歇尔·福柯:《疯癫与文明:理性时代的疯癫史》第2版,刘北成、杨远婴译,生活·读书·新知三联书店2003年版,第97页。
② 米歇尔·福柯:《疯癫与文明:理性时代的疯癫史》第2版,第112页。

者。在欲望与权力的漩涡中，她迷失了自我，千方百计寻找出路以获得白人世界的认同。她天真地相信一双蓝色的眼睛能彻底颠覆自己的命运，最终在父权文化与霸权主流文化的双重压迫下，受困于欲望与权力交织的网络。非裔女性欲望与"胃口"一步步扭曲，导致主体异化甚至癫狂，最后只有借疯癫的言语言说自我。莫里森在叙述佩科拉疯癫过程中，借用丰富的食物意象，再现了非裔女性在父权文化与主流意识形态压迫下"自我"严重扭曲异化的现状以及非裔女性长久压抑的欲望。这种带有强烈女性色彩、非理性、反传统的运用食物意象言说欲望、反思权力关系的叙事语言，赋予了"失声"已久的非裔女性群体新的声音，从而解构与颠覆了西方（白人）传统文本的话语权力体系。

食人、食物：析《天堂》中的权力策略与反抗[①]

刘 彬

《天堂》(Paradise, 1997) 是非裔美国女作家托妮·莫里森 (Toni Morrison) 斩获诺贝尔文学奖后的第一部小说，也是"百年黑人历史三部曲"的最后一部。[②] 最初书名为"战争"，但因为小说缺乏直接的战争场景描写，遂改为《天堂》。莫里森坚信：所有优秀的艺术作品历来都具有政治性，没有一个真正的艺术家不曾表现自己的政治倾向。小说标题的变更和莫里森一贯的创作旨趣表明了此书的创作意图：揭示"天堂"里的政治斗争。《天堂》"充满政治色彩"[③]。"天堂"意味着一部分人成为上帝的选民，另一部分人则沦为上帝的弃儿，而选民和弃儿的界定均为权力使然，因此，"天堂"这个词本身已被政治化。

那么，政治到底是什么呢？法国思想家米歇尔·福柯 (Michel Foucault, 1926—1984) 认为："一定社会内的一系列势力之间的关系构成了政治，每一种关系都隐含着一种权力关系。每一种权力关系都有一定的所指，指向它所参与构成的政治领域。"[④] 具体到这部小说中，存在哪几种权力关系？权力如何运作？人们如何反抗？

本文将在福柯的权力理论观照下，揭示《天堂》中种族主义和性别主义等现代权力的运作过程，揭露权力更彻底、更细密的操作技术。在权

[①] 此文原发表于《外国文学研究》2014 年第 1 期，作者刘彬，现为广东技术师范学院外国语学院教授。

[②] 其他两部为《爱娃》和《爵士乐》，这三部小说在时间上有连贯性，记载了从 18 世纪的贩奴活动到 20 世纪 60 年代的美国社会，时间跨度长达 200 多年，因此，被称为"百年黑人历史三部曲"。

[③] James M. Mellard. "The Jews of Ruby, Oklahoma: Politics, Parallax, and Ideological Fantasy in Toni Morrison's *Paradise*". *Modern Fiction Studies*, 2010, 56 (2), pp. 349 – 377.

[④] 米歇尔·福柯：《权力的眼睛：福柯访谈录》，严锋译，上海人民出版社 1997 年版，第 177 页。

力实施过程中，食物作为一种文化符号，衍变为一种文化性的权力策略，全面渗透到人们的日常生活之中，铺展成一张毛细血管似的微观权力网，经济、有效地放逐了黑人，驯服了女性；食人作为"知识话语"的产物，转变为知识性的权力策略，展示了权力如何生产知识以及作为一种"灵魂技术"① 的权力如何生效的过程。食物、食人这两种权力策略产生了肉体和精神的双重"惩罚与规训"。然而，反抗"与权力是共生的……只要存在着权力关系，就会存在反抗的可能性"②。隐蔽昏暗的修道院本身便是对现代权力"可视性"的一种挑战，而其中的女性以"食"为剑向权力发起反攻，这表明：无所不在的权力并非无所不能。

一、文化权力策略：食物

在福柯的权力理论中，文化不再是外在于权力的纯粹的文化，作为一种文化符号，食物也不是超然于权力而独立存在的，它是"社会关系的寓言"③。莫里森热衷于食物描写④并认为，"对食物的操控与对个人的操控直接相关"⑤，这就将食物抬升到政治层面。透过《天堂》中的食物，我们可以管窥权力如何最经济地实现了对黑人、对女性的操控，从而认识了现代权力技术的一个特点，即现代权力的惩罚功能已不再直接触碰身体，而是转移到剥夺财富或权利，限制自由，而这其中"限量供食从来

---

① 米歇尔·福柯：《规训与惩罚》，刘北成、杨远婴译，生活·读书·新知三联书店2010年版，第204页。
② 米歇尔·福柯：《权力的眼睛：福柯访谈录》，第46页。
③ Carole M. Counihan. "Food Rules in the United States: Individualism, Control and Hierarchy". *Anthropological Quarterly*, 1992, 65 (2), pp. 55 – 66.
④ 莫里森的食物情结已引起了国内外学者的注意。加拿大文学教母玛格丽特·阿特伍德（Margret Atwood）曾将20世纪的女性作家进行分类："一类提及食物，并为之疯狂，另一类则从不给与食物过多考虑。"她将莫里森归为后一类（参见参考文献中 Harriet Blodgett 一文）。希尔（Cecily E. Hill）提出，莫里森的小说《柏油娃》建构了一个"食物世界"和"食物机制"。参见 Cecily E. Hill. "Three Meals: Eating Culture in Toni Morrison's *Tar Baby*". *The Midwest Quarterly*, 2012, 53 (3), pp. 283 – 299. 另外参见王晋平：《论托妮·莫里森的食物情结》，载《西安外国语学院学报》2001年第3期，第98—100页；冯英：《莫里森小说中的食物和性》，载《咸宁学院学报》2010年第10期，第65—66页。
⑤ Cecily E. Hill. "Three Meals: Eating Culture in Toni Morrison's *Tar Baby*", pp. 283 – 299.

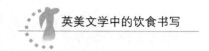

都是涉及肉体的附加惩罚因素之一"①。

限量供食是鲁比镇人们在过去200多年的历史上不得不承受的肉体惩罚。鲁比镇按照"血统法则"组建，居民全部是"八层石头"（即煤矿最底层的又黑又亮的煤块）的黑人。黑文（Haven）镇是鲁比镇的前身，发音近似heaven（天堂）一词的发音，表达了人们对美好生活的憧憬。然而，理想与现实反差巨大。起初，小镇居民只能食用"赖以生存的最差的饭食"②（《天》：185），吃"老爷们的残羹冷炙"（《天》：95），无法"毫无愧色地在餐桌上面对一个妻子和多个孩子绝望的需要"（《天》：108）。为了生存，人们开始西迁。支撑着迁徙中的人们不至于绝望的是对"鱼，饭，糖浆等"（《天》：92）食物的美好梦想。从这个意义上说，鲁比镇的历史是一部追求食物的历史，同时又是被食物控制的历史。作为黑人个体，他们"吃什么"并不是个人选择，也不是自然现象，而是社会文化的建构。一如他们卑贱的社会地位，黑人只能食用劣等食物。社会等级对应并强化着食物等级。

最终，人们在一处偏僻之地安置下来。这个地方孤立于美国南方，方圆90英里③的范围内只有鲁比镇本身和17英里之外的女修道院。来到这荒凉之地无异于流放。这是一种变相的监禁惩罚，因为将规训对象——黑人隔离起来，将其限制在特定的区域、服从特定的习惯，强制他们做出特定的行为，这就类似马戏团的驯兽，这样做的目的是利于权力更便捷地监禁、奴役和监督。同时，这种隔离和惩罚兼具经济功能，如同当年俄国将政治异己者流放到西伯利亚，然后强迫这些犯人开荒拓地，充分开发这一广袤土地的潜在的财富。简言之，隔离成为一种权力技术。

那么，应该隔离谁？怎样隔离？精神病学上对"严重病人"的定义"首先考虑劳动者阶层，优先考虑黑人而不是非黑人，女人而不是男人"（《天》：61）。小说中的黑人首当其冲被诊断为"严重病人"，必须对他

---

① 米歇尔·福柯：《规训与惩罚》，第16页。
② 本文引用的小说内容出自托妮·莫里森的《天堂》（胡允桓译，上海译文出版社2005年版）。后文出自同一著作的引文，将随文在括号内标出该著名称首字和引文出处页码，不再另行作注。
③ 1英里=1.609344千米。

们采取"麻风病模式",即将他们排除在社会公共空间之外。隔离,既体现了美国社会排他性地理空间意识形态的精髓,也体现了黑人歧视的核心精神。小镇牧师米纳斯对隔离的政治含义有深刻的认识,他一针见血地指出:"分离我们,孤立我们,这始终是他们的武器。孤立杀害了几代人。"(《天》:206)然而,小说中并没有直接描写几代人被杀害的血腥场面,这或许正是书商建议莫里森换掉"战争"这个初始书名的原因。当人们为了果腹而西迁,最终不得不居住在这片偏远荒凉的土地上时,权力借助食物以经济、有效、持久、匿名的方式实现了隔离的初衷。

福柯在研究权力时发现,"权力规训体系最初都是在以妇女和儿童为主的局部区域发展起来的,因为这一部分人已经习惯于服从"[①]。小说中的女性玛维斯和多薇在家庭食物分配问题上的表现证明了福柯的观点。

小说女主角之一的玛维斯曾带着一对年幼的双胞胎去给丈夫买肉肠,她一时疏忽,让反锁在车内的一对幼子窒息身亡。在回顾这段经历时,玛维斯不断强调自己为何带着幼子去购物。因为在她看来,一家之主的丈夫"得吃好",给一个男人吃罐头猪肉并不合适。她想买新鲜排骨,"让丈夫吃得高兴"(《天》:23)。玛维斯的诉说揭示了男性主宰着家庭中的食物分配这一事实。一方面,作为劳动者,男性必须吃肉让自己更强壮;另一方面,作为男人,食肉成为衡量他男性气质的标准,因为肉在父权制社会中已经演变为具有男性气质的食物。[②] 肉之于男性变得愈发重要,它对应着男人对女性统治的加强[③],于是便形成了"肉的性别政治"[④]。在这种政治意识的支配下,食肉演变为丈夫的特权,尤其在食物并不充裕的情况下,妻子必须保证丈夫的食肉欲望得到满足,否则便是妻子的失职。不仅仅是玛维斯,鲁比镇当家人斯图亚特的妻子多薇也将丈夫的饮食当作家庭事务中最重要的一件事。她在结婚那天还在担忧着自己的烹饪手艺是否能

---

① 米歇尔·福柯:《权力的眼睛:福柯访谈录》,第166页。
② Carol J. Adams. *The Sexual Politics of Meat: A Feminist-Vegetarian Critical Theory*. New York: The Continuum Publishing Company, 2000, p. 36.
③ Andree Collard. *Rape of the Wild: Man's Violence against Animals and the Earth*. Bloomington and Indianapolis: Indiana University Press, 1989, p. 36.
④ Adams. *The Sexual Politics of Meat: A Feminist-Vegetarian Critical Theory*, p. 22.

满足丈夫的需求，是否能让丈夫吃得满意。即使多年后，每当多薇想到丈夫，他的"口味是她惦记的诸多事情中的一例"（《天》：78）。

玛维斯不顾一切给丈夫买肉，多薇一心一意满足丈夫的胃口，她们在讨好丈夫时忽视了自己的存在，顺从地戴上了"女人气"和"女性性"的面具①，自觉地接受了隐含在食物消费中的性别歧视。这种被动表现是对自身压迫的一种合谋，它进一步加剧了男女之间的不平衡关系。在这些事件中，食物无疑充作性别权力的支点，成为规训女性的手段，于是，"烹饪的女人变成被烹饪的人"②，而"性别政治演变成吃或被吃"③的政治。

二、知识权力策略："食人"

现代权力技术的一个特点是架构起一套中心化的观察系统，将一切收编到时刻"凝视"着的"权力的眼睛"中，包括最私密的性。于是，性不再是一种简单的再生产手段，不再是单纯享受身体快乐的方式，性成为"最深刻的真理藏身和表白的地方"④。

小说中有一处较详细的性描写。年轻时的女修道院"大家长"康妮和鲁比镇"新小镇之父"第肯有过一段短暂的恋情。在一次忘我的做爱时，康妮咬破了第肯的嘴唇。当她试图舔掉他唇上的血时，第肯的"眼睛先是吃惊，随后是反抗"。他紧张得大口吞吸着空气，说："再也别这样了。"（《天》：234）自此以后，他便断绝了和康妮的一切来往。原因是"谁肯冒险同一个俯身像吃肉似的咬他的女人"（《天》：234）相爱呢？伤心欲绝的康妮满腹委屈，她向上帝祈祷："亲爱的主，我没想吃他。我只想回家。"（《天》：235）

---

① 拉曼·塞尔登：《当代文学理论导读》，刘象愚译，北京大学出版社2006年版，第159页。

② Harriet Blodgett. "Mimesis and Metaphor: Food Imagery in International Twentieth-century Women's Writing". *Papers on Language & Literature*, 2004, 40 (3), pp. 260–291.

③ Sarah Sceats. *Food, Consumption & the Body in Contemporary Women's Fiction*. Cambridge: Cambridge University Press, 2000, p. 99.

④ 米歇尔·福柯：《权力的眼睛：福柯访谈录》，第35页。

为何第肯把一次普通的接吻想象成食人呢？在这种食人想象背后隐藏着怎样的思维定式呢？什么造就了这种思维定式？它又将产生怎样的效果呢？第肯统治的鲁比镇"充斥着父权制和厌女症"①，是一个"不折不扣的男性宗法社会"（《天》：2）。父权制社会人为地构建了男—女二元暴力等级体系，并将纯洁、顺从、被动等女性气质强加给女性，同时还生产了一套体现男权意志的有关女人的知识话语：女人是非理性的、疯癫的、未开化的、被动的，因而更接近动物他者，一切危险的、难以驾驭的事物都呈现女性化特征。一旦将女人动物化、负面事物女性化，父权制便顺利地将女性精神病化，将她们诊断为"不正常的人"。这套知识话语投射到第肯的大脑中，并形成坚固的思维定式。当康妮亲吻第肯时，她的热情主动构成一种症候，显露出她的个性。她的野性与激情，她的主动性和她对性爱快感的追求，无一不彰显出她对自己身体的把握以及对自我的诉求。这显然颠覆了约定俗成的女性气质，挑战了第肯的男性权威。此时，铭刻在他思想中的性别化"知识"被激活了，自动生效了，第肯眼里可爱的情人降格为"没有开化的野蛮人"（《天》：7）、"女巫"（《天》：3）、食人者。食人违背了"两个重大禁忌之一：食物的禁忌"②，康妮因此被贴上"不正常"的标签，被排除在"大写的人"之外。只有这般诊断，父权制才能以"矫正"的名义对女性"他者"进行合理地清洗。这便是在小说伊始发生的血洗修道院的暴力事件中，每个男人面对自己的残暴依然能保持正义凛然的气势的原因。第肯的食人想象超越了性别主义，兼具有种族主义深意，它展示了作为一种"灵魂技术"即摒弃肉体惩罚、转向思想和精神惩罚的种族政治权力的施威过程。

　　第肯声称自己记得200多年的美国黑人史上发生的每一件事。不管是亲眼看见还是道听途说的故事，他都可以设身处地地想象出事件中的黑人所承受的那种耻辱和恐惧，对此，他直言"从来不会忘记"（《天》：11）。由此推导，第肯势必牢记着历史上有关白人食人的传言以及此类传

---

① James M. Mellard. "The Jews of Ruby, Oklahoma: Politics, Parallax, and Ideological Fantasy in Toni Morrison's *Paradise*". *Modern Fiction Studies*, 2010, 56 (2), pp. 349–377.

② 米歇尔·福柯：《不正常的人》，钱翰译，上海人民出版社2003年版，第108页。

闻滋生的巨大精神恐惧。奴隶交易伊始,白人暴行所带来的极大恐慌让非洲黑人将白人想象成嗜血成性的食人者,并在当时的非洲民间演绎为诸多版本的白人食人者的故事。有人说,为了不浪费食物又保证营养,贩奴船上的白人船长会不定期地杀死一些黑奴,然后逼着其他黑人吃掉。还有人说,一旦船只在海上遇险而食物短缺时,黑人往往成为第一个被吃掉的人。据说在1766年,一艘名为"老虎"的贩奴船遇险,船上食物极度匮乏。危急时刻,白人水手们必须抽签决定谁做第一个被吃掉的牺牲者,这时,他们不约而同地想到了船上的黑人。此类传言让羁押在贩奴船上的黑人坚信自己随时会被白人吃掉,这令他们心中充满了恐惧。为了逃避被吃的命运,贩奴船抵岸时往往伴随着大规模的黑人自杀。在那时,因担心被吃掉而引发的暴乱很常见,害怕被吃甚至成为船上黑人暴乱的主要导火索之一。或许这一切只是谣言,黑人并没有真的被白人吃掉,但美国黑人历史显示,白人种族主义者确实是"食人者":他们对黑人实施的经济封锁令许多黑人死于非命,这种隐喻性的"食人"在残酷程度上绝不亚于历史传言中的食人行径。

食人过程中的"吃"和"被吃"隐含着两股势力:主动和被动、控制和被控制、主体和客体、凝视和被凝视,位于第二项的总是权力关系中的弱者。浓缩在食人概念中的权力关系,被抽象为一个符号投射在作为规训对象的第肯的头脑中,他由此产生自己是无助的客体、是被权力凝视对象的惯性思维定式。这让他习惯性地产生了自己是一头待宰羔羊的意识,内心生发出莫大的惶恐和无助,而这恰恰体现了现代权力技术的"充分想象原则,即处于刑罚核心的痛苦不是痛苦的实际感受,而是痛苦、不愉快、不便利的观念,即'痛苦'观念的痛苦"[①]。

然而,造成精神痛苦和威慑只是手段,实现对个体的控制,使之屈从于权力才是规训体制的最终目标。权力生产了黑人客体化的"知识",势必会生产不能而且不愿面对现实的第肯。他管理的鲁比镇故步自封,与世隔绝。表面上看,这个自足的世外桃源逃离了权力的魔爪;实际上,第肯以一种隐蔽的方式在亦步亦趋地跟随着白人的脚步。小镇依据血缘法则组

---

① 米歇尔·福柯:《规训与惩罚》,第104—105页。

建，按照肤色深浅确定亲疏、设置各种行政机构等，无一不是沿袭着种族主义的思维方式。"就在他们竭力逃避和白人接触的时候，他们的生活方式却在急速地美国化，他们是以躲避白人的方式接近白人的理想；他们创造的社会是对他们脱离的社会的模仿。"① 也就是说，第肯的逃避掩盖了他的无能和妥协，在监视的目光下，第肯逐渐变成自我的监视者，实现自我规训，权力便也因此实现了自我增值和自我生成。这也就不难理解为何他管理的小镇尽管满心不情愿，但最终还是"欢迎白人投机者提供的任何条件"（《天》：4）。

三、权力反抗策略：食物

《天堂》中的权力无所不在。然而，哪里有压迫，哪里就有反抗。一方发起的进攻总会遭到另一方的反攻。对各方而言，都存在着抵抗和反攻的可能性。② 所以，即使个体是权力关系塑造的结果，但他并不是任由权力塑造和摆布的无助的对象，他可以选择回应或者抵制这些实践。

现代权力将"观看"作为一种权力操作模式，通过"集体的、匿名的凝视"发挥效应，因此，它不能容忍黑暗区域的存在。这样，"死寂黑暗的修道院等空间就是对现代权力强调'可视性'的一种对抗"③，修道院的女性则成为"夏娃式的叛逆者，无不在造压迫的反"④。这具体表现为以下几点。

首先，食物帮助修复女性关系，缔结深厚的姐妹情谊。而姐妹情谊在莫里森的小说中一直都是被压迫女性的力量源泉，它既是增加相互理解的途径，也是消解隔离政策的有效手段。最初，修道院的女性彼此陌生、疏远，甚至相互之间充满恶意，最先来的玛维斯就很讨厌后来的吉姬，而康妮也一度被这些女人弄得心烦意乱。但是，擅长烹饪的康妮在指导她们做

---

① 高春常：《文化的断裂》，中国社会科学出版社 2000 年版，第 110 页。
② 米歇尔·福柯：《权力的眼睛：福柯访谈录》，第 166 页。
③ 米歇尔·福柯：《权力的眼睛：福柯访谈录》，第 157 页。
④ 稽敏：《托妮·莫里森的〈天堂〉》，载《四川师范大学学报》2002 年第 3 期，第 77—83 页。

饭的过程中，帮助她们渐渐拉近了彼此间的距离。最后那顿晚餐描写得非常详细：从择菜到清洗、到切菜、到如何烹饪，所需何种作料等等细节无一遗漏。这顿晚餐不仅推动了叙事的发展，还成为女性关系的破冰之旅，成为自我意识复苏的转折点。餐前，康妮便宣布她将要传授给大家最为渴求的东西；餐后，她让大家在地上依自己的身体大小画一个圈，然后躺在圈内，她鼓励诱导每一个人畅谈自己的过往悲伤。康妮之所以选择用餐的场景来疏导大家，是因为深谙食物之道的康妮知道："吃是一种绝对信任的举动，也是一种交往方式。"① 食物作为一种经济资本，强调的是个体之间的联结，是建构人际关系的最佳途径。在吃的时候，大家并不知道所给食物中包含什么，也不确信食物的品质如何，但大家彼此分享着食物。在这暖暖的情谊中，大家开启心扉，抛开戒备之心，交流着思想，传递着爱，表达着自我。饭后，大家内心的谴责、愤懑和忧郁"都被喃喃的爱取代"（《天》：259）了，因此，她们"看上去都那么平静"（《天》：260）。

　　其次，食物帮助建构女性身份。食物在修道院的女性身份建构中扮演着"首要的和值得推崇的角色"，通过食物，她们"获取何为女人的最基本的知识"②，领会了何为自我的意义。这里的女性都有着痛苦的过去：无意中使自己的一对双胞胎婴儿窒息死于车中而逃离家庭的玛维斯；因反抗社会而落得浪迹天涯、玩世不恭的格雷斯；自幼即为孤儿、身世坎坷的西尼卡；遭遇婚变不能自拔的帕拉斯；等等。巧合的是，每个初来此地的女性都饮食紊乱，要么饥肠辘辘，暴饮暴食；要么没有胃口，滴水未进；康妮在最消沉的那段日子也拒绝进食。"厌食或者暴食所体现的对食物的痴迷，显示了女性无法摆脱母亲但又无法认同母亲的身份危机"③，"暗示着无法把握存在的本质，无法明晰界定自我与世界的边界"④。但这种自

---

① Sarah Sceats. *Food, Consumption and the Body in Contemporary Women's Fiction*, p. 2.
② Kim Chernin. *The Hungry Self: Women, Eating, and Identity*. New York: Times Books, 1985, p. 199.
③ Blodgett. "Mimesis and Metaphor: Food Imagery in International Twentieth-century Women's Writing", pp. 260–291.
④ Sarah Sceats. *Food, Consumption and the Body in Contemporary Women's Fiction*, p. 1.

我模糊的"卑贱"状况①在"吃"中消解了。所有女性的胃口最终都恢复了正常，回忆中的那些恐惧、心碎和痛苦"全部都在咀嚼食物的欣喜中烟消云散了。"（《天》：176）"吃"帮助女性填补了生理的和心灵的饥饿感，通过"吃"，女性恢复了对自己身体的主动权，宣泄被权力机制苦苦压制的身体潜能，袒露自己的真实欲望。饱食后的大家感觉到，在这里"可以遇见她自己——一个不受拘束的真实的自我"（《天》：173）。遇见真实的自我是对极力抹杀女性身份的男权社会的一记有力回击。

最后，食物打破边界，削弱权力。鲁比镇是一个严格按照血缘法则组建的小镇，他们将外来人视为敌人，将17公里外的女修道院当作是藏污纳垢之地，"与一切灾难相关的东西都在那里"（《天》：14），他们时刻警惕，防范着那里的一切。但是，食物却让这一条清晰的界限变得模糊起来。烹饪高手康妮喜欢用"美味佳肴"（《天》：9）接待外人：那些迷路的人或者需要休息的人。她给鲁比镇提供鸡蛋、烤肉汁、山核桃、馅饼等，长此以往，小镇居然在某些食物上依赖着修道院。感恩节前，小镇的索恩·摩根抱怨说，没有修道院的山核桃馅饼"还叫什么感恩节？不成样子了"（《天》：42）。康妮的美食帮她敲开了鲁比镇女人紧闭的心扉，大家在无助时纷纷来到这里避难：有些人在无奈时会来修道院求得一时的解脱；未婚先孕的鲁比镇姑娘阿涅特到这里临产；为病儿折磨得心力交瘁的斯维蒂在此得到救助；遭母亲痛打的狄利亚来这里暂避一时；等等。这一切悄然瓦解了小镇内外的边界，跨越了男权强势的樊篱，构成了对小镇男人权威的嘲弄和挑衅，从而显示了食物强大的渗透功能和颠覆性。

结　　语

《天堂》是一部现实主义小说。② 小说的现实性在于它从最细微处还

---

① "可悲"是法国女性主义理论家朱丽娅·克里斯蒂娃提出的概念，指的是那种无法区分自我和非我的存在的恐怖，其最主要的例子是母体中胎儿的存在。它是洁净与肮脏、自我与他者，特别是自我与其母亲之间界限模糊的一个充满麻烦、不断发作的标志。参见塞尔登：《当代文学理论导读》，第162页。

② Timothy Aubry. "Beware the Furrow of the Middlebrow: Searching for Paradise on the Oprah Winfrey Show". *Modern Fiction Studies*, 2006, 52 (2), pp. 350-373.

原了一张辐射整个日常生活层面的权力网,小说中的女人、黑人等文化他者都被收编进这张无边的大网,在"全景敞视"之下无处逃遁。权力通过食物、食人等各种具体而细微的策略进行着自我生成和自我增值,从而以最小的成本推动了权力运转。权力虽无处不在,但并非无所不能,权力与反抗共生。但是,针对现代权力的细密控制,反抗不能再遵循"要么全部,要么全不"的法则。① 修道院那昏暗幽闭的地理环境本已屏蔽了以"可见性"为特点的现代权力,其中的女性以"食"为媒缔结姐妹情谊,建构真实自我,消融边界,从而建构了一种多态化的、边缘化的多维反抗方式。反抗给《天堂》带来了希望。小说结尾,远处海面驶来另一艘船。船上的人都要"歇息一下再去肩负他们生来就要去做的无休止的工作"(《天》:310)。正是在这无休止的"上下求索"中,众人或将抵达天堂。

---

① 米歇尔·福柯:《惩罚与规训》,第28页。

隐喻的幻象

——析《可以吃的女人》与《神谕女士》中作为"抵抗话语"的饮食障碍[①]

王韵秋

列维-施特劳斯（Levi-Strauss）曾在《神话学：生食和熟食》《我们都是食人族》中指出，不同的饮食方式体现着不同的文化模式；人的全部属性实际上都可以通过不同的食物及不同的烹饪方式来规定。[②] 有秩序的饮食方式代表了秩序井然的社会生活，而无秩序的饮食方式喻示了文明的塌陷。工业革命以后，饮食失去了正常的消化程序，逐渐走向了颠倒与混乱。这一点首先被文学艺术捕捉到。19 世纪的画家戈雅（Goya）曾在《撒旦食子》中以吞噬自己孩子的恶魔撒旦呈现出一幅现代文明失控的图景。20 世纪的卡夫卡在《饥饿艺术家》中将饥饿与绝食并置。由于绝食是一种刻意的行为，而饥饿却与欲望与意志无关，[③] 饥饿艺术家试图通过饥饿的状态寻找迷失在现代性中的艺术，却被大众误以为是刻意为之的绝食。卡夫卡通过饥饿艺术家的悲剧暗示了艺术与大众接受的悖谬，也影射了人文艺术在现代意识形态下的扭曲。无独有偶，这一点也被大洋彼岸的海明威洞察到。在《流动的盛宴》（*A Movable Feast*）中，他描绘了巴黎这个被形形色色食物包围的艺术之乡，并以食物的丰盛隐喻了艺术世界与物欲现实的对立。

与钟情于饮食的男性作家相比，现代女性作家更偏向于饮食障碍。美

[①] 此文原发表于《国外文学》2015 年第 4 期，作者王韵秋，现为杭州电子科技大学外国语学院讲师。

[②] 列维-施特劳斯：《神话学：生食和熟食》，周昌忠译，中国人民大学出版社 2007 年版，第 219 页。

[③] Brenda Machosky. "Fasting at the Feast of Literature". *Comparative Literature Studies*, 2005, 42 (2), p.290.

国女作家伊迪丝·华顿（Edith Wharton）曾在《乡村习俗》(*Custom of Country*)、《黄昏的沉睡》(*Twilight Sleep*)、《孩子们》(*The Children*)、《欢乐屋》(*House of Mirth*)中以节食与饥饿的女性揭露了大众媒体对女性身体美学的塑造。切瑞·奥尼尔（Cheery Bonne O'Neill）在《为瞩目而节食》(*Starving for Attention*)中以自传体形式回顾了患厌食症的病史，展现了名声、财富等社会凝视对现代女性及其家庭造成的危害。珍妮弗·舒特（Jenefer Shute）的小说《生命尺寸》(*Life-size*)也同样以厌食症为主题，通过患厌食症的女孩乔希（Josie）揭示了"完美体型"的美学政治是如何危及女性心理与身体健康的。在玛格丽特·阿特伍德的笔下，饮食始终是一个核心议题。她从第一部小说《可以吃的女人》开始就展露出对类似事物的关注，并曾撰写过《加文学菜谱：从笔尖到味道——美味文学食物系列集》(*The CanLit Food-book：From Pen to Palate—A Collection of Tasty Literary Fare*)，深入探讨加拿大文学作品中的食物意象及其中的文化隐喻。阿特伍德的许多主人公在遭遇创伤之时都发生过与饮食障碍（Eating Disorder）相关的症状，比如《可以吃的女人》中的玛丽安、《神谕女士》中的琼，以及《使女的故事》中的奥芙弗雷德。在解读这些饮食意象时，不少学者注重的是饮食障碍的隐喻层面，却忽视了隐喻的幻象层面。事实上，阿特伍德一方面借助饮食障碍的隐喻揭露了加拿大女性普遍受到的性别压抑，另一方面又从饮食障碍这个疾病中剥离出隐喻层面的内容，揭示了北美女权主义运动中以隐喻作为政治话语策略的误区，从而以一种辩证的维度对性别权力谱系及其内部产生的"抵抗话语"进行了研判。

一

莎拉·西兹（Sarah Sceats）曾经指出："在《可以吃的女人》中……阿特伍德将食（'吃'或不吃）与性别、文化、政治联系起来，通过食物及饮食行为呈现了 1950—1960 年间加拿大城市性别角色存在的问题。"①《可以吃的女人》是一本与饮食密切相关的小说，而阿特伍德试图借饮食呈现的也是彼时加拿大女性所遇到的性别困境。《可以吃的女人》成书于 1965 年左右，正巧遇上北美女权主义运动的"第二阶段"。当这股发轫于美国、以"提高女性意识、深入女性于家、于己、于社会的从属地位"②为主要特色的思潮进入加拿大时，"女性意识"与加拿大本土特有的"堡垒意识"③ 发生了碰撞，产生了微妙的"化学反应"。在这样的语境下，阿特伍德思索着创造出一个"具有象征意义的、可以吃的人的形象"④，主人公玛丽安也就这样应运而生。玛丽安受过高等教育，拥有一份"女性专属"的职业。然而，当遇到职业与婚姻的冲突的时候，她才开始认识到自我意识与现实生活格格不入。一方面，她与很多加拿大女性一样，得益于 20 世纪以来的女权主义运动，通过学习得以进入了大学的殿堂，并于毕业后获得了工作岗位；另一方面，获得工作后的她们发现所期盼的职业并没有给自己的境况带来多少改变。当玛丽安入职"西摩调研所"后方才发现，她与其他女性员工所处的地位颇为尴尬：

> 整个公司占三层楼，其结构就像是个冰激凌三明治：上面和下面都是脆皮子，我们这个部分便是松软的中间层……我们楼上是主管人员和心理学家，大家称他们为楼上先生，因为那里都是男子……我们楼下是机器……像工厂似的，机器嗡嗡直响，操作人员……一脸疲惫的模样。我们的部门将这两者联系起来。⑤

---

① Sarah Sceats. *Food, Consumption and the Body in Contemporary Women's Fiction*. London：Cambridge University Press, 2003, p. 95.
② Stephanie Genz, Benjamin A. Brabon. *Postfeminism：Cultural Texts and Theories*. Edinburg：Edinburg University Press, 2003, p. 20.
③ Northrop Frye. *The Eternal Act of Creation Essays*, 1979—1990. Denham：Indiana University Press, p. 141.
④ 玛格丽特·阿特伍德：《可以吃的女人》，刘凯芳译，南京大学出版社 2008 年版，"引言"。后文出自同一著作的引文，将随文在括号内标出该著名首字和引文出处页码，不再另行作注。
⑤ 玛格丽特·阿特伍德：《可以吃的女人》，第 14 页。

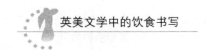

阿特伍德曾经在小说的再版引言中这样评论20世纪60年代的社会悖谬：

> 女主角所面临的选择在全书结尾与开始时并没有多大的不同，不是重新选择一个前途渺茫的职业，就是结婚嫁人，以此作为摆脱它的途径。但这些就是60年代加拿大妇女的选择……女权主义的目标并没有实现，那些宣称后女权主义时代已经到来的人不是犯了个可悲的结局就是厌倦于对这一问题作全面思考。①

可以说，《可以吃的女人》揭露了这样一个事实，由于加拿大政治和文化上的保守性，以美国为主要战场和发起点的北美女权主义运动只在美国起到了相应的效果。而对于加拿大来说，无论是政策还是文化都并没有获得根本性的变化。女权主义运动在加拿大显示出的并不是它在美国所有的那种所向披靡、战无不胜的政治气魄，反而弄巧成拙，侧面加深了加拿大女性的性别创伤。尽管男权制度的压迫是不容忽视的事实，但是，女权主义运动却忽略了自己的行之有效不仅有赖于女性政治意识的觉醒，还有赖于这种意识与男权压迫的现实的距离。这样一来，这些女性的创伤就不仅仅来自男权制度的压制，更来自女权主义的盲目。文本中，这一点通过玛丽安与情人邓肯的冲突表现出来。玛丽安是男权制度和女权主义塑造的对象，因而一开始并没有脱离幻象层面。邓肯是玛丽安的情人，他的出现加速了玛丽安对这个问题的认识。当邓肯谈到一些女性之所以追求他是因为他能"唤起她们身上隐藏着的弗罗伦斯·南丁格尔的本能"时，他讽刺地说道："饥饿与爱情相比是更基本的需要。要知道弗罗伦斯·南丁格尔可是要吃人的呀。"（《可》：120页）可以看出，邓肯实际上正是借此话提醒玛丽安现实与幻象之间的距离。

无独有偶的是，彼时的女权主义者贝蒂·弗里丹也曾经在《女性的奥秘》中提到过关于饥饿的这样一个社会现象。她指出，那个时期的很多家庭主妇在面对丈夫创造出的丰厚物质财富时，并没有感到满足，反而

---

① 玛格丽特·阿特伍德：《可以吃的女人》，"引言"。

"有一种饥饿感,但是这不是食物能满足的"①。弗里丹显然将这饥饿看成一种隐喻,喻示"屋中天使"的"女权意识"正在逐渐觉醒。而阿特伍德却将这种隐喻归还给喻体本身,显示出了饥饿的原本含义。这一举动虽然可能不是与弗里丹针锋相对,但至少让我们知道饥饿在被还以本色的时候显示出了其生产性的本质,也就是"欲望生产"的机制。在拉康(Lacan)看来,欲望不同于需要(need),也不同于要求(demand)。需要是基于生理功能的吃喝拉撒。要求出现在需要与象征性的媒介融合之后,即主体有了客体观念之后。需要和要求实际上都可以被满足,或者部分满足,而欲望形成于要求与需要分离的边缘中,②是一个永远不能被满足的幻象,亦是要求中无法化为需求的剩余物。从这一点上来说,"欲望从根本上已经不再是'我要',一开始,欲望就是他人之要"③。在拉康的欲望机制的帮助之下,我们很容易就能理解,主体对食物的欲望并不是出自主体本身的欲望,而是出于他人的欲望。因此,正像波尔多(Susan Bordo)所说,饥饿实际上成了一种意识形态。④ 阿特伍德借玛丽安展现的正是这种被政治话语催动的虚假欲望,男性主流话语为女性编织了一副"家庭天使"的完美女性幻象。而在女性主流话语下,"走向职场"却同样为女性编织了另一幅完美幻象。拥有话语权的主体生产出关于女性的不同定义,而女性却必须通过他人的视域来确定自己。正是从这一点来说,阿特伍德认为那些急于宣布胜利的"女权主义者"是"可悲的",而她想批判的不仅是男权制度的压抑,更是女权主义者将幻象与现实混淆的误区。

如果说贝蒂·弗里丹发现了饥饿这个存在于中产阶级家庭妇女中的"奥秘",那么,《可以吃的女人》试图展示的则是饥饿这个表象之下的复杂症候:与饥饿同时发生的,往往还有厌食这种症状。当婚期临近的时候,玛丽安逐渐产生了厌食的症状。她一方面觉得"饿得要命,心想就

---

① 贝蒂·弗里丹:《女性的奥秘》,巫漪云等译,江苏人民出版社1988年版,第25页。
② 拉康:《拉康选集》,褚孝泉译,上海三联书店2001年版,第624页。
③ 张一兵:《不可能存在之真——拉康哲学映像》,商务印书馆2006年版,第305页。
④ Susan Bordo. *Unbearable Weight*:*Feminism*,*Western Culture*,*and the Body*. Berkeley:University of California Press,1993,p. 99.

是半头牛也吃得下去"(《可》: 208),另一方面又"一点东西也吃不下,连橙子汁也不行"(《可》: 318)。如果说饥饿是因为内心欲望无法得到满足,那么反感无疑就是对这种无法满足的现实状态的体认。在弗洛伊德看来,"在非满足情境中,兴奋总量逐步增加到不快乐的程度,使它们无法在精神上加以控制或释放"①。这样的情况便形成了一种"原始创伤",而当这种原始创伤以及它"无法加以控制或释放"的状态被自我意识到之后,便会以神经症这种方式表现出来。从这一点上来说,真正称得上"疾病"的并不是饥饿,而是随之而来的厌食。

二

乔恩·雅各布斯(Joan Jacobs Brumberg)认为: "疾病本身是个文化制品,对它的定义与修订最终都是对历史文化变迁的阐释。"② 对饮食障碍的阐释实际上也是对历史文化的阐释。饮食障碍(Eating Disorder)也叫饮食失调,包括厌食症(Anorexia Nervosa)与暴食症(Bulimia)。病患可以出现厌食、暴食、作为补偿性的清吐(purge)这三者中的任何一种症候,也可以同时或交替出现以上三种症状。厌食症距今已经有了三百年的历史。③ 最初报告此类病症的是一位名叫理查德·莫尔顿(Richard Morton)的内科医生。后来,这类病症被英国医生威廉姆·高尔于1873年正式命名为"厌食症"。值得注意的是,在精神分析学中,厌食症并非与目前临床意义上的厌食症有着相同的意义。目前的疾病学认为,厌食症的主要症状是绝食、节食、恐惧进食、过分担心体重与身型,或者错误估计自己的形态与体重。它由对食物的有意识的拒绝发展而来,④ 强调的是

---

① 弗洛伊德:《弗洛伊德文集》(第九卷),杨韶刚、高申春译,车文博编,九州出版社2014年版,第271页。
② Joan Jacobs Brumberg. "Fasting Girls: Reflections on Writing the History of Anorexia Nervosa". *Monographs of the Society for Research in Child Development*, 1985, 50 (4/5), p. 95.
③ Richard Dayringer. "Anorexia Nervosa: A Pastoral Update". *Journal of Religion and Health*, 1981, 20 (3), p. 221.
④ American Psychiatric Association. *Diagnostic and Statistical Manual of Mental Disorders*. 5th ed. Arlington: American Psychiatric Association, 2013, pp. 338 – 339.

意识层面。从精神分析角度来看，厌食症是伴随着饥饿感、厌食感、暴食与呕吐等症状的复杂性癔症类疾病（Hysterical Eating Disorder），① 强调的是一种无意识。

但是，无论从哪个角度出发，都有这样一个"权威声音"始终在人们的耳畔回环往复，那就是这种疾病"在女性中的发病率是男性的6到4倍"②。居高不下的女性患病率使得厌食症成了一种"女性疾病"。要想揭开厌食症的"女性奥秘"，我们必须回到一种"节食文化"。苏珊·桑塔格在《疾病的隐喻》中指出，19世纪猖獗的肺结核不但没有被视为"工业危机"的表现，反倒被视为"能够激发人的意识"③。19世纪日渐衰落的贵族阶级以及试图模仿"贵族气质"的中产阶级中，逐渐形成了这样一种文化：这种文化以男权话语为中心，向主体表明若想建立自己的身份、权力与地位，就需要遵从此种逻辑下的文化体态（manner）。在这样的氛围下，"节食"恰好能为获得这种文化体态提供某种方法方式上的便利。一个女性若想证明自己的"高贵出身"，就要通过节食来让自己弱柳扶风。然而，"消瘦的完美并非美的美学，而是美的政治"④。让人争先恐后模仿的主流文化实际上正是通过这种方式获得了它在等级上的操控权。正是在这个文化逻辑之中，节食的可控性逐渐降低，取而代之的则是癔症意义上的不可控性。

在露西·伊利格瑞（Luce Irigaray）看来，癔症是男权话语逻辑下女性对男性的一种"强制性模仿"。⑤ 它能够给主体一种微妙的感觉："不在她的控制之下……有时似乎是在她控制之下。"事实上，癔症一方面重申了男权话语，另一方面呈现出男权话语逻辑下的女性反抗，成为"将性

---

① Susan Bordo. *Unbearable Weight*: *Feminism*, *Western Culture*, *and the Body*, p. 50.
② American Psychiatric Association. "Practice Guideline for the Treatment of Patients with Eating Disorder (Revision)". *American Journal of Psychiatry*, 2000, 157, pp. 1 – 39.
③ Susan Sontag. *Illness as Metaphor*. New York: Farrar Straus and Giroux, 1978, p. 36.
④ Naomi Wolf. *The Beauty Myth*: *How Images of Beauty Are Used Against Women*. New York: Anchor Books, 1991, p. 196.
⑤ 露西·伊利格瑞：《他者女人的窥镜》，屈雅君等译，河南大学出版社2013年版，第66页。

欲从整个压抑与破坏中解放出来"① 的唯一方法。沿着伊利格瑞的思路可以发现，与癔症同一范畴的厌食症也具有双重性。恰如伊利格瑞所说："厌食就是一种如此明显的女性症状，以至于可以将它与女孩无力接受她的'性'命运相联系，并且可以将它视为一种对她的命中注定的性萌动的一种拼死抵抗。"② 一方面，它是一种性别创伤的后遗症；另一方面，它是一种"把节食视为荣耀而非痛苦"的"模仿性行为"，③ 一种女性身体话语及身份话语策略。

把"厌食"视为一种"拼死抵抗"，无疑为不少女权主义激进分子提供了政治上的便利。事实上，这也就是为什么厌食症虽然早在19世纪就已经有所记录，但是对它的研究和关注却被推迟到20世纪北美女权主义运动兴起的时候。在这种观点的左右下，不少学者简单地认为，"玛丽安的厌食实际上是对加诸她身上的一切消费行为的反抗，是一种有意为之的吸收与内化行为，针对的是她周遭世界的观念、期望以及信念"④。然而，将厌食症视为一种"反抗话语"的女权主义者无疑忽视了这样一个问题：她们将厌食与节食混为一谈，只注重了节食所带来的政治效果，却忽视了厌食症的本质。厌食症的本质并不在于患者是否能够通过绝食或者进食来控制自己，而是"在她们感到自制力发挥到巅峰的时候，她们的身体明显背叛了她们"⑤。吃或不吃已经不再受器官与意志的控制，无意识逐步取代自我意识。从这一点上来看，无法控制饮食的玛丽安远非女权主义运动的典范和胜利者。恰如莎拉（Sarah Sceats）在《当代女性小说中的食物、消费与身体》一书中对玛丽安的厌食问题提出的质疑："一个深陷消费主义社会的女性把自我的否定性愤怒投向三明治的可能性有多大？"⑥

---

① 露西·伊利格瑞：《他者女人的窥镜》，第83页。
② 露西·伊利格瑞：《他者女人的窥镜》，第80页。
③ Joan Jacobs Brumberg. "Fasting Girls: Reflections on Writing the History of Anorexia Nervosa", p. 95.
④ Jeffery M. Liburn. *Margaret Atwood's the Edible Woman*. Piscataway, N. J.: Research & Education Association, 2000, p. 69.
⑤ Liz Eckerman. "Theorizing Self-starvation: Beyond Risk, Govermentality and the Normalizing gaze". In: Helen Malison, Marree Burns. *Critical Feminist Approaches to Eating Dis/Orders*. New York: Routledge, 2009, p. 15.
⑥ Sarah Sceats. *Food, Consumption and the Body in Contemporary Women's Fiction*, p. 99.

如果不了解意识形态所勾勒的幻象与现实处境的差距,不去弄明白厌食隐喻的本质,那么玛丽安这个形象不过是一个"悲观的角色"(pessimistic)。①

三

自从 20 世纪 70 年代以后,很多女性发现"没了'厌食症'或者'厌食的身体',自我就是一具被剥夺了身份的空壳,一大团污秽"②。这就像桑塔格在研究肺结核与浪漫主义关系之时所得出的结论一样,一种疾病成了一种"关于个性的现代观念"③。然而,值得注意的是,厌食症与生理疾病并不相同。桑塔格式解读并非具有普遍性。19 世纪的肺结核是一种由结核杆菌引起的生理性疾病。如果从福柯的知识权力谱系来看,肺结核这种传染病对个体造成的最大伤害并不是疾病本身的致命性,而是患者在感染后所面临"边缘化"与"去社会性"的命运。从心理分析角度来看,为了防止这种事情的发生,将肺结核隐喻化就成了一种防御机制。这种防御机制在个体心理与群体社会两个维度上均起着至关重要的作用。对个体来说,它能够在心理上遮掩疾病致死的恐怖真相,也能够对社会和其他人遮掩或者粉饰这个真相。从社会文化角度来看,将疾病隐喻化又恰恰是浪漫主义"视疯狂为正常"的核心理念之一。结合以上视角就会发现,肺结核一方面是工业革命不可避免的创伤性后果,另一方面又被用作了抵抗工业革命的话语策略。作为一种"绝望中的抵抗",厌食症显然可以与肺结核等量齐观。但是,心理性疾病与生理性疾病毕竟有着本质的不同,相比于肺结核的有机体感染,厌食症是一种社会性心理疾病,更是一种权力化疾病。它从获得其名称的那天起,就已经被纳入性别权力的谱系之中。进一步来说,生理性疾病需要经过符号化的过程:它首先是个疾

---

① Earl G. Ingersoll. *Waltzing Again: New and Selected Conversation with Margaret Atwood*. Princeton: Ontario Review Press, 2006, p. 23.

② Helen Malson. "Women under Erasure: Anorexic Bodies in Postmodern Context". *Journal of Community & Applied Social Psychology*, 1999, 9 (2), p. 147.

③ Susan Sontag. *Illness as Metaphor*, p. 30.

病，然后又因为与社会、文化的关系被赋予含义。但是，厌食症的获病过程与之相反，它直接产生于个体与社会的罅隙之中，也就是说，厌食症根本不需要将生理疾病心理化、社会化的过程，本身就是社会符号下的一种疾病形式。正是基于这一点，我们才不禁问道：一个产生于权力谱系内部的疾病又怎能成为赢得自由与平等的筹码呢？

这样的解释似乎将玛丽安的厌食明朗化了，与其说它是玛丽安对男权制度"吃人"的恐惧，倒不如说它是一场意识与无意识的政治角逐。霍克海默和阿道尔诺在《启蒙辩证法：哲学断片》中谈到，在理性的同一性观念的支配下，要想让主体觉醒，就"必须以把权力确认为一切关系的原则为代价"①。当启蒙开启人类自我意识之门的时候，一扇全球政治化、个人政治化的大门也同时敞开了，无怪乎第二阶段女权主义将"个人的就是政治的"视为她们的奋斗目标。然而，恰如齐泽克所说："从中（现实）觉醒时，这种觉醒并不通向广阔的外部现实空间，而是恐怖地意识到这个封闭世界的存在。"② 因此，与其说是压抑的体制诱发了玛丽安的厌食症，毋宁说正是女性启蒙意识的觉醒，即对压抑现实的体认诱发了厌食症。在这样的情况下，厌食症就不只是一把可以割裂男权制度的利刃，还是一把双刃剑，反过来将这个持刀者置于创伤性的困境。

玛丽安的厌食症最后痊愈了，这倒不是因为玛丽安意识到自我受到的压抑，也不只是玛丽安意识到了自我与现实、身体与政治的差距。更重要的是，她意识到这个差距并非来自男权制度，而是男权制度的现实与女性自我构建共同参与的结果。莎拉（Sarah Sceats）曾经认为："玛丽安的厌食与漂亮的外表并无关系，因为她并不在乎自己的胖瘦。它只是一种反抗。"③ 这样的观点倒像是在说玛丽安是完全独立于男权制度大厦之外的一个"纯粹受害者"。尽管玛丽安对食物的厌恶并非主要来自节食，小说中也确实没有直接指出玛丽安曾为保持身材而节过食，但是玛丽安所穿的

---

① 霍克海姆、阿道尔诺：《启蒙辩证法：哲学断片》，曹卫东译，上海人民出版社2006年版，第6页。

② 斯拉沃热·齐泽克：《欢迎来到实在界这个大荒漠》，季广茂译，译林出版社2012年版，第111页。

③ Sarah Sceats. *Food, Consumption and the Body in Contemporary Women's Fiction*, p. 98.

"紧身褡"(《可》:312)却从侧面反映了这种情况的存在。而当玛丽安最后发现自己一直所穿的紧身褡是一种"令人不快却必不可少的外科手术用的装置"(《可》:312)的时候,她事实上发现了自己不但是一个纯粹的"受害者",而且还是一个缔造了厌食症的共谋者。于是,她根据自己的特点做了个"人形蛋糕",通过蛋糕的威胁性隐喻顺利与未婚夫彼得分手。随后,她自己也参与了这场吃蛋糕的"消费活动",吃掉了"自己"的一大半。最后,她欣然邀请情人邓肯来分享,并在看到他饕餮的时候"感到特别满足"(《可》:348)。

阿特伍德曾经提到《可以吃的女人》是一个"回环(cycle)的故事"。① 玛丽安最终还是回到了原点。这个"原点"也并非通常意义下的"依然如故的现实世界",而是玛丽安回到了幻象的缔造者这个身份上。正如小说中的邓肯对不再厌食的玛丽安的评判:

> 彼得并没有打算把你毁掉,这只是出于你自己的想象……也许彼得是想毁了你,也许是我想毁了你,或者我们俩都想把对方毁掉,那又怎么样呢?那又有什么关系呢?你已经回到所谓现实生活当中,你是个毁灭者。②

回到现实世界便是接受男权与女权辩证的同一性。玛丽安无可否认与彼得一样是个"毁灭者";而与彼得不同的是,或许玛丽安真正毁灭掉的是抵抗话语所固守的一种"原教旨主义意识"。

四

讲到这里,阿特伍德关于饮食障碍的故事还没有穷尽。十年后,《神谕女士》问世。小说通过暴食症承接了《可以吃的女人》中关于隐喻的

---

① Earl G. Ingersoll. *Waltzing Again*: *New and Selected Conversation with Margaret Atwood*, p. 23.

② 玛格丽特·阿特伍德:《可以吃的女人》,第 171 页。

幻象与现实的创伤的问题,只不过,这次阿特伍德进一步提出这样一个问题:"一个生活在现实界(the real)的人将会怎样?'他者'的世界是否才是真实的世界?"①

故事讲述了女主人公琼从肥胖少女变成了窈窕淑女,从多伦多逃到伦敦,在异乡成为一位"哥特作家",之后试图通过伪造多重身份掩盖过去,最终借助假死做了彻底的逃遁。琼的名字为其母亲所取,来自好莱坞性感女性"琼·克劳馥"。在琼看来,母亲期望自己要么"像克劳馥扮演的角色一样——美丽、野心勃勃、无情,对男人极具破坏力",要么是"有所成就"。② 然而,琼意识到,对于幼年的自己来说,无论克劳馥是否具有多面性,最重要的是"琼·克劳馥很瘦",而自己却很胖。起初,她只是减不掉"人们通常所谓的婴儿肥"(《神》:43)。但是之后,琼把增肥视为反抗母亲的手段,因而越来越胖。当从母亲那里获得的胜利感与"以瘦为美"的现实发生碰撞之后,这种胜利感被转化为一种强而有力的挫败感。在此悖谬的情况下,琼决定减肥。也正是在这个日渐向"男权现实"靠拢的过程中,在反抗与规训的冲突中,暴食症悄悄潜伏进她的体内:"我开始吃母亲的神奇药方……一点黑麦包和一点黑咖啡……发病时我会如阴魂附体一般,狠狠地吃掉我能看到的所有东西……我会开始呕吐……"(《神》:135)

暴食症(Bulimia)是一种以暴食与呕吐交互发作为症状(symptom)的"次类厌食症"(sub-type of anorexia)。起初,它并非一种独立的神经症,因此一直以来并不受重视。1976 年以后,它逐渐进入人们的视野。心理分析的相关内容显示,由于暴食症与被身体排泄的污秽有关,体现的是"压抑的情绪""对自我过低的评价",③ 因此,与代表"高贵意识"和"政治美学"的"厌食症"相比,它从获得其独立名称的那一天开始

---

① Earl G. Ingersoll. *Waltzing Again: New and Selected Conversation with Margaret Atwood*, p. 44.

② 玛格丽特·阿特伍德:《神谕女士》,甘铭译,南京大学出版社 2009 年版,第 42 页。后文出自同一著作的引文,将随文在括号内标出该著名称首字和引文出处页码,不再另行作注。

③ Bunmi Olatunji, Rebeca Cox. "Self-Disgust Mediates the Associations Between Shame and Symptoms of Bulimia and Obsessive-Compulsive Disorder". *Journal of Social and Clinical Psychology*, 2015, 34 (3), pp. 239–258.

就被边缘化为"厌食症丑陋的姐妹"。[1]

五

如果说研究厌食症必须追溯到"节食",那么要想研究暴食症则必须追溯到"肥胖"(obesity)。1960 年以后,北美各个国家开始推行一项关于标准体重的新政策。这项政策基于这样一个众所周知的健康研究,即肥胖能够引发诸如心脑血管方面的疾病,严重损害了国民的健康。与此同时,由于彼时正是厌食症发挥政治隐喻、彰显女权主义思想的时候,因此肥胖自然被视为"缺乏控制力"的结果。无独有偶的是,"致胖环境学说"(theory of obesogenic environment)又从社会、心理与经济等多方面赋予肥胖族裔、阶级、性别方面的隐喻。"权威声音"再次出现,"证据确凿"地指出,近 20 年来,全球肥胖增加了 82%。[2] 其中,女性的比例要比男性的比例高出 25%。[3] 世界卫生组织(WHO)甚至在 2005 年公开将肥胖称之为"瘟疫"。[4] 有意思的是,如果说在疾病的隐喻中,像瘟疫这样的疾病常常被用来影射一种文化与道德,那么在肥胖的隐喻中,这个过程则恰恰相反:某种特定的文化和道德被比喻为一种疾病。

那么,为什么肥胖只是被"隐喻"为疾病,而不能被定义为某种疾病呢?从福柯的角度来看,把某项事物疾病化就是将其等同于危险,其核心并不是这个疾病的症状,而是"顽固、反抗、不服从、反叛"[5]。我们可以从他的研究中得知,从 19 世纪开始,权力机制产生了巨大分化与聚

---

[1] Sarah Squire. "Anorexia and Bulimia: Purity and Danger". *Australian Feminist Studies*, 2003, 18 (40), p. 19.

[2] Allyn L. Taylor, Emily Whelan Parento, Laura A. Schmidt. "The Increasing Weight of Regulation: Countries Combat the Global Obesity Epidemic". *Indiana Law Journal*, 2015, 90 (1), p. 258.

[3] K. M. Flegal, M. D. Carroll, C. L. Ogden. "Prevalence and Trends in Obesity among U. S. Adults, 1999—2000". *Journal of the American Medical Association*, 2002, 288 (14), pp. 1723 – 1727.

[4] WHO/NUT/NCD. *Obesity: Preventing and Managing the Global Epidemic: Report of a WHO Consultation*. Geneva: World Health Organization, 1997, pp. 3 – 5.

[5] 米歇尔·福柯:《不正常的人——法兰西演讲系列:1974—1975》,钱翰译,上海人民出版社 2010 年版,第 98 页。

合。分化是指围绕不同知识领域成立的不同权力机构，聚合则是不同权力机构的相互配合、相互需求以及相互支持。定义一种疾病并非只是某个现代医学学科的特定知识权力，而是整个社会知识权力运作的结果。因此，相关研究指出："肥胖并不被 DSM-V① 列为心理疾病的原因在于其病源学上的复杂多样，且证明它由精神失常引起的证据较少。"② 这实际上已经否定了肥胖与某种权力机制相关的事实。"致胖环境说"认为："不健康的饮食、作息习惯以及对烟酒的消费常常是导致肥胖的元凶。"③ 这样便将导致肥胖的矛头指向了整个消费资本主义（consumer capitalism）。1880 年之后，食品产业的兴起为消费者提供了表达身份与生活方式的路径。而在 20 世纪后半期，麦当劳式的消费产业已经成了各国经济发展的关键动力。这从一个侧面说明了，如果把肥胖盖棺定论为一种疾病，不但意味着全球性的消费产业链的断裂，而且意味着资本主义的危险将浮现于水面。然而，如果把肥胖隐喻化就大不相同了。当肥胖只具有隐喻效果的时候，通过一种由此及彼的修辞方式，喻本与喻体之间的距离避免了福柯所谓的权力的"麻风病模式"（二元对立的驱逐模式），维持了现代权力谱系内部的等级差异。这就从文化方面解释了为什么像 APA（美国精神病协会）这样的权力机构多次声明女性、少数族裔、第三世界的人更易肥胖，却始终未将肥胖定义为疾病。

反观《神谕女士》，可以发现，琼的肥胖一开始"只是丰满而已"。她是一个"健康的婴儿，并不比大多数宝宝重多少"，但是，她的"唯一古怪之处就是……总是试图往自己嘴里塞东西：一件玩具、一只手、一个瓶子"（《神》：43）。琼塞进嘴里并不是婴儿赖以为生的需要，而是各种各样手到擒来的物品。在这里，阿特伍德再一次表述了她曾在《可以吃的女人》中就已经表示过的对消费主义的关注。琼不断吞噬着的身体就

---

① Diagnostic and Statistical Manual of Mental Disorder – 5th Edition,《精神障碍诊断与统计手册（第五版）》。

② Johannes Hebebrand, Cynthia M. Bulik. "Critical Appraisal of the Provisional DSM-5 Criteria for Anorexia Nervosa and an Alternative Proposal". *International Journal of Eating Disorders*, 2011, 44 (8), p. 665.

③ Allyn L. Taylor, Emily Whelan Parento, Laura A. Schmidt. "The Increasing Weight of Regulation: Countries Combat the Global Obesity Epidemic", p. 258.

像消费欲望不断增长的社会，而其消费的对象也不局限在食物之上，而是扩充到各个领域。这样的扩充并非始终都是无意识的生产与消费，琼在6岁之后意识到自己的肥胖是招致母亲以及他人厌恶的原因，于是，她的肥胖摇身一变，由无意识的消费话语转向了有意识的政治话语领域，从一种政治隐喻转向了政治话语。

六

从精神分析的角度去看，任何一种神经症的获得都是因为某种"悖谬机制"。如果肥胖不能引起个体的心理悖谬，就不会导致精神的异常，也不会发展成神经症。肥胖的瘟疫隐喻告诉我们肥胖本身不会产生悖谬，但是当肥胖成了一个政治话语，且这个话语所编织的幻象与真实产生了巨大差距的时候，肥胖便会撕裂它温顺的外衣，转化为一种创伤性的神经症——暴食症。

如果说玛丽安的厌食症来自北美女权主义运动所编织的幻象与男权制度现实的悖谬，那么琼的暴食症则是肥胖政治与"男权美学政治""女权厌食政治"相互作用的结果。恰如娜奥米·伍尔夫（Naomi Wolf）所认为的那样，20世纪80年代之后，当节食成为女权主义"自我掌控"的标志的时候，"暴食症意识到了饥饿时髦的疯狂，它根深蒂固的挫败感以及它对享乐的拒绝……"① 暴食症的目标不仅仅是指向男权政治美学，更是指向了老一代女权主义的"厌食政治"。

小说中，琼的母亲就是老一代女权主义者的代表。她是一位"战时女性"（wartime female）。由于战争的需要，20世纪40年代的北美社会将女性塑造为职场英雄、社会的拯救者。而当20世纪50年代，男性从战场回归时，文化思潮又转而开始宣扬女性的家庭地位。到了20世纪60年代，《女性的奥秘》又将家庭妇女带出了家庭。时隔数十年，宣扬的内容却一变再变。这种不稳定性撕裂了女性同一的身份。琼的母亲亦是如此。一方面，她具有老一代女性主义的气质，年轻时与家规森严的父母决裂，

---

① Naomi Wolf. *The Beauty Myth*: *How Images of Beauty Are Used Against Women*, p.198.

在酒店打工自食其力,被琼描述为:"坚强如燧石,与众不同,从不意志摇摆或哭泣。"(《神》:61)另一方面,她又不是彻头彻尾的"坚定女性"。她以男性审美观来约束自己和琼。恰如琼所说:"她的所作所为和雄心还不足够。如果她真的决定自己确实要做什么,而且竭尽全力地去完成了这件事,那么她就不会把我当作她的耻辱,把我当作她自身的失败和沮丧的最佳体现了。"(《神》:73)如果说琼的母亲代表了老一代"陷入困境"的女权主义者,那么琼则代表了这样一代新女权主义者:她们通过反抗老一代女权主义的话语来建构自己的身份。而二者之间争议的"领土"就是琼的身体(《神》:75)。

在母亲看来,肥胖如琼的人"不会有所成就"(《神》:92)。琼的肥胖可能会带来高血压(《神》:75),还可能会因此嫁不出去。然而,琼的观点却与之相左。当她发现母亲的身材维持与浓妆艳抹"不但没有让她快乐,反而让她更忧伤"(《神》:71)时,她无疑察觉到了老一代女权主义者所信奉的"节食政治"的弊端。在琼看来,将节食视为"抵抗"的行为实际上与妥协无异。当她体会到母亲"希望我出人头地,但同时希望那是她的功劳"(《神》:72)之时,她亦挖掘出潜藏在老一代女权主义者心中强烈的原教旨式的权力欲望。恰如上文在分析厌食症时所指出的那样:在一种政治启蒙运动中,意识的觉醒乃是以权力为一切关系的原则。老一代女权主义者无法逃脱的正是这种政治式启蒙的"命运":她们希望获得的并不是自由,而是权力。

如果说琼的母亲陷入女权主义发展的困境之中,那么当琼试图"以暴食来向她挑衅"(《神》:84)时,琼自己也落入与母亲相同的困境之中。母亲期望琼能瘦下来,可是琼却"在她面前明显地让自己增肥,不留情面"(《神》:75)。琼在幼年虽然通过增肥从母亲那里获得了小小的"胜利",可是她却逐渐发现,通过反抗所带来的"胜利"只会加大自我与现实的差距。在一次幼儿园举办的文艺演出中,琼本想与其他瘦小的朋友一起扮演美丽的蝴蝶,可是由于其硕大的体型,最终在幼儿园老师与母亲二人的"密谋"下扮演了一只巨型蚕蛹。虽然她收获了意想不到的注意力,但是她却发现"面对一个体重超标……的孩子,人们要报以纯粹的同情实在很难了"(《神》:54)。与能够代表"高贵意识"的厌食症相比，肥胖者就犹如马戏团的怪人展出（《神》：98）。他们所获得的注意不是对美的注意，而是对丑陋、怪诞甚至带有道德审判意味的注意。

在这场身体的争夺战中，一种创伤性的悖谬逐渐撕裂了琼完整的精神：一方面，在与母亲的争斗中，她"从自己的体重中获得一种病态的快感"（《神》：80）；另一方面，体重又使她痛苦不堪。对于老一代女权主义者来说，"没人把胖当作一种不幸，人们只把它当作缺乏意志力"（《神》：98）。然而对于年轻一代来说，肥胖又成为一种新的话语政治，从中可以汲取权力所带来的喜悦。这事实上显示出，新、老两代的女权主义者对"掌控"这一权力核心概念的不同态度，是使得"掌控"这一双方共同的目标逐渐滑向了"失控"的原因。

如果要反抗节食所带来的政治话语，暴食无疑是最好的方法，而如果要面对现实，又只能向节食妥协。玛丽安的厌食症在她回归现实后痊愈了，而琼却在回归现实后患上了暴食症。琼在姑妈死后选择了减肥。她转身放弃了暴食这个长期以来得心应手的策略，却一头扎进母亲的"节食政治"中。开始拼命减肥之后，她猛然发现自己的身体正在走向失控：节食、呕吐与暴食反复折磨着她的肉体。至于琼的母亲，起初她还为琼的消瘦而高兴，而当琼坚持减肥的时候，母亲却"开始狂乱和喜怒无常"（《神》：137）。从精神分析的角度来看，象征的东西一旦变成实在的东西就会导致精神分裂。因此，一旦厌食失去了政治隐喻效果而回到疾病本身的时候，便会导致运用这种话语策略的主体的"失控"。琼的母亲的疯狂也正是因为如此。

如果说玛丽安的厌食症之所以痊愈是因为她对女权主义的话语幻象有所体认，那么琼最终摆脱暴食症也是因为这种"体认"。与玛丽安不同的是，琼所看到的是滋生于女权主义内部的"抵抗话语"的破坏性。恰如琼在怒斥加拿大新左翼与老左翼时所说的那样："你们只会坐在这儿，大声争吵，彼此攻击……你们关心的只是排除异己来捍卫自己的纯洁！"（《神》：297）这些话语对于女权主义也同样适用。

结　语

娜奥米·伍尔夫（Naomi Wolf）曾经站在一个后现代女性主义的视角上这样评价"饮食障碍"："饮食疾病常被解读为是一种神经质的控制需求（a neurotic need for control）。它虽然具有症候性，却也标志着一种对控制自我的事物展开控制的健康心理。"① 可以说，"饮食障碍"一方面是"悖谬机制"下产生的疾病，隐喻了一种普遍存在的"压抑的现状"，另一方面又是反抗压抑与创伤的"抵抗话语"。本文所揭露的也正是在这个辩证意义上的内容：通过饮食障碍，阿特伍德不但揭示了普遍存在于社会中的压抑性现实，而且向我们呈现出面对"压抑现实"所产生的这样一种政治氛围：无论是女权主义，还是左翼运动，无论是精神病患者，还是同性恋，他们都在抵抗某种"神秘的中央权力"。如今，这些抵抗的话语反过来成了当今世界的"霸权话语"。本文所做的并不是否定这些"边缘人"所遭受的创伤性现实，亦不是对"抵抗话语"做出肯定或者否定的评价，而是试图绘制这个边缘权力的谱系，探讨抵抗话语的有效性及可行性。抵抗话语之中可以产生翻天覆地的新改变，亦能"阻止真正质疑主流关系（dominant relations）的新兴话语的出现"②。恰如阿特伍德借女权主义启示我们的那样，真正的女性主义并不是对女性气质或其否定面的赞同或支持，而是人类的平等和自由的选择。③ 真正的权力和自由也绝不会产生在对抗话语之中。

---

① Naomi Wolf. *The Beauty Myth*: *How Images of Beauty Are Used Against Women*, p. 198.
② 斯拉沃热·齐泽克：《欢迎来到实在界这个大荒漠》，第 75 页。
③ Earl G. Ingersoll. *Waltzing Again*: *New and Selected Conversation with Margaret Atwood*, p. 81.

后　　记

　　本书的出版源于我在中山大学开设的一门通识课程"英美文学中的食物",几个学期下来,很受学生欢迎,每次选课的时候,系统一开放,几分钟之内便满员。中山大学的课程设置通常是一门课 2 个学分,18 周,36 个学时。相应地,我为"英美文学中的食物"这门课制订的教学大纲是:第 1 周为课程导论,第 2~9 周为"英国文学中的食物",第 10~17 周是"美国文学中的食物",最后一周是课程总结。我通常将修课学生分成 16 个小组,每周选取一位文学家的具有代表性的作品,先由一个小组从饮食维度对文本进行解读和分享,然后结合一篇国内公开发表的、与所选作家直接相关的饮食研究论文,请全体同学对小组陈述和该篇论文进行点评、增补和延伸讨论。在一次与我的导师陈永国教授会面时,我将这门课的教学经历向他进行了简要的汇报,陈老师觉得这门课新鲜有趣,当即鼓励我去联系课上选用论文的作者和登载期刊以获取授权,将这些论文结集出版。在陈老师的鼓励下,我通过电话、微信、电子邮件等方式与各位论文作者取得联系,向他们汇报了将论文结集出版的想法,申请他们的授权。各位作者都非常热心,不仅在第一时间同意授权,还给我提供了宝贵的建议和反馈;有几位作者还给我发来 Word 版的论文稿件,并在原稿基础上进行了少量的修订。这一切都令我感动不已。

　　衷心感谢陈永国教授的指导和鼓励以及各位论文作者和各期刊的慷慨授权。中山大学外国语学院的王东风院长、黄山书记、冯芃芃副院长、许德金教授、陈剑波老师、陈静老师、罗锦芬老师等同事对本书的出版审批和经费申请上给予了大力的支持,中山大学出版社的徐诗荣老师在编辑方面付出了大量的精力,在此一并致以由衷的谢意。我还要感谢我的两位硕士研究生黄勉和许兵韬,书中有几篇论文发表的时间较早,作者本人没有保存 Word 版的文稿,两位同学帮忙将 PDF 版转换成 Word 版,并进行了格式的统一。

由于书稿篇幅和出版时间所限，还有一些国内学者发表的有关英美文学中的饮食研究的精彩论文未能收录。例如，郑佰青、张中载：《安吉拉·卡特小说中的吃与权力》，载《当代外国文学》2015年第2期；刘思远：《从"食欲"到"餐桌礼仪"——论〈认真的重要〉中的喜剧性》，载《外国文学》2013年第3期；王凤：《食肉成"性"的布鲁姆——论〈尤利西斯〉中乔伊斯的反素食主义立场》，载《外国文学评论》2016年第2期；曾艳兵、胡秋冉：《醉翁之意"在于"酒：论〈尤利西斯〉的酒吧之争》，载《华中师范大学学报》（人文社会科学版）2019年第3期；辛彩娜：《乔伊斯的食物书写》，载《外国文学》2019年第6期。感兴趣的读者可以在相应的纸质刊物或学术资源数据库中查阅。